ZHOUJIAWA
DE
CHUNTIAN

# 周家凹的春天

王小平 著

黄河出版传媒集团
阳光出版社

**图书在版编目（CIP）数据**

周家凹的春天 / 王小平著. -- 银川 : 阳光出版社,
2024.3

ISBN 978-7-5525-7256-8

Ⅰ.①周… Ⅱ.①王… Ⅲ.①散文集－中国－当代
Ⅳ.①I267

中国国家版本馆CIP数据核字（2024）第063127号

周家凹的春天 　　　　　　　　　　　　　　王小平　著

责任编辑　赵维娟
封面设计　圣立文化
责任印制　岳建宁

黄河出版传媒集团
阳光出版社　出版发行

出 版 人　薛文斌
地　　址　宁夏银川市北京东路139号出版大厦（750001）
网　　址　http://www.ygchbs.com
网上书店　http://shop129132959.taobao.com
电子信箱　yangguangchubanshe@163.com
邮购电话　0951-5014139
经　　销　全国新华书店
印刷装订　四川金邦印务有限公司
印刷委托书号　（宁）0028947

开　　本　710 mm × 1000 mm　1/16
印　　张　18
字　　数　280千字
版　　次　2024年3月第1版
印　　次　2024年3月第1次印刷
书　　号　ISBN 978-7-5525-7256-8
定　　价　78.00元

# 故乡是一首温暖的歌谣（代序）

田昌盛　周玉彩

我们走了很远的路，但故乡的那人、那山、那树，一次次浮现在他乡的梦里，在午夜梦回时，如童年时那熟悉的歌谣，让人牵怀、感伤以及温暖。

由于工作在内蒙古安家，故乡达仁变得遥远起来，回乡的日子也只是故旧亲朋门上有事才偶尔赶回，老家木竹沟渐渐变得模糊起来。因机缘，王小平老弟到我们初中时的母校达仁中学任职，送我们他的新作《周家凹的春天》，读后让人感动，故乡的亲人和山水迅速在记忆里鲜活起来。

虽然我们彼此的故乡分布在镇安风俗和口音相异的东西乡，但对故乡的感情却是一样。书中故乡的樱桃树、毛栗树承载着我们这代人在成长历程中共同的欢乐和忧伤，也见证了我们的努力和阵痛，最终在故乡成为一道模糊而美好的风景。那些童年时让人向往的枝头果实，在成年后轻易得到，却并没有收获想象的快乐，似乎成为一种隐喻，我们一路前行到底在追寻什么？

在作者温婉平和的叙述中，《我的老师黄振成》和《我的老师欧阳福武》见证了我们曾经荒芜的青春。小平是幸运的，在孤独的童年遇到慈爱的黄振成老师，黄老师在他幼小的心灵中描下了爱和温暖的底色，成为小平在以后人生道路上战胜困难源源不断的动力。高中时幸遇严慈相济的欧阳福武老师，使得小平能脱离土地吃上商品粮，成为当时人们眼中改变命运的人。而欧阳老师那种正直善良和严谨认真的人生态度，成为小平一生为人处事的准则。我们

1

的一生能成为什么样的人，取得多大的成功，其实很多时候和我们的人生际遇相关。七分人为，三分天定，大概如此吧。

在《七里峡往事》《篾匠王顺荣》中，小平以悲悯的情怀审视乡亲们的人生百态。故乡的人们是辛苦而勤劳的，但很多人在其热爱的土地上并没有收获向往的富裕。当人们这点淳朴的追求难以满足时，年轻人不可避免地走出去了，而故乡也日渐萧条起来。《姐姐的粮站》叙述了在时代变迁中普通人的身不由己，通过读书跳出农门的姐姐，在这场改革中又成为下岗工人，姐姐的努力与无奈成为时代转型期一代人命运的缩影。姐姐的命运折射出农家子弟通过读书改变命运的艰难，也对知识改变命运这个命题进行了反诘和思考。但人生是一个复杂的命题，幸与不幸因角度不同而答案各异，需要我们自己去体验和感悟。

故乡的阴坡山、黑龙潭以及那十月十五的月色，都成为小平心中永恒的美景，也是一直牵挂的心灵家园。在一次次远行中怀念，又在一次次回归中远行。故乡就是这样，是母亲在我们童年时耳边唱的歌谣："小燕子，穿花衣，年年春天来这里……"一直萦绕在远行的梦里不曾醒来。

（田昌盛，出生于1975年，陕西省镇安县达仁人，毕业于河南理工大学，现任鄂尔多斯市玉盛矿业工程有限公司董事长。周玉彩，出生于1978年，镇安县达仁人，毕业于西安医学院，现任鄂尔多斯市玉盛矿业工程有限公司财务总监。夫妻二人长期支持家乡建设，热心公益事业。）

# 目 录
CONTENTS

## 辑二　红岩秋月

## 辑三　成长的欢喜

辑一

· · · · ·

长歌行

# 又是五月麦黄时

尽管已经没有几个人种麦了，但这个麦黄的季节还是如约而至。听着"算黄算割"鸟儿婉转的叫声，曾经的过往在心中甜蜜而又苦涩。

记忆中家乡割麦的日子大多是从端午节开始，端午早上奶奶做一顿丰盛的饭菜，全家吃过之后就开始忙活。

父亲先是砍一捆树梢，扎成扫帚状，上面压一块石头，给道场撒上草木灰，用绳拉着满道场转。将满是裂缝的道场磨平，以防缝隙太大，糟蹋粮食。之后，父亲就带着我斗志昂扬地奔向麦田。站在地边，望着金灿灿、沉甸甸的麦穗，父亲像阅兵的将军一样志得意满。

在父亲的影响下，我似乎也感到了丰收的喜悦，听着林子里清脆的布谷鸟叫，仿佛闻到了新小麦的阵阵香甜，满心欢喜！而且山坡上那块麦地边有一棵杏树，每到麦黄，杏子也黄了。割麦间隙，我总抽空去蹭两脚，杏树上就会掉下几颗黄澄澄的杏子，我高兴地捡起来吃在嘴里口舌生津，那可能是割麦经历中最美好的回忆了！

我心中产生的丰收喜悦，没有能持续到当天的下午。因为年少，父亲嫌我割麦割不干净，只让我负责捆麦把子和搬运小麦。正午的太阳晒得人汗流浃背，手和脖子被麦芒刺得满是红道道，汗水一渍火辣辣得疼。搬运小麦从开始一次十二把到后来一次搬六把，挑、背、扛换了个遍，到下午肩膀疼得摸都摸不得。

父亲先是表扬，到后来训斥，我也不想动弹了。看到摆了一地密密麻麻的麦把子，父亲成就满满，而对我就是一地的惆怅，何时才能搬完？

我家劳力少，麦子总是后于别人家收完，且总被邻居催促。因为以前打麦用的是大功率的柴油机动力脱粒机，需几家劳力合作才能完成。为了赶进度，我和父亲有过打灯笼割麦的经历，白天暴晒、夜晚加班，也让我真正感受到劳动的艰辛与不易。

直到许多年后我当教师给学生讲白居易的《观刈麦》时，当讲到"足蒸暑土气，背灼炎天光。力尽不知热，但惜夏日长"那一刻，我泪眼婆娑，这简直是当年生活的真实写照。

当我家的麦子割完时邻居们就商量着抬机器打麦，一旦开打，昼夜不停各家相互帮忙干两天两夜。这个活儿，我从十二岁起，一直干到高三那年。

那时候，学校还放忙假的，每逢五月、十月也就是收麦和种麦时放。刚开始干不了活时，我很开心有这个假期，后来我很讨厌放忙假，觉得能坐在教室里上课简直是一件幸福的事。

高三那年是我参与的最后一次抢场，邻居们要合作打麦了，而这一年忙假废止，但家中无劳力，我还是要请假回去帮忙的。昏天黑地地忙了一天一夜，我的工作仍旧是搬麦把子，第二天黄昏时忙清了，我的头发、鼻孔、耳朵全是灰，奇痒难忍。白衬衣变成了黑衬衣，家中已无可换的衣裳，我独自一人骑车到学校，心中只有一个念头：我要离开这个地方，永远离开我讨厌的麦田！

我到校也未进教室，径直来到河里，连衣服跳进水里，顺便洗衣带洗澡。那场小麦收完后很快高考，起早贪黑地努力，虽没考上有名的大学，但我终于如愿离开了家乡，告别了麦田！为此，父亲还高兴地包了一场电影，请乡亲们热闹了一场。

我以为自己今生会和麦田永远告别，可我毕业后分配工作又回到了家乡，父亲还在种麦。想起一年年收麦的经历，我身上就痒，我和父亲商量不种了吧！

因为，在2000年以后，种麦已无关生存。父亲固执地坚持，只是出于对土地深深的依恋和热爱，这种情怀是没有经历过饥饿的我们所不能理解的。

我一次次地反对，父亲反问我：一个农民不种地干吗？我一时语塞，出门打工，父亲已年过花甲；由我供养，自己微薄的收入还不足以自养！真是汗颜，原以为自己考上大学远走高飞就不再挂念这烦心事，可十几年寒窗竟解答不了这一简单的问题，也未能逃脱土地的宿命！

算了，我也不再过问，父亲仍旧年年种麦，我不问不帮。再后来种麦赔钱的账父亲都能算清了，可父亲还在坚持，如同年迈的父亲对待不争气的儿子，不放弃又无可奈何！

2008年的夏天，我正在上课，父亲打来电话说，雨要来了，铺了一公路的麦，要我赶快回去帮忙！这时候，人们已经不用大型脱粒机了，家家户户都用小型脱粒机，两个人就能完成。可这时种地的人已经不多了，村里种地的大多是像父亲这样上了年纪的人。而父亲更彻底，连小型脱粒机也不用，因新家在公路边，就直接将小麦铺在公路上，任由车碾。一个中午，脱粒的工作就能完成，直接扫回麦粒就行。

而这天由于天气突变，父亲又铺得太多一个人收不及才打电话。我接到电话心乱如麻，一是实在走不开，二是几年来与父亲因种麦的分歧，三是收麦的记忆太多苦涩。我没好气地回答："走不开，你自己想办法！"电话那边父亲沉默了，想想不忍，我又打电话让邻居帮忙。我能想象到父亲在疾雨下抢麦的仓皇模样，这种记忆我终生难忘，也能想象到父亲让我帮忙遭拒后的落寞与哀伤！

总之，第二年父亲不种麦了，也许父亲真的老了。对于我却有着一种从未有过的轻松，因为这一年，当我听到"算黄算割"鸟儿叫的时候，我再也不用担心让我头皮发麻的收麦问题了。

2019年5月，我带着妻儿又一次走在通向老家的道路上，当年我背着小麦曾经用脚一步步丈量过的羊肠小道，如今已变成宽阔的水泥路。从前的这个季节，应是遍坡金黄的麦浪，可现在遍地的刺槐将这里覆盖得郁郁苍苍。

曾经的院落，家家关门上锁，偶尔能看到大门框上被雨漂得发白的对联里还依稀可见"五谷丰登"的字样。屋檐下还存放着一台已衰朽不堪的给小麦去壳的木风扇，儿子好奇地问："爸爸，这什么东西？"他还禁不住好奇地用手摇了几下。

耳边"算黄算割"鸟儿依旧在寂寞地鸣叫！妻子忽然说："好久没听见这种鸟叫了！"

我叹道："是呀！"走在半山腰处，忽然见一块金黄的麦田，妻子惊奇地叫道："呀，麦黄了！"

儿子也是欢呼雀跃："哇，金黄的麦田！"他让我拍照，做各种表情，又让我发朋友圈。我忽然觉得这麦田陌生又熟悉，从前的苦涩与久违的惊喜齐上心头。

地头上那位白发苍苍的古稀老者与这片久违的麦田，成了旧时光最后的守望者！

对于麦田，我不知道该怀念还是告别！曾经的艰辛在经历岁月的发酵之后，在回忆中竟也泛出甜蜜的滋味！从前地头的那棵杏树大概也不在了吧！一个时代终将远去，年少时我所有的努力都是为了远离麦田，而今当家乡再也看不到麦田时，又为何怅然若失？

当然不可能自私地苛求，当自己远离时，还想看到家乡的父老们大热天匍匐在土地上汗流浃背的景象，这种优越感又是何等浅薄！

世代勤劳是我们父辈优秀的品质，但不是目的。他们对于土地有着特殊的感情，只是希望有一天，他们的勤劳能收获自己想要的生活。当有一天发现，梦想与现实的距离是霓虹灯与月亮的距离，远离将是唯一的选择。

夜里繁星满天，空旷的田野里依稀能闻到丰收的气息，却再也听不到此起彼伏的打麦机的声音，只是萤火虫依旧像当年睡在麦场的夜晚一样高高低低地飞舞。

# 长笛一声烟雨中

　　最是难忘童年那个夏日的黄昏，几个牧童骑在牛背上，吹奏着熟悉的儿歌《妈妈的吻》，笛声悠扬婉转，情深意长。但年少的自己，听着却是无尽的凄凉，这可能是音乐最早一次触动我的心灵。

　　我多么向往自己能拥有一支长笛，轻回低转，表达自己不愿对人言说的心事。不过这个梦想难以实现，因为在那个年月，我压根不知道在哪儿能找到这东西。后来在上初中的一个冬夜里，我在回家的途中，听到河对岸笛声悠扬，慷慨激越，伴着呼啸的北风直击心灵。我静静地站在原地，笛声吹奏的是热播电视剧《封神榜》主题曲"愿生命化作那朵莲花，功名利禄全抛下……"一时间，天地一片寂静，只听那笛声诉说着人生的慷慨与悲壮……

　　我想拥有一支长笛的梦想，终于在高中时实现了。说来汗颜，那年学校门口来了一个游方的货郎，背了一些笛子、二胡在门口卖。同学们赶热闹，将货郎围得严严实实，我迟疑地站在外围，只见人头攒动。正揣度时，一支笛子从人缝中递了出来，货郎自然没有注意，我迟疑了一下，意外而兴奋地将笛子拿回了教室，我终于拥有了人生第一件乐器！如今回想起来很是不该，记得那天货郎也没有卖掉几支，大家太穷了，走的时候货郎挎着包，边走边吹笛子，笛声里道不尽的艰难困苦。

　　那支长笛拿回班上，同学们好一阵兴奋，男生们轮番吹了一遍，个个如吹火一般不出声响。等他们新鲜劲过了，我如珍宝一样地收藏着，一天天地练，终于能吹响了，但难成曲调。加之自己从没有受过正经的音乐教育，不会识谱，我学吹笛子的过程和童年时的放牛娃一样，靠抓耳音，先学会唱歌，再在笛子上试节奏。直到今天，我把笛子已经吹奏得很自如流畅了，但仍不识谱，还靠抓耳音，回想起来，可能真辜负了自己的音乐天赋。听人初学吹笛子如听杀鸡一般，在把同学们折磨了一周以后，我终于能顺畅地吹一首歌了，竟然还是童年时那首最熟悉的《妈妈的吻》。到后来，我发现了一个值得注意的现象，很多如我一样学吹笛子的人，学会的第一首歌都是《妈妈的吻》，可能是这首歌的旋律太优美，很容易激起人们的心理共鸣吧！可惜年代太久远，我至今不知道原唱是谁。

当高中生涯快结束的时候，我偷偷地喜欢上了班里的一个女生，却没有表白的勇气。当时正流行孟庭苇的歌《风中有朵雨做的云》："风中有朵雨做的云，一朵雨做的云，云的心里全都是雨，滴滴全都是你……"缠绵悱恻中流露出淡淡的伤感。我花了一周的时间，终于能用笛子吹奏出来了。在一个黄昏，我跑到女生的家对面，忘情地吹了一个下午，却并没有引得那女生从家里出来。第二天，我不甘心地问："你昨天在家里没听到什么？"她一脸嫌弃地说："唉，昨天不知道谁在对面吹了一下午笛子，好像只会吹那一首歌，还吹得不咋样！"把我尴尬的，再也不好意思承认是自己了。

后来到了大学校园，我终于拥有一支真正属于自己的长笛，我在宿舍用笛子吹奏着属于自己青春的歌。跌宕缠绵的爱情和举目茫然的未来，在多少个月亮很好的夜晚，都付与或花底莺语或鸣鹤激扬的笛声，在校园里诉说着青春年少的心情。那个季节里文艺青年似乎特别多，有许多男生拿一把吉他，在女生公寓楼下忘我地弹唱："让青春吹动了你的长发，让它牵引你的梦……"个个弹奏得如痴如醉，是那个年月一道特殊的风景。记得毕业前的那个晚上，中文系一个男生在晚会上演唱当时正流行的张宇的《月亮惹的祸》："我承认都是月亮惹的祸，那样的月色太美你太温柔，才会在刹那之间只想和你一起到白头……"沙哑的男中音，倾情忘我的演唱让整个会场沸腾了。而那歌声同样也触动了大家脆弱的神经，一时间大家鼓掌的同时，很多人泪流满面。再会了，我们的青春！

那晚我们回到宿舍，久难入眠。我再次拿起长笛奏响那熟悉的旋律，呜咽颤抖，如泣如诉，满怀酸楚。而那晚的月亮，真的很美，那是我和大学告别前看到校园里的最后一轮明月。

"二十四桥明月夜，玉人何处教吹箫"，那支长笛一直伴随我遇到了爱情，也踏入了婚姻。在以后很多年里，在爱人娘家那个叫油坊梁的小山村，每当月亮很好的夜晚，我总喜欢用长笛吹奏自己青春过往里曾经流行的歌曲。轻转低回，如痴如醉，在熟悉的旋律里追忆似水年华。月夜的笛声，也是那个小山村里一道特殊的风景。直到三年前，岳父母进城，我才取走了我的长笛，而那个安静的小山村愈发寂静。

音乐也许注定是孤独的，无论对于创作者还是欣赏者。当自己满怀欣喜回到自己向往的母校时，生活的艰难让人始料不及，在夜晚不眠之时，抚笛而歌，《二泉映月》那熟悉的旋律突然在脑海里回荡。笛声呜咽，惠山二泉，波心荡，冷月无声，诉不尽的孤独凄清……

或许那笛声扰了别人的梦吧，第二天我的一位师长含蓄地对我说："年轻人才毕业困难难免，慢慢会好的。"我无言以对，却也心生戚戚焉。

之后很多年里，生活艰难琐碎，我已很久没有碰过陪伴我半生的长笛了。它静静地斜倚在书柜旁，蒙上了一层厚厚的灰尘。不久前回家，看到书柜旁孤单的长笛，我满怀怜惜，拭去灰尘，拿在手心，忽觉手指生硬，不似从前那般灵巧。我想吹奏一曲，但呕哑嘲哳曲调难成，半生云烟竟想不起哪首曲子能诉心境。再三之后，曲调渐成，竟然还是三十年前那首启蒙歌曲从指间流出："妈妈的吻，甜蜜的吻，叫我思念到如今……"走过万水千山，似乎又回到了童年时那个夏天的黄昏。

回想起来，我学会了许多首曲子，但我至今仍不识谱，只是对音乐的敏感如昔。我在想，如果不是生活让我一路跟跄，我也许会成为一名音乐人吧。可世事难料，谁又能活成自己想要的样子。又一个黄昏，我再次独自登上故乡那高高的山顶，夕阳在山，暮色里的故乡一片苍茫。我静静地站在晚风里，手指间不自觉地奏起了那熟悉的旋律："长亭外，古道边，芳草碧连天。晚风拂柳笛声残，夕阳山外山……"

夕阳下，山顶上的笛声愈发悠长而凄清。

2021年7月18日

# 辋川的春天

王维在灿若星辰的大唐诗人之中，绝对是一个大神级的存在，诗作虽不及李杜之多，但他的成长经历，在今天看来就是别人家的孩子。与其弟王缙年少而有俊才，这是《旧唐书》里的记载，二十出头就中了进士，随后进入朝廷工作，这种实力直接碾压当今的高考状元。而彼时他的诗才也早已声名远播，其诗作《相思》（又名《江上赠李龟年》）广为传唱。

### 相　思

红豆生南国，春来发几枝。

愿君多采撷，此物最相思。

此诗语言朴实却婉曲动人，在当时皇家乐师李龟年的谱曲传唱之下，成为"网红歌曲"，其风头不亚于今天的广场舞神曲。安史之乱后，当李龟年流落江南，再次为达官贵人演唱这首歌时，闻者无不泪下，他们为自己，也为逝去的大唐盛世，这是后话。

唐诗名家作品中，饱含愤慨不平者多，或怀才不遇，或壮志难酬，如名满天下但又无比悲催的杜甫。但王维的诗中，大多波澜不惊，蕴藉风流。也许人们认为王维一路开挂的人生，烦恼事少。其实不然，王维在中年之后遇到安史之乱，因跑得慢了些，被安禄山叛军一把摁住。安禄山终于抓住了一个可以装点门面的名家！王维为了避任安禄山的官职，竟服泻药以自残，后侥幸逃脱，却被唐肃宗认为是贼党，幸有诗作《凝碧池》为证，否则性命休矣。

## 凝碧池

万户伤心生野烟，百僚何日更朝天。

秋槐叶落空宫里，凝碧池头奏管弦。

肃宗看后，大为感动，又升王维为尚书右丞。不得不说，关键时刻，能写诗明志，还真是护身符。即使经此劫难，在王维的诗中，也少有怨愤之作。很多时候，一个人在顺境时难见其质，逆境之后才见真性情。

王维的诗从早期开始，一直是境界不凡，《使至塞上》"大漠孤烟直，长河落日圆"，淡淡几笔点染，将边塞风光、大唐的胸怀与气度表露无遗。在《送元二使安西》里，"劝君更尽一杯酒，西出阳关无故人"，成为千百年来最经典的劝酒辞，也将这场离别写得深情款款、离而不伤。在这些诗里，尽显盛唐气象，尽管我们不知道未来到底怎样，但我们满怀希望！

在经历安史之乱后，王维的人生起落沉浮，虽再次回到了权力的中心，但却过上了半官半隐的生活。从长安一路向东，王维在辋川找到了诗意栖居的生活，其后的诗作尽显淡看风云的心境。

## 鸟鸣涧

人闲桂花落，夜静春山空。

月出惊山鸟，时鸣春涧中。

辋川的春天一片安静，静得能听见花落的声音。

## 积雨辋川庄作

积雨空林烟火迟，蒸藜炊黍饷东菑。

漠漠水田飞白鹭，阴阴夏木啭黄鹂。

山中习静观朝槿，松下清斋折露葵。

野老与人争席罢，海鸥何事更相疑。

经历了富贵荣华，见惯了春花秋月，却钟情于辋川的小院。看木槿花开，听黄鹂鸣叫，那一片飞着白鹭的水田，成了心中向往的田园。而彼时的李龟年在流落的江南，再次弹奏起曾经的"网红歌曲"《红豆》，一帮老友听后，哭得一塌糊涂。

对于王维而言，踏遍河山，心有明月，山河依然明媚。

辋川千年，昔人已去，只留诗作千古。因慕其风流，辛丑年仲春，我与挚友李锋、麻牛及堂弟王毅同行，前去蓝田，一睹辋川胜景。沿蓝田东去，轻车坦途，日丽风和。一路上淡柳如烟，山色空蒙，溪流款款。不多久到达向往已久的辋川小镇，从当地居民口中得知，王维故居已无存迹，只留下一棵当年王维手植的银杏树，历经千年，现已三人合抱粗矣。不远处，立一王维石像，目光平和地望着远方。诗人受母亲影响，性淡泊而近佛，其目光所向，是长安，也可能是故乡。诗人冲淡平和，连思乡也写得委婉而不经意，"君自故乡来，应知故乡事。来日绮窗前，寒梅著花未？"这位来自山西的才子，于他而言，心安处即故乡吧。

相比于同时代李白的不甘、杜甫的不遇，王维的蕴藉悠远实在是另一种人生。人生的沉浮得失，关乎机缘，也关乎性情，无论是英雄才子，还是我等凡夫概莫能外。"行到水穷处，坐看云起时"，从长安到辋川，曾经沧海，云淡风轻，终于在辋川活成了传说。

我等四人慕名而来，找寻诗人从前的足迹，只是所存古迹实在不多。但也无憾，辋川的春天，依如千年前一样，暖风盈面。

2021年3月29日

# 消失的桐树林

在这个淡柳如烟、桃花盛开的季节，我又回到了母校，距离上一次告别整整过去了二十二年。最大的变化是由我当初毕业时的商洛师专变为商洛学院，整个建筑已是宏伟美观的景象，只有学苑路还有着当初的样子，成为当年的青春里仅剩不多的印迹。

其实回母校看看的想法，好多年一直都有，只是人生在很多时候，你认为一个很小的愿望，但实现起来却并不容易。年少时自己也曾和大多数人一样，有着"孩儿立志出乡关，学不成名誓不还"的豪迈，但努力半生才发现，外面的世界根本就不是仗剑天涯恣意行走的江湖。曾经书生意气、指点江山，向往着有一天在万千瞩目中衣锦而还。可在职场的庸碌中，母校成了一种不愿面对的忧伤，真正归来时却有着近乡情怯的苦涩。多年以后，我们也没有过成想象的样子，母校成了梦里回不去的康桥。

在这个三月里，因为参加培训的机缘，时隔二十二年后再次以学生的身份回到母校，心中满是激动与不安。与自己求学时相比，母校是富丽堂皇的，大气而端庄的校门、现代又美观的图书楼、标准化的绿茵场，这是我们当年所不能想象的。今天母校的景象，才是想象中大学的样子。漫步其中，唯有学苑路还留着模糊的记忆，其他地方都变得陌生起来。

记得当初学校是没有正式大门的，学校前面是一排民房，开了各种商店，东边是砖厂，西边是农校，一扇小门与师专相通，我们为了走近道都从农校出入。东边在砖厂和民房之间有一条"7"字形、宽五六米的水泥路，徐徐而上就进入了师专校园，入口处左边行政楼，右边女生公寓。路外一个高坎，坎下就是砖厂，闲来无事就靠在学苑路的栏杆上看砖厂的工人忙碌地推架子车。在月圆之夜，我也曾多少次凭栏而望，无端地生出"明月楼高休独倚，酒入愁肠，化作相思泪"的年少愁绪来。

在男生公寓和行政楼之间有一个小花园，其间种了各种花木，今天已记不住什么品名了，只是园中有一个雕塑记忆犹新。一个少女裙裾飘飘，左手托起一轮太阳，右手拂着飞扬的长发，一副青春飞扬的样子。基座上的铭文是"托起明天的希望"，落款是"献给母校建校二十周年纪念"，商州校友会捐的。我想这也是母校对我们的期望吧，这些能给母校捐赠的大概都是功成名就之人，也期望着自己有一天也能凯旋。

花园西边是小操场，当初好像还未硬化的样子，那时中文系喜欢和体育系开展篮球赛，虽然输的时候多一些，却还是激烈得尘土飞扬。上体育课是到两公里外的市体育场，那时的体育场并没有塑胶跑道，还是铺的炉渣。大伙也并不觉得远，只是把上体育课当作逛街的旅程，顺路买些小东西，还有的回来时顺便在街边小吃解决了午餐。

说到吃，这也是学校生活里除了学习之外的另一大主题。在中国有一个特殊的菜系，那就是学校食堂。虽然在上学时我们觉得并不怎么可口，可在离开之后会让你终生回味。当年的学校食堂虽然也比较简陋，但相比于初高中的大锅糊汤而言，那已是难得的盛宴了。

食堂分了许多隔断，由不同的人承包，经营着不同饭菜。我至今都对各个食堂的菜系记忆犹新：一号食堂的红烧肉是一绝，二号食堂的夹馍实在，三号的刀削面味道独特，尤其是四号灶的炒面，一块五一盘，甜面酱和着青菜丝、豆芽炒的，松散油亮，酱香浓郁。如果再添五毛钱加一个鸡蛋，实在堪称完美。我至今很纳闷，食堂师傅把一个鸡蛋打散之后，炒勺里轻轻一转，就成一个大饼，竟能盖满一盘炒面，这是如何做到的？蛋皮细嫩黄亮，香气扑鼻，和着面香咸鲜适口，那特殊的味道至今让人难忘。五号灶的师傅虽不是兰州人，但拉面的手艺真是不差，左右手交替几拉之间，面飞入锅，细如毫发。虽然牛肉汤不太正宗但是量大，也正合我们小伙子的饭量。

我们在各个食堂吃过几遍之后，也觉得腻了，还总能找出不足。唯独一个地方例外，那就是学校西门外和农校交界处的泡桐树林。说是西门，其实就是师专和农校之间有一段红砖墙，当中有一个门，似乎从来没有关过，印象中好像也没有门扇。我们就那样自由地出入，相较于今天各个校园的门禁森严，那真是一个让人怀念的时代。墙外有一个土坎的平台上有五六棵泡桐树，树下平整的地方人们用石子铺了，三个卖小吃的在下面开张营业，那几棵桐树成了天然的阴凉。东边卖擀面皮的是一个中等个子汉子，推个三轮车；中间炸菜合子的是一对夫妻，配合极为默契；西边卖凉鱼的是一个中年妇女，大概三十岁的样子。在这几年里，他们各卖一样东西，相互搭台成一顿完整的早点，一直相安无事，空闲之余说笑拉家常，有时忙不过来还互相照应。

那擀面皮是商州独特风味，软硬适中，比老家的蒸面皮筋道，又比关中的擀面皮软和些，筋道却并不费牙。那汉子实诚，面皮里并不放豆芽，直接抓一把面皮放些面筋。勺子飞快，点入盐、味精、大料水，一大勺红油再加入商州独特的柿子醋，色香俱佳而量足，酸辣适口，筋道弹牙，实为百吃不厌的小吃。在夏天时，早餐是它，午餐觉得胃口不佳又去了，有人还创过连吃两盘的纪录。

中间炸菜合子的夫妻二人，男的瘦高个，女的匀称而精干。女的一手抓起发得松软的面团，放在刷过油的盘子里，双手十指迅速弹压开，放入一大勺由土豆丝、粉条和韭菜合成的馅料，四周迅速提起合拢，又飞快抓入平底锅中。男的用铲子几压之间就成饼状，十几秒的工夫就翻过面，已成金黄之色。一个菜合子出锅不足一分钟的样子，拿起入口外焦里嫩，咬一口，粉条和土豆丝的软糯、韭菜的清香，让人欲罢不能。吃一盘擀面皮再加一个菜合子，实在是黄金搭档。如果还嫌不足再来一碗凉鱼，传统而又有独特香味的芹菜浆水，浇在凉鱼上，再淋上油辣子，入口滑溜，酸爽熨帖，一碗下肚实是通透无比。

那三个小摊，一年四季都在那儿摆着，成了大学期间唯一没有吃厌的东西，也成了学校食堂最好的补缀。我至今记得凉皮一块五，菜合子五毛，两块钱就能吃饱。如果再来一碗凉鱼，两块五就能落个肚儿圆。在商州城里的其他街巷我也吃过好多次凉皮，相比之下，还是桐树林的最为正宗。

在2000年的夏天，我的上一届九七级学长已经在筹备毕业典礼了。那天早晨，我与一位对面宿舍的九七级兄弟一起吃早点，他先吃了一盘凉皮，似乎是意犹未尽的样子，又要了一盘。我好奇地问："你能连吃两盘凉皮？"

他叹了一口气说："以后到哪儿还能吃到这么好吃的凉皮呢？"

我当时只当作一句玩笑话，可能还有些毕业前的不舍吧！

当2001年的夏天我的毕业季到来，离校的日子变得屈指可数的时候，独自坐在桐树林里端起凉皮，我才咀嚼出师兄那句话里深长的无奈与酸楚。

曾经寻常的校园生活，总以为毕业遥遥无期。当分别真正来临的时候，个中滋味却是青春记忆里难以名状的苦咖啡。而这一别，相见再也无期。

曾经看过师兄师姐们上演过的情节，我们再次上演了一次。签名、合影，执手凝噎。当时还觉得他们感性和脆弱，但当自己真正经历的时候，并不比他们洒脱和坚强。

我在校园中心那个"托起明天的希望"的雕塑前照了一张相，收拾好行囊踏上回乡的列车。再也不能一大早去吃凉皮、菜合子，再见了，我们的桐树林！

校园里觉得无限可能的青春，在回到家乡工作后，成了一个个细碎的日子。这时你才发现，我们非但不能托起明天的希望，甚至都托不起父母的希望。在毕业的很多年里，都想回母校看看，却又一次次退缩，总期待着能成为母校期待的样子。校园里那熟悉的景观，还有桐树林里那些让人口舌生津的小吃，都成为让人魂牵梦绕的念想。在后来的岁月里，因工作出差也走过很多地方，我总是喜欢找当地小吃，寻找当初的凉皮和菜合子，但大抵是失望，再也找不回桐树林里那让人牵怀的味道。

在这个春天里，因学习培训的机缘再次回到母校，相比较于当年上学的条件，今日真是盛装新颜了。我顺着学苑路，找寻当初的桐树林，幻想着能否找回那让人一直挂念的凉皮味道。昔日的农校已变成了商洛学院的西校区，之间的桐树林已然无存，那方位好像变成一个花坛。我怔怔站在那里，在春日黄昏的斜阳下，桃李嫣然开放。我明白，桐树林和我的青春一起，终究消失在岁月深处，再也不见。

2023年3月18日

# 夏夜听月

夕阳渐没，暮蝉声歇，四野里渐渐散去了肆虐一天的暑气，半轮新月从东山升起，如刚从河湾里出浴时少女的脸庞，在夜风下格外清凉、美丽。

夜深而雾气渐重，在蟋蟀浅吟低唱中能感觉到雾气在叶尖凝成了露珠。年少多情不知世事艰难，多少个夏天的夜晚，夜色如水，静静地坐在老屋的檐下，看萤火虫在场院里起起伏伏地飞。那轮明月似乎读懂了自己的万千心事，觉得月亮是前世的知己，读懂自己的一切，却也不说，一直替自己保存着一想起来就怦然心动的秘密。

夜风中，不知谁家的竹笛奏响了《千年等一回》那熟悉的旋律，静夜里格外悠扬而让人心动。痴痴地想自己在这温柔的月色中会不会遇到一位天仙般的白娘子，想来自己的前世可能没救过一条蛇，而且童年时自己遇到蛇还打死过，想想真是罪过！看着月亮偏西，衣裳都潮了，回屋睡去继续做着年少的梦。

可能每个人年少时都有一个仗剑走天涯的梦，至于远方到底有什么并不重要，对少年的诱惑也许只是远方本身。自己拼尽全力离开了家乡，在外求学时又醉心于都市的灯红酒绿，只身来到西南重镇重庆，满大街撩人的火锅味和触目的繁华，让人心醉神迷。新奇地从一处风景转到另一处热闹，重庆小面和火锅吃得人都上火了，还是欲罢不能。一个黄昏，转到了朝天门码头，终于见到了久违的长江，"滚滚长江东逝水……"那种雄浑与沧桑扑面而来！抬头间，惊异地发现一轮明月当空而悬，出来日久，竟忘了已至月半。只是月亮却如家乡明月那般皎洁与清丽，是古铜色的，好似满腹心事般凝重。眼前璀璨的灯火突然变得模糊起来，寻思身上资财已是不多，遍看繁华后终于发现，这些终究和自己无关。心中忽然无比思念故乡那皎洁的明月，想起杜甫那两句"露从今夜白，月是故乡明"的诗，除了美之外又是多么痛彻心扉。

轮渡那"呜呜"的汽笛声，贴着江面传来直击心里，"日暮乡关何处是，烟波江上使人愁"呀，孤独与悲伤如江水般淹没自己！第二天，我就背起简单的行囊回到了家乡。

又一次回到了家乡，回到了曾经生活过的小镇过着波澜不惊的日子。那个夏天的夜晚我站在阳台上，又一次看到月亮从东山升起，一如当初的清丽可人，清辉脉脉，如同多年后与初恋重逢时的眼神，亲切而又万般况味。月色下的故乡一片静谧祥和，后园的蟋蟀在弹奏着古老的《七月》，夜深时大白杨树上栖着的喜鹊，偶尔被月亮惊醒，梦呓似的叫一声。

一年又一年望着月亮从东山升起，从西寨落下，月缺月圆中失却了青春时节，母校与故乡都在无可奈何地陷落，很多事已成过往，很多人已在他乡。我依旧在月亮很好的晚上漫步在从前的路上，给妻子讲从前的故事，给儿子讲诗词里的月亮，只是整个街道静得让人心慌。抬头看那月亮，今夜却那样苍白与清冷，河面上的雾气袭来，顿觉寒凉。回首半生坚守，很多人事都非想象般那样，留在记忆深处的只是那一袭白月光。大多时候，我们当初的梦想就如同童年时玩的魔方，原以为我们可以拼得六面光鲜，后来才发现，我们拼尽全力，也只拼好了一面，再怎么努力也拼不回你想象的样子。

夜深露重，月影西移，在后山坡看守玉米地赶野猪的乡亲们零星的鞭炮声，惊醒了子规的睡梦，子规惊讶地飞起消失在夜色中。只有后园的蟋蟀，依旧在弹奏着古老的歌，"七月在野，八月在宇……"

2020年7月30日

# 午休的故事

我也是上学以后才知道有午休这回事，那时是叫作午睡的。而在以前没上学的日子，我们是日出而玩、日落而息，可能在童年的世界里，永远没有"疲倦"二字。

午睡这件看似幸福的事，对于童年的我们来说是难熬的，我们对待午睡如同对待作业一样，需要老师提着教鞭像放牛一样看管。那年月一天只吃两顿饭，早上上完三节课吃过早饭之后到学校午休，之所以要求到学校午休，是因为老师担心孩子们在家不好好睡。事实上也确实如此，记得有几次我跟老师说在家睡，其实是骑在樱桃树上吃了半中午樱桃，结果上课一片迷糊，一下课倒很清醒。

如今再回顾起当年午睡的情景，堪称奇观，床肯定是没有，我们就在桌子和长凳子上睡。同桌两个人轮流换躺桌子凳子，桌子虽硬倒也能将就，但在十几厘米宽的长凳子上睡那就需要技术了。这玩意儿一是入睡难，二来睡着了一翻身容易掉地上，这当中好几次有人睡着翻身掉地上，把大伙吓了一跳。当年我们看电影《少林寺》，里面有小和尚头和脚分别放在两条凳子上睡觉的镜头，但我们却没有练成，倒是摔到地上好多次。后来有人觉得凳子上没有地上宽敞，就在家里拿一块塑料纸或者麻袋铺在地上睡，这样虽然没了摔落之忧，但地上凉得实在难以入睡。

让小孩干他不愿意干的事情实在是很难，比如我们的午睡。铃响之后，老师拿着教鞭在教室逐个巡视，看谁不好好睡，就扬起教鞭吓唬。所以老师一来大家就闭上眼装睡，过一会儿听没了动静，就慢慢睁半只眼眯着看老师走没，隐约发现老师还在教室外站着，就赶紧闭上眼继续装睡。不过装睡有时还真有效果，装着装着睡着了，有同学睡得太实，口水竟然流在桌子上，让大家笑了多年。还有同学中间睡醒了，偷偷地和另外睡醒的同学打手势比画交流，正得意间，忽然见窗外黑影一闪，班主任竟然在窗外潜伏着！接着听到几声竹鞭打在身上的闷响，我们差点没憋住笑，挨打的同学真有趣，明明疼得不行，还接着装睡。

我们在和老师的斗智斗勇中走完了小学生涯，到中学以后，允许在家午睡，但大家觉得这大好的时光用来睡觉实在是浪费，一大群男生都跑到学校门前的大河里游泳，念了多少书不知道，个个练就了一身好水性。说来也怪，那年月学校并不太管孩子下河游泳的事，竟然没有发生过溺水事故，也许让孩子们都学会游泳，可能是最安全的吧。但大人们倒很是反对孩子下河，我奶奶曾埋怨说冬天才吃得胖胖的，一个热天江水打得（长辈们把游泳称为打江水）又瘦了，在奶奶的意识里游泳很糟蹋粮食。放学大人觉得回家迟了，就质问我们是否游泳了，我们当然不承认，大人就用手在我们胳膊上一抓，几条白道，明白地显示我们在水里泡了很长时间，不是一顿饱打，就是一顿训斥。但没有什么用，第二天我们依旧在河里玩到上午自习才到学校，但后果很明显，上课困得眼皮有千钧重。后来老师生气了，一次趁我们在河里游泳时，将岸上的衣服全抱走了，我们只能眼睁睁地在水里泡着起不了身。过了半中午，老师也觉得不是个事，又让同学把衣服送来了。中学的午休是快乐的，但代价是我们很多同学将学习弄得一塌糊涂，这个深刻的教训，是我们步入社会后很多年才明白过来的。

后来上高中再到工作时，才明白午休是一件多么美好的事情。再也没有人赶着我们睡觉了，到时候困得不行，倒头就睡，往往时间到了该起床的时候，还是迷糊得不想起身，但生活自有无声的铃在催你起床。当年上学时候，羡慕大人没有人管，上学太苦了，现在回想起来，上学真是一生中最快乐的时光，尽管从凳子上掉下来过，也曾睡过铺着油纸冰凉的地面。到了中年之后，忽然觉得睡觉成了问题，这是从没有过的，明明觉得困得不行，睡下反倒醒了。有时强迫自己像童年一样闭上眼装睡，可闭上眼脑海里如同放电影一样，过客匆匆、纷纷扰扰，过了很长时间，却并没有如童年一样装着装着睡着了。有一位高僧说过："人生真正的修行就是该吃饭吃饭，该睡觉睡觉。"现在想来，确实很有深意。

后来儿子上学，到了该午休的时节，在家午休时我强迫他上床睡觉，他找各种由头磨蹭，实在拗不过才上床。我守在门口，他如同我当年午休糊弄老师一样，假装闭眼入睡，过半天没有动静了，慢慢睁开眼一看我还在那儿，又迅速闭上眼，我忍不住笑出了声。唉，人生有些经验和教训，如非经历，即使你耳提面命，孩子却总难入心。也许人生就是这样，只有亲身经历千般起伏，才能体会万般滋味！

2021年5月6日

# 生命最初的歌

"在小小的花园里挖呀挖呀挖，种什么样的种子开什么样的花……"近期武汉幼儿园的黄老师因带孩子唱这首儿歌火遍全网，甚至成为了播放量上亿的顶流。人红是非多，有人开始了各种质疑，平心而论作为教师能成为如此网红还是首次。黄老师这种亲切自然清纯的人设，刷新了人们对教师的传统认知，客观地说也是一件好事。回头想想，黄老师火不仅仅是因为清纯自然的歌声，还有她那眼中有光、心中有爱的表情，符合了人们对幼师的想象；更因为那首儿歌唤起了人们对童年的美好回忆。

所有的艺术作品中，最能直接打动人心的莫过于音乐。而人们在生命的初期最早接触的歌曲，最让人终生难忘。就如同多年以后，我们再次听到"小燕子，穿花衣，年年春天来这里……"简单的歌词，温暖的旋律，让成年的我们泪眼婆娑。并非歌曲多么跌宕起伏、感人至深，而是唤起了我们对生命最初美好的怀念。

自己儿时，那绝对是一段艰苦岁月，没有玩具没有零食，也没有24小时有热水的家。但并不影响我们天天唱着"我们的祖国是花园，花园的花朵真鲜艳，和暖的阳光照耀着我们，每个人脸上都笑开颜……"我们一个个衣衫破旧，很多打着补丁，背着各种品相的书包，但脸上的笑容是纯真的。我们相信梦想的力量，那是一个充满梦想的年代，当时我们也不知道未来的样子，可都相信未来会更好。

人们在少年时期大抵相同，都认为自己能成为拯救世界的英雄，可能也为上清华还是北大纠结过，后来才发现真的想多了。而我们的父母经历了太多的艰难困苦，也对子女赋予了太高的期望。在低年级考过几次双百后，信心大增觉得到了成龙成凤光耀门楣的时候。这也是为何有俗语云"别人的庄稼自己的娃，咋看咋爱人"，这是亲子关系的黄金时期。但随着年岁渐长，你会发现理想和现实之间的距离不是一般小，孩子长到十几岁的年纪皮得鸡嫌狗不爱。其实，小孩看大人可能也是如此。再长大后，悲哀地发现我们大多数人终究是个普通人，年少的梦想逐渐变得遥若星辰。那些回响在生命初期的歌在午夜又回响在耳边时，眼前会浮现出父母和师长那慈祥的脸庞，成年之后的艰难会让人愈发怀念回不去的从前。

我们在年少时可能背过很多诗歌，吟诵过李白的万丈豪情和千般艰难。但在我们内心深处最容易浮现的还是他的《静夜思》："床前明月光，疑是地上霜。举头望明月，低头思故乡。"不是因为它深邃，只是因为它是我们很多人的启蒙诗歌。初读不知诗中意，读懂已是诗中人。从前的明月又在心底浮起，泛起一阵阵潮湿。

从"小燕子穿花衣"到"在小小的花园里挖呀挖呀挖"，打动我们的不仅仅是黄老师那亲切自然的表演和纯真的青春，也是生命初期那熟悉的旋律，触动了我们心底那根敏感的弦。

2023年5月10日

# 那场离别，来不及说再见

送走了一届又一届的学生，也经历了一场又一场的离别。而在每一场离别中，我都仔细地品味成长的欢喜，也感受离别的忧伤，也尽可能庄重地好好告别，给孩子的中学生活，也给自己年华里留下一点记忆。在多年以后的回想里，能成为一道美丽的风景。

每当这个时候，总能想起自己的中学时光，那场离别草草了事，甚至来不及说再见，我们就各自散落在天涯。

那是在1994年的7月，我们从母校米粮中学毕业了。虽说改革开放已十几年了，但对当时的乡村影响并不太大，人们只是不缺吃了，却依旧缺钱。零花钱对我们而言，是一个奢侈的向往，初中三年，大家在学校吃的还是顿顿糊汤。每周天下午到校的时候，住宿生都提一个菜罐子，里面大抵装的是酸菜和酱豆之类，那便是一周六天的下饭菜了。特别是夏天，过了周四菜已馊得刺鼻，但为了把寡淡的糊汤哄进嘴，那些菜也将就吃了。说来也怪，那年头很少见因此而闹肚子的学生，不得不佩服大伙强大的肠胃。

因为贫穷，我们的毕业算得上兵荒马乱。本来初一两个班七十余人的，但因中途各种原因辍学和职中分流，到初三时大约只剩了一半人。毕业了甚至连一张像样的毕业照都没有，可能班主任觉得实在过意不去，找了一个游方的照相师傅，我们就站在老师的房子前照了一张相。在那张合影里，大伙穿着随意，一脸忧愁，完全没有毕业前的欢喜和向往。多年之后再回头看，还能感到压抑和沉重。

那场毕业没有任何仪式，我们几个伙伴就和往常放学一样来到学校不远处的牛家堰潭边。那个长十几米深三米余的清澈水潭，伴我们度过了三个快乐的夏天，班里的男生几乎都在这个潭里练就了不凡的水性。幸运的是在这里没有发生过谁溺水的事情，不过因为没有桥，一个学生因为雨天涨水强行渡河被冲走，成了这条河里唯一的事故。那天我们来到河边，心中又激动又失落，激动于以后再也不用受学校铃声的约束，失落于我们大伙都不知道明天到底去哪儿。那年月中考的最大目标是考中专，考上中专意味着端上了铁饭碗，借用当年老师的话说就是成为穿皮鞋的人。但我们清楚地知道，三年的自由成长，这个目标已经实现不了了，那未来在哪里呢？谁知道！像父辈一样面朝黄土背朝天在地里劳作，想想都后怕！

但终归要散场，我们几个商议着像大人一样告别吧！各自掏出兜里仅有的毛票，合资买了两瓶啤酒，决定来场像样的告别。也没有杯子，我们几个轮换着对瓶吹，初次尝到啤酒觉得味道怪怪的，但还是大口地喝着。一轮过后，有人提议划拳谁输了谁喝，大伙都赞同。那天我手气似乎特别好，划拳几乎不输，看看酒都让他们喝完了，自己还喝不上干着急。由于酒太少，没有人喝醉，但望了望不远处的学校以及我们迷茫的明天，多少还是有点上头。

之后，我们几个站在大石头上，往深水潭中跳下去，在清澈的河水里遨游。我们潜入水底和鱼儿嬉戏，比赛看谁憋气时间长，也是在那一刻，生命才得到真正的自由和放松。那天，直到黄昏时分，我们才上岸，在往回走的时候，再次回头望了望隐在斜阳里的母校，她似乎变得亲切起来。

那年中考毫无悬念，只有一名同学考上中专，少数几个到镇上上了高中。大部分同学奔赴他乡，辛苦而努力地活着，随着时代的起伏，上演着各自人生的悲欢。而我的母校——米粮中学，在后来撤乡并镇的大潮中，1999年并入镇上的高中。母校，成了一种符号的存在。只剩下两排瓦房，在岁月的深处日益地衰败下去。后来我也偶尔回去看看，那厚重的木大门，已是沟壑纵横、几近衰朽。细看还残存着当年我们刻下的别人的名字，在推门的"吱呀"声中，似乎又找回了短暂的年少时光。院内杂草丛生，教室门窗的玻璃残缺不全，那些斑驳的绿漆似乎在诉说着曾经的过往。后排我们睡过通铺的宿舍，由于年久失修破败得不成样子，唯有院子中央的那丛芭蕉，却依旧葱茏茂盛，似乎一直是当初的样子。

时光走到2006年4月的最后一天，所有的记忆全部定格。米粮中学后面的金矿溃坝，滔天的洪流瞬间吞没了我的母校以及附近的几户人家。天空形成了如核爆一样的蘑菇云，半天才散去。

我望着曾经的母校变成了遍地黄沙，一阵迷怔。那熟悉的校园，附近的烟火人家，一切都消失了，是那样猝不及防。我明白，我们这一届学生成了无根的人，对母校的怀念再也无处安放。不但旧址无存，连名字人们也不再提起，唯一的记忆是我们建了一个同学群，还倔强地命名为"米粮中学九四届同学群"。只是大家也不太说话，都在为生活奔波在不同的地方。

没有认真的告别是遗憾的，在后来自己经历的一次次告别中，我都庄重而细心，为自己也为他们，为各自生命中的相逢而心怀感恩。纵然离别终不可免，那也尽可能留下最美的风景。

2020年7月15日

# 记忆里的《封神榜》

蓝天野老人家走了，在人们的一片悼念声中，才发现老人家竟然是90版《封神榜》姜子牙的扮演者。记忆迅速拉回到那久违的90年代，在那个十四英寸黑白电视机里，他是仙风道骨手持打神鞭主持正义的姜太公。

在20世纪90年代初，电视机绝对是个稀罕物，一个队可能只有一台。而在我们生产队拥有第一台电视机的是最早的万元户，因为我们对面的山上出了锑矿，他见机成为第一个矿主。当年的万元户实在让人羡慕，对我们而言万元几乎是个天文数字，因为给人干一天农活才一块五毛钱，攒够一万元大概率得二十年不吃不喝，就好比今天普通人看一二线城市的房价一样。

在那个物质和精神生活都比较匮乏的年代，能看到电视剧是一件令全村人都兴奋的事情。那时电视只有一个台，还经常逢变天信号不行荧屏飘雪花，这时你转一下天线或用手拍一巴掌有时会变清晰。有人戏称，这电视机和娃一样不打不听话。当时《封神榜》开播，大伙都涌到那户人家看电视，我们放学去得迟，放电视机的堂屋里黄金位置都占完了，我们只有站在门槛上，脖子伸得老长。当一集播完，女主人就去用手摸一下电视机，稍微有些发热，她就说："哎呀，电视机烧烫了，要歇一下！"随后"咯嘣"一下关了电视机。我们只有心急火燎地等待着，女主人却无比淡定和从容。好半天看女主人没有开机的意思，心急的小伙伴就提醒"来了！来了！"，生怕错过了精彩的剧情。主人虽心疼电费，但见大伙没有散去的意思，也只好打开电视。如果剧情刚接住，大伙庆幸不已，若错过一段没接上，都唉声连连，就讨论错过的那截发生了什么。

那段时间，我们在学校的主要话题是讨论《封神榜》剧情，看了电视的同学无疑最有话语权。一到下课，他就成了核心人物，站在人群中间，唾沫横飞，讲到激动处，手舞足蹈地模仿某个神怪。我同桌就很是痴迷，为了不耽误剧情，竟然旷课把电视看完了。一次晚自习，他激动地给我讲比干掏心那段剧情，正比画着，被班主任在窗外发现了，班主任直接把我俩拉到外面站了两节自习。但他却并没有长记性，竟然在家做了一件和姜子牙同款的打神鞭，做工之细和酷似度之高令同学称奇，一下课他就在那比画着作法呼风唤雨。然而，好景不长，后来被班主任没收了，大伙都替他惋惜。

那时，《封神榜》的主题曲《神的传说》广为传唱。就连我们上课前，大家都无师自通地唱起了《神的传说》：

"花开花落花开花落，悠悠岁月长长的河。一个神话就是浪花一朵，一个神话就是泪珠一颗。聚散中有你，聚散中有我，你我匆匆皆过客。日出日落日出日落，长长岁月悠悠的歌。一滴苦酒就是史书一册，一滴热血就是丰碑一座。呼唤中有你，呼唤中有我，喜怒哀乐都是歌……"

当时只是觉得好听，也并不懂曲中之意。后来在初三那年一个凄冷的冬夜，我往家走，忽然听到河对岸传来一阵悠扬的笛声，吹奏的就是熟悉的《神的传说》的旋律。彼时，一弯上弦月洒着淡淡的月光，家乡的河流和树林都一片迷蒙。笛声时而激越时而呜咽，听了让人无比陶醉又莫名地伤感。《封神榜》里诸神都已归位，而自己又向何方？

人生很多时候并不允许你有太多的思量，无论你做好准备与否，生活都将裹挟着你一路前行。转眼三十年已如云烟，而今电视机虽更新换代，却几乎成了摆设。后来我也拥有了一支长笛，也曾在有月色的夜晚吹奏起《神的传说》，虽是熟悉的旋律，但却曲调难成，往事已如隔世！

金庸先生曾说：人生就是大闹一场，然后悄然离去。从《笑傲江湖》到《封神榜》，先是对名利的追逐，最后到诸神归位，再大的热闹都归于寂静。落幕处，给了人们最好的希望：姜太公在此，百无禁忌！

"聚散中有你，聚散中有我，你我匆匆皆过客……"传说终究是故事，过好当下，就是最好的传说。

2022年6月12日

# 六一的怀想

  每年到六一的时候，心头总泛起苦涩又甜蜜的回忆。仔细算来，自己过六一已经是很久很久以前的事了，如今孩子都已上初中不再过六一了。

  我清楚地记得自己六一儿童节唯一一次上台是在1988年，我上三年级。我的班主任李老师是一个高个面黑的商州人，平日里见我背课文快，就让我讲故事，好像讲的是一只白鸽被猎人打伤的故事。为了这次上台，我提前一个月向父亲吵吵着要白衬衣，并且再三强调我要上台的，如果说得不够庄重，我的白衬衣很可能要泡汤。父亲拗不过，终于决定扯布让裁缝给我做一件。我日思夜盼着新衣服快点做好，可直到六一的前一天下午衣服才取回家，真是让我欣喜异常又备受煎熬。

  那时我在乡政府所在地上小学，学校叫红卫小学，几经变迁今天叫米粮小学。当时各村都有完小，全乡七所小学的孩子一起齐聚在红卫小学欢度佳节，虽然很穷，但场面很是宏大。孩子们统一穿着白衬衣，但裤子和鞋就形形色色了，在那个贫穷的年月，能统一一件衣服已属不易。家庭条件好一点的，还能再要两毛钱买一瓶汽水，喝完之后瓶子要还给店家。也许那次要上台的缘故吧，父亲格外开恩给了我两毛钱。第一次喝到这种神奇的饮料，酸甜可口气泡扎嘴，真是难以形容的好喝，这大约是书上说的琼浆玉液的味道吧。多年之后在外面吃饭，发现一种叫冰峰的饮料与当年的汽水色泽、造型几乎一样，欢喜地买了一瓶，喝了几口感觉与当年的味道有一点像，却再也喝不出少年时神清气爽的感觉了！

那年我们的六一异常热闹，全乡的孩子欢聚一起参加汇演，先是列队在老米粮还是土路的街道上游行，而街道上有些地方还铺着麦把子，我们举着彩旗昂首挺胸，大喊"庆祝六一国际儿童节"，脚踩得山响，队伍过后，尘土飞扬！满街围观的群众，在指指点点讨论着排头打旗的是谁家的孩子，有人注目时我们格外骄傲。

游行结束之后，文艺节目表演开始，那天李老师还给我化了妆，其实也就是用胭脂抹红了嘴唇和脸蛋。因从没有化过妆，同学们一见我就哈哈大笑，说我像个女娃子，本就腼腆的我越发不好意思，只向人少的地方躲。等了半晌，也没见大喇叭喊我上场，我以为不让演了，就偷偷到门口的水沟撩水把脸洗了。刚洗完就听见大喇叭喊我的名字。我飞快地跑到舞台的中央，望着全乡同学的脸，那个紧张呀，故事讲了一半，忘了！那种尴尬让我终生难忘，都记不起来那天是怎么走下舞台的。童年时期唯一一次上台的机会，就那样成了美好而遗憾的回忆！

我兴冲冲地奔向中学，一路渴望着快点长大，总以为长大后再也不用为两毛钱的汽水和白衬衫作难，可真正长大自己挣钱后才发现，冰峰再也不是当年的汽水，而我却也不爱穿白衬衫。唯一有一点没变，每到六一时听到隔壁小学音乐响起时，我总爱在门口张望，羡慕孩子们欢天喜地的神气，似乎多少能找回一点自己的从前！

后来，儿子上小学了，每到六一，我总是和自己当年过六一一样郑重其事，准备衣服，从训练彩排到上台表演一路跟随。直到正式表演的那一刻，孩子上台时我竟然十分紧张，生怕孩子和我当年在全乡伙伴面前一样卡壳而无地自容。也许那次上台给我留下了太深的记忆，成为一生挥之不去的尴尬！当看到儿子在台上顺利表演完，我才长出一口气，感觉比自己表演还紧张。儿子无疑是幸运的，小学六年上台表演了六次，而他在台上表演大胆自如，全然没有我当年的羞涩与腼腆，对这一点我倍感欣慰！尽管常言父不夸子，我还是忍不住发朋友圈为孩子点赞。

又是一年的六一到了，只是儿子也已上了中学，这个让人怀念的节日离我们父子都已远去。因一场突如其来的新冠疫情，所有的中小学暂停一切大型活动，今年的六一活动也就自然取消，幼儿园还未开学，小学也一片静悄悄。院子四处跑的小毛孩似乎也已忘了这个节日的存在，和往常满院子跑的粉嘟嘟的小花脸相比，让人倍感失落！

有些美好总是在不经意间溜走，有些不愿面对的事总是猝不及防，只盼岁月安好，孩子们笑逐颜开！

耳边忽然响起朴树的《那些花儿》，"那片笑声让我想起我的那些花儿，在我生命每个角落静静为我开着……她们已经被风吹走，散落在天涯，有些故事还没讲完就算了吧！那些心情在岁月中已难辨真假，如今这里荒草丛生已没了野花……"

再见了，我的六一！

2020年5月28日

# 那颗划过天际的流星

## 月明村的往事

人的一生，我们以为吃过很多苦，走过很远的路，一定会到达如朝霞般绚烂的远方。可有时历尽艰难，刚开始看到曙光时，却突然结了尾。

我和张钊的相识纯属偶然，但谁也没想到这段相逢，却成为彼此人生中一段浓墨重彩的风景。这是一个悲伤的故事，还得从2003年的夏天说起，那时节我还没有结婚，放暑假我在恋人家里玩。这是一个四户人家两两相对而居的小院子，未婚妻堂兄妹十人，那时大多数还小，都在家里一起疯玩，一到假期院子热闹异常。中午我们聚在院子中央的大樱桃树下打扑克，下午一大群扑下河游泳，那段日子无疑是我人生中最快乐的时光。而就在那个农历七月初的日子，院子传来一个让人震惊的消息：院子西边前坡的稳子出事了！年纪才二十多一点，更让人揪心的是他的儿子出生才四天！这就是后来的小张钊。院子的人们无不悲伤叹息，为稳子的英年早逝，也为这对可怜的孤儿寡母。一院子的人都赶到前梁上帮忙，那晚上偌大的院子只剩下我和未婚妻两人。一弯上弦月散发着朦胧的光，让院子显得格外冷清，我和未婚妻心里感到一种莫名的恐惧。前梁上稳子家里隐约的人声和闪动的灯火，让人愈发感到世事难料和人生无常。

因为是夏天，加之稳子是青年在外凶死，丧事办得简单而急促，他睡了老父亲的棺材。最令人伤情的是小张钊母子，母亲才二十左右的年纪，儿子不足十天，葬礼上哭得死去活来，那些帮忙的妇女们也看得忍不住抹眼泪。后面的故事更是悲怆，因稳子是在工地意外身亡，包工头并没有买保险，也不想多赔钱，能拖就拖。可怜一对孤儿寡母在举目无亲的省城，辗转讨取赔偿，绝望无助之际，一度给包工头下跪。即使卑微如此，最终获取的赔偿也没有多少，丧事花费、来回奔波，钱已所剩无几。年轻的母亲哭干了眼泪，也饱尝了世态炎凉。

小张钊母亲的娘家远在山外，丧事完毕之后，母亲想带孩子回娘家，可爷爷奶奶舍不得儿子留下的唯一骨肉。这也是这个家庭唯一的希望，害怕年轻的儿媳一去不返，死活不放手。因此翁媳交恶，在一个黄昏吵了一架后，年轻的母亲哭着从前梁上三步一回头，离开了这个伤心地。尚在襁褓中的小张钊在姑姑怀里嗷嗷地哭，哭声回荡在前梁上，撕裂着所有人的心，最苦莫过儿离母！

张钊的母亲这一去再也没有回来，邻居们还在悲伤地议论着稳子的死，好好的一家人就这样散了。又谈说前梁上这几年咋了，好几个青壮年在矿山或是工地意外身亡，人们说是否找风水先生禳治一下。其实，在21世纪初经济快速发展的年代，很多农村青壮年涌去了城市，没有一技之长的他们，要么去矿山，要么去工地，而这两个地方是事故的高发地。村里一年总有一个或几个青年盖着白布从外面拉回来，还有侥幸挣了钱回来的，却落下了尘肺，后半生苟延残喘。而这些，在那个年代的乡村很常见。

日子就这么一天天地过着，人们渐渐不再念说稳子，不再谈论张钊，又一次将我的记忆唤醒是在2014年。那个秋天，二婶去世了，我又一次回到了那个曾经给我无限欢乐的油坊梁院子。因为丧事，多年前已经天各一方的兄弟姐妹难得聚齐在一起，旧年的乡邻亲友也因帮忙而会面。多年过去了，他们日渐苍老，而我也不再年轻。在整个丧事的场子上，许多年没见面的人们，热切地谈论着这几年的经历与见闻，而其中有一个约十岁的小孩，口齿伶俐，小小年纪却与大人们谈得火热，完全一副小大人的样子。大人们饶有兴趣地逗惹他，我看这个孩子性格外向，表达能力很强，表现出与年龄不相称的成熟。

看我在旁边，有人打趣说："张钊，这可是老师，你再胡说！"

他泰然地说："又不是我老师！"

我一笑，这个孩子有着同龄人少有的大胆和刁顽。在随后的闲谈中才知道，这就是十一年前那个夏天，出生仅四天就失去父亲，随后又离开母亲的小张钊！思绪又回到了那个悲伤的夏天，想那个从未见过父母在风中独自长大的孩子，能长成今天这个样子，也算是一种幸运吧！

到第二年开学的季节，我在新生报到处意外地发现张钊竟然都上初一了。一个清秀伶俐的孩子，性格开朗外向，而且成绩很优秀，我想也算是上天的垂怜吧！

上初一第二学期的春天，县上有一个叫作公益家园的团队想在学校资助一名家庭贫困且表现优秀的学生，我极力推荐了张钊。在那个春日的周末，我带着公益团队来到了月明村前梁上张钊那个衰败不堪的家，一行人无不为小张钊坎坷的身世所感动，也为孩子今天的成长感到欣慰。一时间，大家纷纷解囊，一会儿募捐了五千余元，而且同行的陈世东经理还许诺一直供他到大学。围观的乡邻纷纷感叹："娃运气来了！"张钊爷爷那张被苦难折磨得皱巴如核桃一样的脸，也逐渐舒展开来。

后来孩子在初中的生活一路向东，初一五四的时候县上让推荐一名"美德少年"，张钊被学校上报后顺利当选。随后又被选送为市级"美德少年"，而后他的事迹又被省电视台选中，作为"全国最美孝心少年"的候选人。月明村这个偏僻的小山村，第一次迎来了省电视台。那个假期省台的杜哲、杜睿老师先后两次深入月明村拍摄采访，历时两周，而那时通往张钊家的路并没有硬化，土路被雨水冲刷得沟壑纵横，省台的车都上不去。我仗着自己熟悉地形，开车送省台两位老师翻山越岭奔波两周。省台两位杜老师在三伏天冒着酷暑，上山入户详细走访拍摄。那种一丝不苟、追求完美的敬业精神，让我深深地折服。

功夫不负有心人。省台老师认真负责，所拍摄的张钊的事迹终于被中央电视台选中。9月份开学季节，央视派赵坤现老师前来拍摄，省台二位杜老师陪同赵老师再次来到月明村。月明村前梁上沸腾了，这个穷乡僻壤迎来了中央电视台！乡亲们争相前来看热闹，看看中央电视台的记者到底长什么样。七天的拍摄十分辛苦，我陪同三位记者跋山涉水，一次次地拍摄、一次次地取舍，想把小张钊十三年的生活通过五分钟的片子表现出来实是不易。白天拍摄，夜里往往忙到一两点，反复观看影片，剪辑研讨。而第二天为了拍摄黎明的场景，又要起个大早。我现在才明白，我们一直羡慕电视台记者工作的光鲜，其实他们平日工作的背后付出太大的艰辛！和三位记者相处的七天，他们那种对工作精益求精的态度，让我终生难忘。

记得为了还原张钊上山采药的情节，赵坤现老师和杜哲、杜睿老师步行十余里，爬上了张钊家对面的那座山，大中午的，他们浑身湿透。那个黄昏拍完了夕阳下劳作的画面，天色已晚，我们几个就在张钊家的院子露天而坐。吃着秋末的烤玉米，赵老师给我们讲了很多关于北京、关于央视的见闻，我和小张钊及他的邻居们听得如同梦一般。对于我们大多数人而言，北京和中央电视台始终是在书本和电视上的存在。虽然我们天天看新闻联播，但是它的真实面目到底如何，对在座的人来说是一个遥不可及的梦。

片子拍摄到最后一天的时候，是一个张钊在村民小组会上的发言，月明一组的村民们挤在队长的堂屋里，面对电视镜头，个个无所适从，脸上却也无比兴奋，他们多么希望在电视上看到自己，但又不敢相信这是真的。

经过七天的劳作，片子终于拍完了，陕南九月的秋老虎依然很烈，三位老师的脸晒黑了一大截。我全然没有想到，经过几位老师近一个月的辛苦，最后片子浓缩成了五分钟！我至此才明白，我们看似简单的电视节目，拍摄起来如此艰难。

拍摄结束，我和央视的赵老师及省台的二位杜老师成了无话不谈的朋友，大家也都喜欢上了聪明伶俐的小张钊。通过近一个月的相处，张钊确实成长了不少，也契合影片中呈现的小大人形象。七天后，我们依依惜别，临行前赵老师对我说："下个月，北京见！"我一脸茫然，对我而言，北京遥如星空，尽管在当下下决心去一趟也不是难事，但真正要成行也靠机缘。那从小就熟悉的绿树红墙、天安门城楼，对我而言至今仍是梦想里的存在。真实的京城，远在天涯。赵老师见我一脸错愕，说道："这孩子入围可能性很大，可能的话届时一同到央视领奖！"我心中无比激动，一直在想有一天我一定要到北京去看看，但这一天到底是哪一天，自己也不知道。当赵老师告诉我可能的日期时，还是无比忐忑，在心底也可看作赵老师对我的一种祝福与勉励吧！

## 北京之行

人生有很多机缘，大多出乎意料！在2016年的10月，收到县委宣传部通知，张钊荣获"中央电视台全国十佳最美孝心少年"称号，10月中旬让我带张钊一起去央视领奖，并且详细叮嘱我买好机票，多带点钱，北京花费大。我的内心彻底不淡定了，以前在电视上看到的天安门、故宫、长城以及造型别致的央视大楼，这就马上在眼前了，激动得我好几晚上都没睡踏实。这些曾经憧憬半生的东西，当它马上要实现时，有一点让人难以置信。

订好机票，我激动地掐算着即将临近的日子，坐飞机对我而言是平生第一次，想来总有些缥缈的感觉。终于到了出发的日子，我给自己和张钊准备好行囊，我到县城专门给张钊买了一身新衣裳，进京了总得有一身体面的行头。那天我带孩子转了好几家服装店，给孩子选中了一件淡蓝色的衬衣和一条牛仔裤，穿在身上张钊一改从前的拘谨和土气，变得帅气阳光起来。看到孩子在镜子前来回转圈开心的样子，我心中有些难过。造化弄人，这孩子命运多舛，这些对一般孩子而言的寻常东西，对他而言却弥足珍贵。

到省城后，省台的杜老师和猎豹公司的刘博经理带着我和张钊在省城玩了一天，张钊对看到的一切都无比新奇，这也难怪，孩子第一次走出大山，激动与好奇在所难免。第二天去咸阳机场登机，我和张钊一样，对程序茫然无知，一切全靠省台的二位杜老师张罗。在登上飞机的那一刻，心中感慨万千。我一直在想，自己人生第一次坐飞机会是一种什么样的机缘和感受，想象过很多场景，却没料到是以这样一种猝不及防的方式来临。飞机起飞后，看到机场人流如蚁，远山渐成一道黛影，我如同还在梦里一般。我坐在舷窗边，望着掠过飞机的云彩，从前、现在、未来，顿成一片苍茫。飞机还要在贵阳转机，我有机会在贵州这个大山里的省份停留二十分钟。飞机渐渐从云彩之上，降落到崇山峻岭中的贵阳机场。我去机场的超市里买了一袋竹荪，也算是给人生中的贵州之行留下一点纪念吧！飞机再次起飞后，我看到逐渐模糊的群山，心中很是好奇，这个崇山峻岭中的省份，却出产着中国很有影响力的两个品牌——茅台酒和老干妈，真是一件很有意思的事情。

飞机终于在北京降落，梦想中的北京扑面而来！从机场打的去酒店，放眼望去北京真大，街道真宽，并不像传说中的"首堵"。看着窗外变幻的风景，在脑海里努力地搜寻着在书本上和电视中看到过的风物，一切熟悉又陌生，如同到了一个梦里的城堡，亦真亦幻。

因距离电视台开拍还有两天时间，刘博经理带我和张钊专门去游了一趟天安门广场和故宫。那个秋日的下午，我和张钊站在天安门广场上，那无数次在人民币和课本上看到的天安门城楼，真切地出现在我们的眼前，心中的激动无以言表。我忍不住给妻子发了一个视频："看呀，我看到天安门城楼了！"之后，我和张钊在天安门前庄重地合了个影，留个纪念吧，今生不知何时会再来。

那天我静静地站在广场上，华表上的朝天犼依然是千年来仰望的姿态，金水桥的汉白玉栏杆远没有照片上的光洁，是一片饱经风雨剥蚀后的粗糙。在用手触摸到的一瞬间，一种历史的沧桑感传遍全身。恍惚间，觉得自己在偌大的京城微如尘埃。

第二天，我们一行人去了故宫，虽然在中学课本上学过《故宫博物院》，但当真正地走进宫门，踏上那经历岁月洗礼已没了棱角的地砖，那种历史的厚重与恢宏直击心底。太和殿的龙椅，见证了朝代的更迭、王朝的兴衰；阴郁的军机处，让封建王朝终成云烟；大殿外的几口大铜缸上被刮得斑驳不堪的鎏金，是八国联军用刺刀留下的"大作"，似乎在无声地诉说着这个民族所经历的屈辱与不幸！故宫真大，我们半天时间也就转了一半的样子。黄昏时分离开，似乎走了很长的路，耳边隐约回响着大臣们上朝时匆忙的脚步和纷乱的鼓角争鸣！而同行的小张钊，似乎也很受震撼，一路少有言语。

第三天，我们终于要进央视拍摄了，在新闻联播上看了无数次的央视大楼真切地近在眼前。我和张钊在这座设计别致、空间感极强的大楼边激动地拍照留影，许多年后也算是到过央视的记忆。我们在工作人员的带领下经过层层安检进入央视大楼，进去以后浑然没了方向，如同刘姥姥进大观园。所有的楼层和门都是一样，只有一个数字，在人家的引导下终于来到了拍摄大厅。来自全国各地的孩子们，按照工作人员安排在一起排练，我竟然在现场看到了荧屏上熟悉的欧阳夏丹、鞠萍等人。虽然早已过了追星的年龄，但心中还是很激动，找机会和鞠萍合了个影，又让欧阳夏丹签了个名。随后又听说这次活动由白岩松担任主持，他是我心中一直崇拜的主持人，我特地买了一本《痛并快乐着》新书，希望能得到他的亲笔签名。我在大厅的入口处等着，终于等到了白岩松老师迎面走来。白岩松老师似乎比荧屏上沧桑一些，头发花白了许多，但依旧精干睿智。我激动地迎上前去求签名，白岩松老师答应了我的请求，尽管已近不惑的年纪，但我还是像小学生一样开心。我把这本书收藏在书柜的顶层，成了那次北京之行最好的纪念。

在后几天的排练中，央视的赵老师带我在央视大楼转了一下。看到了中央一套演播大厅那个蓝色圆形玻璃桌，也到大楼"V"字形突出的部分，那里有一个称为天眼的圆形玻璃地面，可以看见下面央视院子里人流如蚁。正式录播开始了，我坐在第四排的观众席，每有镜头照过来，我都正襟危坐，心里想着一定要给家乡的父老留个好印象。可节目播出后，我看了好几遍，也没有发现人群中的自己，自然不好向乡亲们显摆了。

节目终于在中央一套播出了，月明村一个在地图上都很难找到的小山村上了中央电视台，人们奔走相告！特别是老中医李先生和岳母等几个群众，在节目中看到自己的面孔，激动得逢人便问：这几天看电视吗？而镜头下那个从小失去父亲离开母亲，学习刻苦成绩优秀，跟随李老先生学采药为爷爷治病的孝心少年张钊的故事，更是感动了亿万国人。一时间，月明村及我们这个乡村中学都成了舆论的焦点。

记得从北京返回时，一到咸阳机场，省委宣传部便派人把我们接到西安，工作人员安排我们在曲江宾馆吃了一顿自助餐。那顿饭对孩子们来说很是丰盛，有海鲜、水果和各种小吃，而张钊和另外一个潼关的孩子，却高兴地要了一碗米线和可乐。我看了很是心酸，提醒说："娃呀，难得来一回，挑没吃过的贵的吃吧！"他俩一脸的幸福和茫然，并不理会我的话。随后，省文明办主任亲自接见并给了慰问金。回到家乡，时任市委书记和县委书记都亲自接见了张钊，并给了慰问金。这个孩子从小孤苦，在获了"全国十佳最美孝心少年"荣誉后，迎来了人生的高光时刻！只不过，这年他才十四岁。

## 哭泣的滑水河

张钊回到学校后，由于媒体的持续关注，各方爱心人士或亲自来学校看望，或通过汇款，都给予了张钊爱心资助，而他那个一贫如洗的家，也得到了真正的改善。三间破旧的瓦房，镇政府给修葺一新，顿时有了窗明几净的样子。家里还拥有了第一台液晶电视，第一台笔记本电脑。那一到雨天就满是泥巴的土道场，也硬化成了水泥地面。张钊爷爷皱巴了半个世纪的脸终于舒展开来，一切都向着美好的样子发展。

后来，我陆续陪一些好心人去张钊家看望老人和孩子，大家的爱心改变着张钊的家境，也改变着我的心境。特别是2017年春节，我正在忙着贴对联，忽然接到电话，原来是我们县里的公益大使马华先生，让我陪同他去看望张钊。虽然我忙得不可开交，但在这个合家欢庆的日子，马华能从县城驱车六十公里前来看望孩子，我还是非常感动，也乐意陪同。以前听说过马华，但并未谋面，只知道是一位热心公益的残疾人。见了面才知道他竟然是高位截瘫，连生活都不能自理，这让我无比震撼。那时去张钊家的路还是土路，车在山路上盘旋颠簸，我一直担心马华身体能否吃消。到了家里，马华先生给了张钊两千元钱，因是年三十，张钊的爷爷奶奶对我们的到来很是意外。张钊当时也正在贴对联，马华和孩子谈了好一会儿，给了孩子很多鼓励，爷爷感动得满眼泪花。这可能是自儿子出事以来，老人过的最开心的一个年了。

在初中之后的一年半里，张钊又先后获得"全国优秀中学生""省优秀共青团员"等荣誉称号。荣誉加身，让孩子在整个中学时期都过得很是开心，而爱心人士的资助也让孩子上学经济无虞。初中毕业时，张钊以优异的成绩考入重点高中，对我而言也算是完成任务。辛苦一趟，对所有关心和爱护张钊的人终有了一个交代。

上高中以后，我和张钊相见日稀，只有在春节前市文明办来看望的时候，我带过几次路。再之后，我听说孩子因身体的原因休了学，打电话问过他爷爷，老人说得并不甚清。后来在和县中熟识的老师闲谈中得知，张钊的高中生涯过得并不顺当，没有如人们期望的那样一路高歌。这也难怪，高中和初中相去甚远，少了家长的呵护，课业负担加重，老师亦不能如初中那样耳提面命，成绩的好坏很考验一个孩子的自主学习能力和对环境的适应能力。所以，有很多在初中阶段长势很好的孩子，到高中最终沦为路人，而张钊的不如大家所望，亦不为怪。

随着高中的忙碌和生活的琐碎，张钊也渐渐从我的生活中淡出，只是在人们偶尔提及当年央视的报道时，才又勾起我的回忆。而我最后一次见张钊是在2020年10月，我因有事去西安，坐了一个顺风车，意外的是张钊也在这个车上，张钊见到我神色既惊喜又紧张。

我很意外地问："你正上学到西安干什么？"

他顿了一下说："我到西安有点事！"

我看他欲言又止的样子便不再细问，一路上因还有其他人也没有多言语。只在快下车的时候我问道："明年考二本没问题吧？"

他应道："应该可以！"

到了终点，我们作别，我正准备离开，他好像鼓了很大的勇气似的对我说："王老师，其实我休了一年学，一方面是身体原因，二来也因为学得太吃力，准备明年重来，实在对不住你和大家对我的厚望！"

　　说完他泪流满面，我愣了半天，不知道说什么好。早前听说过他休学的事，却不知道孩子内心面临这么大的压力。回想起我带着他一路走来的艰难，我本以为他顺利考上县中定会奔一个不错的前程，谁料到却生出许多变故。我心中说不出的哀伤，后面发生的很多事是我所不曾料到的。想想这孩子也是不易，自小就记不得父母的样子，爷爷奶奶年迈。很小离家求学孤苦伶仃，到高中独自面对陌生的世界，虽然大家对他关爱不少，但内心的孤独与无助如影随形，到这一步也是没有办法的事。我强忍住泪水，握着他的手说："孩子，没事！只要你能明白道理，一切都还来得及！即使明年考不上大学，只要你能守住做人的底线，努力向前，也会收获不错的人生。"

　　张钊拉着我的手泣不成声，谁料，这一次竟成永别！

　　2021年8月3日，一个让我难以释怀的日子。下午5点多，在县城我接到妻子娘家一个表叔的电话，也是张钊的本家长辈。电话里急促而紧张地问我："张钊买保险没有？"

　　我一惊，忙问："什么事？"

　　他说："张钊今天在小河口看伙伴游泳，结果失足落水，已经打捞了半个小时了，还不见踪影！"

　　我心里咯噔一下，我知道那个叫小河口的地方，那个水潭有四五米深，不谙水性者多半有去无回，并且人落水救援的黄金时间只有五六分钟，半个小时过去，我心中清楚，张钊多半生还无望了！

　　回想起自从十三岁起，我就带着他从那个叫月明的小山村里一路走来，到西安去北京，再上重点高中。我本以为他这一生吃过很多苦，走过很多路，终将找到人们希望中的幸福，谁料却在十八岁的年纪，以这种方式结了尾！一种让人绝望的悲伤，浸透了我的全身，以致手足冰凉！为那英年早逝的张钊——自己辛辛苦苦亲手从乡村带出来的孩子，本以为可以成为一个励志故事，却不料成了一颗划过天际的流星，半道而陨；也为年过七旬张钊的爷爷奶奶，孙子的死让他们失去了支撑残年的唯一希望，西风白发，天道不公哪！

　　张钊落水的小河口，从来没有聚集过今天这么多的人。我从抖音看到河滩上聚集了黑压压的人群，四里八乡的人们齐聚河边，都盼望着能出现奇迹。当地水性好的人们轮番下水打捞，派出所、消防队的人员都来了，但到天黑时分依然没有找到！大家的希望一点点地破灭！一些妇女开始低低地啜泣，人们仍在组织打捞，甚至动用挖掘机给河水改道。那些善良而英勇的人们，树坪村村委会的王春林、陈绪平等，积极组织营救；当地青年毛丙寅奋不顾身，多次下河搜寻，终于在夜里11点将张钊打捞上岸！那一刻，在岸边等待多时的乡邻们泪落如雨、哭声一片！

那个在央视上善良阳光的孝心少年，永远地去了！

我是第二天6点从县上往回赶的，8点到张钊的家，首先映入眼帘的是摆在道场上那具油黑而刺目的棺材！帮忙的乡邻们沉浸在悲伤之中，大都默然不语，张钊的奶奶已然睡倒，爷爷强忍悲痛配合乡亲们料理丧事。老人见到我的那一刻，只说了句："你来了呀！"顿时浑身抽搐，泣不成声。遭此变故，我也不知道拿什么来劝慰这个屡遭劫难的老人，只有任凭泪水肆意流淌。稍稍平息，我给老人五百元钱，老人执意不要。我塞给他后，强忍悲痛转身离开，身后只听老人在长声哭泣！

因张钊是少丧，且无后人，所以也不必按习俗找风水先生看地选日子。一来天气太热，二来看着让人心痛，宜早入土为宜。安葬地点就选在门前的自留地里，靠近大路，抬灵方便。

上午10点钟，准时安葬。这可能是我见过的最简单的葬礼了，没有唢呐，没有人披麻戴孝，也没有道士诵经超度。人们默默地抬着棺材走向墓地，唯一的仪式就是下葬前放了一挂长长的鞭炮。那天，我终于见到了张钊的母亲，其实也才三十六七的年纪，抚摸着儿子的棺木，哭得几度昏厥，让观者无不泪下。这个苦命的女人呀，年纪不大却屡经生离死别：十八年前是生离，十八年后是死别！半生牵挂的儿子，从此阴阳两隔！

安葬好张钊，人们渐渐散去，只有焚烧张钊生前衣物的火堆还残存着最后一缕青烟。张钊的坟就在他生前和爷爷耕种过的土地里，向阳而卧。对面的青山，也曾是他和李老先生采过药的地方。

一切都结束了，那个不起眼的坟堆，似乎在提醒着人们一个自强阳光的孩子曾经来过，当初在央视里那个满脸笑容的孝心少年并不曾走远！但终究成了月明村前坡上——这个偏僻的山村里，一个辉煌而悲伤的传说！

## 后 记

这是我多年来写得最艰难的一篇文章，几度因为悲伤而停歇。与张钊的相遇注定是我人生中浓墨重彩的一笔，尽管这个孩子遭遇不幸，没有长成大家想象的样子。可生活不是剧本，有多少人能按照设想的生活。

因为张钊，我认识了很多爱心人士，他们的大爱仁心影响着我，渐渐我也算是他们的同路人。之前有人说是我成就了张钊，其实又何尝不是张钊影响了我。因为后来借公益团队的力量，又帮助了我们学校很多优秀的孩子，而这些孩子大多的成长之路一片灿烂光明，这让我很是欣慰。那些多次到学校来帮孩子的爱心人士，大都成了我的挚友，全国道德模范丁水彬女士、张宪东经理、唐都医院王勇昌大夫、李建东队长以及身边的公益大使马华先生等。他们的精神激励着我，让我在育人的道路上奋力前行。

然而，张钊终究是不幸的，他的故事在提醒着我们，教育从来不是一件简单的事。生活是课堂，精神世界亦不容忽视，少有一帆风顺长大成才的孩子。别人家的孩子看似简单的成功，其实背后都付出了太多不为人知的努力。稍有差池，将一失足成千古恨。

谨以此文，怀念张钊！念及相处的日子，悲伤不能自已。

2021年9月26日

# 春天的味道

我对于四季的变化，是以味道来区分的。春天的花香，夏天的麦香，秋天的瓜果，冬天的腊味，而各种味道让人对季节的到来满怀期待和欣喜。

但在中年以后，忽然喜欢上了喝茶，春天的味道变成了那一缕象园新茶的清香。对于镇安人而言，爱茶者众，但国内的几大名茶与我们如隔云端，一来价格太高，二来口味似乎总不对头。他乡的绿茶不是太淡就是太涩，而红茶无论如何高端，在大伙口中似乎总不及象园茶那一抹青绿爽口宜人。象园茶对于外地人来说并不太熟悉，但对于镇安人来说几乎是茶的代名词，大多数人都能对象园茶道出一二三来，有人入口就能说出是什么时节采的茶。

象园茶的名字来源于它的产地，它生长于镇安达仁镇象园村。镇安地处秦岭南麓，而达仁镇又处在镇安的西南，多山多水气候湿润，春夏之际早晨云雾缭绕，想那象园雾芽之名大概来源于此。独特的地理条件造就了象园茶独有的糯米清香味，勤劳的达仁人民也将象园茶培养得品质不凡。一方水土养一方人，在达仁灵秀的山水和茶香的滋润下，达仁的女子大多身材窈窕、面容姣好。镇安地方不大，却有东西之分，风俗饮食口音皆有不同。我的老家东边多为山西大槐树移民，为本地人口音，而西边多为长江流域移民，口音接近吴侬软语，达仁镇尤为明显。当地人们生活节奏慢，注重生活和饮食，本地主妇们大多茶饭不错。原籍达仁的文化名人章登畅先生为家乡命名"远山慢村"颇为妥当，亦是当地人们生活的真实写照。

多年以来，我对春天的期待变成了那一缕象园茶的清香。明前的那杯新茶，芽叶饱满，糯香扑鼻。入杯沉浮之间，香气氤氲，茶汤清亮，如那雨后天晴的明媚。那一缕茶香，既是春天的使者，也是季节的厚赠。微啜一口，唇齿留香，顿觉神清气爽。年少时喜喝饮料，爱的是它纯粹的甜；青年时喜喝咖啡，图的是自品甘苦；中年时喜欢喝茶，是人生经历浮沉之后的通透，也喜欢它隽永而恬淡的清香。有人说"喝酒是一群人的孤独，而品茶是一个人的狂欢"，大抵如是吧！

因为喜欢象园茶，对它的产地产生好奇，想象着是一个什么样的地方孕育出这大自然的珍品。2022年春，因工作调动到了达仁，带着从前的好奇与向往来到茶乡。但理想和现实的距离总是出乎你的料想，风景秀丽的达仁与自己工作二十年的家乡有着二百里之遥，来回奔波多有不便，还没有来得及沉醉于远方的如画山水，却生出故园之思。

在工作之余我走进达仁的大山深处，看那满山的茶园，惊叹于茶树的神奇，在那贫瘠的沙石里竟生长出世间独有的芬芳。也感叹于达仁智慧的人民，用勤劳的双手将看似平淡的树叶炮制出让人沉醉的茶香。原以为象园茶生长地是想象中恢宏的画卷，而真正到了之后才发现，它生长在一座座大山的沟沟坎坎。如含羞闺中的小家碧玉，在山水深处寂寞地成长，静静地期待着青春的绽放。

又是一年的春天到了，我也喜欢上了这个地方，清晨看那茶叶在云雾中静静地生长，空气中弥漫着淡淡的茶香。那清澈的河水里，鹅卵石放着五彩的光，鱼儿在自在地嬉戏。又到了和春茶邂逅的季节，泡一杯新茶，那一缕幽香，熨平了心中的牵绊，让自己一头醉倒在茶乡的春天里。

2023年3月30日

# 往事里最美的青春

中年之后已经很少关注流行歌曲了，可那天被车上播放的那首《送亲》瞬间击中，苍凉凄婉的唱腔、细腻悲切的叙事，一种悲伤扑面而来，让人不由得泪落脸颊。

我想再寡淡的人生，都会有一段青涩而美好的青春，无论是邻家的女孩还是同桌的她，也许至今都没有机会表白，但这丝毫不影响你回忆青春时的甜美。只可惜这份心情无法诉与人听，有些人有些事只能埋在心底，说出来非但听者索然而且可能伤及别人。大多数留存在记忆里的主人公都不在身边，俗话说"树上那颗吃不到的枣子永远是最甜的"，相见不如怀念，不相扰才是最好的安排。如果非要将时光拉回从前，才是真正的悲剧，就如《废都》里的钟主编一样，心心念念地去见自己二十年未曾谋面的初恋，买好了票，踏上的却是一趟没有归程的列车。

"你家门前的山坡上，又开满了野花，多想摘一朵戴在你乌黑的头发，就像两小无猜的我们玩的过家家，捏上一个泥娃娃，我当爹来你当妈……"

纯真之美大约是人们共同的向往，就如同我们儿时的伙伴。"郎骑竹马来，绕床弄青梅。同居长干里，两小无嫌猜。"青梅竹马就由此而来，但随着年岁渐长，这种纯真就会渐渐无从找寻。我们只是一味指责别人不再纯真，自己又何尝不是如此！大多数人觉得自己的意中人嫁给别人是一个悲剧，但若生命可以假设，嫁给你真的就会成为向往中的"神雕侠侣"？

生命是一条河，或许一同出发，但我们都猜不对结局。人世间再美好的相遇，都抵不过日子的细碎。古诗有云"至高至明日月，至亲至疏夫妻"，爱情固有缘分的因素，但更多靠经营，相处好了她就是你世上最亲的人，相处不好她就是你这辈子最见不得的人。初恋之所以美好，是因为大多数没成正果，梁山伯与祝英台的故事之所以千古传唱，是因为刚开始就结束了，因为短而永恒。假如有续集的话，保不准二位也会因孩子的作业和彼此的朋友圈而吵架的。虽然如此，也并不影响初恋在人们心目中的美好，因为有些东西无可替代。

"长大以后你没有告别，匆匆离开了家，而我还在山坡上牧羊骑着马，原本以为我们是一根藤上的两个瓜，瓜熟蒂落你却落进墙外的繁华……"

人的一生感情要经历多少次波折才能修成正果，这似乎没有定数，有些人一路顺遂，有些人经历比小说还曲折，一生都在寻找真爱的路上。因个性、际遇各有不同，从而造就了每个人的经历都无法复制，但大多数人都喜欢将自己感情的失意归咎于对方的负心薄情。你喜欢山水田园，可别人喜欢山外繁华，个人所好不同，亦各有彼此的难处，哪有绝对的对与错！也许是文学作品的误导吧，织女嫁了牛郎、七仙女嫁了董永，可这主人公都是仙女呀，人世哪能遇着！而在外国作品中，王子却是遇到灰姑娘的。前世的三百次回眸，才换得今生的擦肩而过。相遇是一种缘分，相守是一种福分，倘若分手也别太难看，互相抱怨与贬损，只是轻了自己。也不太会博得别人对你作为受害者的同情，即便有，这种同情也廉价得一文不值。分手有一千种理由，相守只需要坚持与包容，假若不能，也不必相恨相杀，不若学唐人的洒脱，"一别两宽，各生欢喜"。心向美好，便会春暖花开。

每一首动人的歌曲背后，大约都有一个让人荡气回肠的故事，不太明白《送亲》背后主人公到底经历了什么，只是觉得那种别离似曾相识："再见你时，你还是那头乌黑的头发，只是眼里藏不住，你想对我说的话，我说等你出嫁的那天，就让我送你吧，你点点头不说话，眼泪就流过脸颊……"

很多时候，不是不爱，而是身不由己。爱情依然真挚而美好，只是现实的无奈，让感情改变了轨迹。看似寻常的一生，想要过好都不容易，大多时候我们明白了很多道理，穷尽力气却依然没有过好这一生，而爱情又是人生途中最奢侈的风景。拥有时好好珍惜，假如不得不放手，也留下一个让彼此毕生怀念的背影。世上但凡美好的东西，大多短暂和不易把握，爱情也因其美好而易逝才让人们欲罢不能，也缘于此才让你的青春有了千般滋味。

"把我从梦中惊醒的是迎亲的唢呐，本该迎亲的人却变成送亲的傻瓜，手里捧着山上的野花，骑着孤独的马，你打开车窗对我说，就送到这里吧！"

每一场别离都撕心裂肺，远去的红嫁衣成为绝世凄美的风景。所有受过的伤，经岁月洗礼，都成了陈年的酒。"爱过方知情重，醉过才知酒浓"，但凡看破红尘者，皆受过太多的伤。我们总是在一边失去一边寻找中失却最美的青春。岁月经年，往事里思念的月光已渐成霜，只是在梦中迎亲的唢呐再次让你泪落脸颊。

2020年6月16日

# 那个九月初三的夜晚

年少时读过很多的诗，至今想起仍然成诵，但对诗的本意却并不甚了然，只是记得年少岁月里那段与诗歌相关的故事。

前段日子下了二十多天的雨，像这样的天气二十多年没遇到了，雨直下得人衣单心冷，诸多琐碎也如同那不知何日而终的秋雨般连绵不断。直到农历九月初天才见晴，久雨之后，有种重见天日的感觉。今日初三，天空湛蓝，四野里遍山的黄栌木正红得一片绚烂，西天角新月如芽，忽然想起童年时学过的白乐天的一首《暮江吟》：

> 一道残阳铺水中，半江瑟瑟半江红。
> 可怜九月初三夜，露似真珠月似弓。

当年老师讲的意思全然忘了，但诗还熟记如初，当年在半知不解的童年里，朦胧感知九月秋天的美，只是不明白初三夜里的露珠与月亮如何可怜？多年之后才明白，那可怜其实是可爱的意思！熟记多年的诗，却理解偏差如此，不过倒也不影响年少的心中对九月秋天的热爱。

中年之后又是九月初三的夜晚，还是那弯新月，再重读时，却不是当初那般况味。以前总觉得乐天这首诗过于平白无物，也未深究过，而乐天之诗大多平白之外而有深意，细察来《暮江吟》也是如此。

此诗作于乐天公元822年从长安赴杭州任职的途中，而此时大唐王朝正值牛李党争，朝官相互倾轧，以乐天之旷达竟也不忍其昏暗而自求外任。可能乐天也自知位卑无力改变现实，只有选择逃避吧！九月初三的黄昏，在外任的途中却意外地发现了令自己陶醉的一幕：夕阳渐隐，江水半明半暗，如此时欲去还留的心情，天空那弯如细弓般的新月，禁不住让人心生欢喜，地上草叶尖上夕露渐成，如珍珠般晶莹剔透，可爱至极。独立黄昏，眼前的美景让无比萧索的心情顿生明朗，继续走吧，也许杭州的秋天会是另一番景象！

"三千年读史，不外功名利禄；九万里悟道，终归诗酒田园"，乐天和许多前朝的文人一样，在朝廷失意之后，总能在自然美景之中活出自我。也许人生就是这样，无论在朝还是在野，不为外物所役，活出自我才是人生真味。

杭州的秋天到底如何，诗人却未多言，只是第二年杭州的春天确实美丽，"几处早莺争暖树，谁家新燕啄春泥……"诗人一头醉倒在江南的春天里！

2020年10月19日

# 秋天的第一杯奶茶

2020年的秋天和往常一样如期而来，一切都还是从前的样子，梧桐叶落，桂花飘香。

只是朋友圈里却表现出不寻常的景象，"秋天的第一杯奶茶"竟毫无征兆地火了起来。起初我并不以为意，心想奶茶并不是秋天的特产，又何谓秋天的第一杯奶茶！而且奶茶的流行归功于新生代的崛起，当属中西合璧，我一直没弄清这玩意儿到底是奶还是茶，只记得两句广告语："香飘飘奶茶一年卖出三亿多杯，能绕地球一圈"；"你是我的优乐美"。早些刚流行的时候我喝过几次，只觉得味道怪怪的，并不甚喜欢，可现在儿子喜欢得不得了，自己也许真的老了吧。

朋友圈里好友们纷纷晒着收到了秋天的第一杯奶茶，但看图片千奇百怪，并不只是奶茶，忍不住在百度上搜了一下，想知道这到底是什么样的奶茶。看完才明白，所谓秋天的第一杯奶茶的标配是52元红包（当然多了更开心）加若干礼物！难怪有人在抖音上吐槽，自己老婆看别人晒收到了秋天的第一杯奶茶，无不羡慕地暗示自己，竟傻傻地去给老婆买了一杯香飘飘，结果让老婆骂了个狗血喷头！

细想起来，人们渴望的不是奶茶，而是寻常日子里别人对自己的问候和牵挂。生活本平常，人们却总不甘平淡，所以热心的人们总想让平淡的生活多一些意外的惊喜，使得日复一日柴米油盐的生活增加一些喜庆的气氛，节日的本意又何尝不是如此！每个人看似平常的一生，其实都已倾尽全力，许多年少时的梦想与追求，中年之后都成了不愿触及的痛，只有慨叹世态凉薄、造化弄人！没有盼头的日子实在过不长久，大的目标实现起来较为久远，但小的惊喜也会让平淡的日子充满烟火气，那么秋天的第一杯奶茶就自然让人期待，520成为红火的节日也很好理解。

更何况，"秋风萧瑟天气凉，草木摇落露为霜"，在这秋风寒凉之际，亲友的一声问候、一杯热茶、一份礼物，怎不让人倍感温暖、心生感动！

公元302年的秋天，晋朝大司马季鹰因见秋风起，忽然无比思念家乡莼菜和鲈鱼的味道，遂从洛阳辞职挂印而去，回到老家吴淞，以解莼鲈之思。季鹰的辞归到底是由于厌倦官场还是思念家乡的味道，已无从考究，但若当年季鹰收到了秋天的第一盘莼菜，那他一定是满心的感动与欢喜！

人只是害怕寂寞与孤独，牵挂别人和被别人牵挂都是一种幸福。秋风渐起，家乡地头的小蒜已一片葱茏，常言道"八月小蒜，香死老汉"，不若回家采撷一篮，给自己也给自己牵挂的人送上秋天的第一盘小蒜！

2020年10月10日

# 暑假那些事

年少时最快乐的时光，大概莫过于暑假了。那时候没有辅导班、没有手机，也没有网络游戏，我们的假期就属于田野。曾经也有过暑假作业，从两本到四本，一直是48页，这个传统好像一直保留至今。

虽说老师布置的作业不多，但家长给我们的作业确实不少，只不过作业的内容是干活。可对于年少的我们而言，干这些事比做作业快活得多。干活的内容就三大样：晒麦、打核桃、打猪草，前两样是有季节性的，但打猪草是每天的必修课。

先说晒麦吧，我们年少时父辈们刚从饥饿的岁月里走过来，对于粮食有着近乎信仰般的珍惜，当年收获的新小麦和陈小麦在家里装得满满当当，在我看来好几年都吃不完的，但父亲从来不卖。一柜一柜地储藏着，说是怕遭荒年，那一辈人可能真是饿怕了，不到万不得已从来不卖粮食，如果谁家开始卖粮食了，日子可能真的过烂包了。但小麦的储藏真是不易，每到伏天都要搬出来晒三个太阳，才能防止它不被虫蛀。那几千斤小麦用簸箕搬出来倒进去真是不小的工程。大人这个时候地里很忙，这些活就交给我们这些孩子了，早上从屋里向外搬还比较凉快，但下午收麦时是严峻的考验。大人讲究麦要收热，趁太阳没有过去的时候收回，而下午四五点钟的太阳像刀子一样毒，麦粒都烫手。当我忍着酷热将麦子收完时，浑身湿透，飞也似的跑到老家附近的堰渠里泡个透心凉。最麻烦还是遇到变天，正晒了一院子的麦子，忽然乌云翻滚，我们全家齐上往家里抢，如同救火一般。一轮晒完，大约需要半月，辛苦的劳作使我们心里很不情愿，甚至心底不地道地期望来年不再丰收。

过了农历七月半，就是打核桃的日子，而这个活儿是快乐与苦涩相伴。在那个年月核桃是很金贵的，大人们是不舍得让孩子多吃的，因为这关系到秋季的学费。打核桃时，大人上树用竹竿敲，我们在下面找寻捡拾。当我们专心地在草丛和荆棘中寻找时，猛不丁飞来一个核桃砸头上，疼得我们哇哇大叫。这还不是最悲催的，核桃树上爱长一种叫"洋拉子"的软体虫，通体青绿，四个角，浑身长满红色毒刺，面目狰狞。打核桃时不免将它一同打下来，它的毒刺一旦接触你的皮肤，钻心地疼，如火烧针刺一般，且迅速红肿。后来有人发现被它蜇了以后，就把它身体砸烂，用其汁液涂抹患处可减轻疼痛，试过效果真的可以。

收获完后，大人背着背篓，我们背着挎篮满载而归。我们欢喜地将青皮核桃放在灶洞里烧熟，一脚踩破，异香扑鼻，再就上一个烧嫩苞谷，真是人间至味。在大集体时期，一村民在院场上烧苞谷就核桃仁吃，觉得人生已经到达了巅峰，很自得地问："不知道毛主席吃的是啥？"有人答道："封顶不过是吃烧苞谷就核桃仁，还能有啥！"可见在当时人们心中，烧苞谷就核桃仁已经是最高理想了。

相对于前两件事情，打猪草算是件快乐的事，而这件工作几乎伴随我们童年的始终。在那个年月家家户户都喂猪，而喂猪并不是为了卖钱，因为杀年猪几乎是一家人未来一年荤腥和油脂的全部来源，所以家庭主妇把猪看得很是金贵，舍得打娃都舍不得打猪。在那个年月粮食虽有，但也不太舍得给猪多吃，主要靠给猪吃草，一到放暑假这个差事就交给我们这些小孩了。这个活计相比较于晒麦和打核桃则是无比快乐了，每到下午，我们堂姐弟几个约到一起，满坡架岭地跑。到小溪摸鱼抓螃蟹，到山上摘刚长成的嫩毛栗和毛桃，太阳搭山边时才仓促地找些猪草，勉强塞满挎篮交差。有时跑的地方猪草很少，篮子不满，快到家时用手抓松一些，家长看起来满一些。但一到剁猪草时就露馅了，不够猪第二天的口粮，照例是被训斥一顿，再次收工时家长就用手压一下篮子，看是否怠工了。

在打猪草的过程中,我们学会了摸鱼爬树,并认识了各种野菜,细数起来堪称一部《本草纲目》。我们跑遍了家乡的山山峁峁和沟沟岔岔,也清楚地知道哪些地方长什么猪草,甚至也弄清了猪的口味和喜好。比如王八叉猪最爱吃,但难找;刺棘牙易寻找猪也爱吃,但太扎手,不易采摘。小时候不太明白这么多刺,猪怎么就爱吃呢?后来想想这可能和人爱吃辣椒一样吧。还有蛤蟆叶、水芹菜、苦巴菜——实在找不够了用枸树叶和桑叶也能充数,但这两样猪不爱吃,吃的时候像挑食的小孩一样,在槽里拱来拱去。而这时父母又要数落我们,我们只好去更远的地方,找一些鲜嫩的猪草。

多少个暑假的下午,我们堂姐弟一伙以打猪草为由,到田野里玩了一下午。到黄昏时分,踏着霞光,背着挎篮,唱着歌谣向家走来,如凯旋的英雄!

不觉间,从童年到中年如同一场大梦,而我们的孩子都放暑假了。只是现在的农村,人们大多已不再种地,更不再储存粮食,孩子这一代人也自然体会不到收粮晒麦的辛劳。也更没有几个人喂猪了,很多孩子是吃过猪肉,却没见过猪走路的。对于我们当年在田野的嬉戏之乐,他们是陌生的,大多孩子更喜欢手机和网络游戏。但他们的假期也失却了我们当年的自由,厚厚的作业,从一个兴趣班奔向另一个辅导班,整个假期被安排得井井有条。有时想想,兴趣班是这个世界最大的悖论,感兴趣的东西还用培训吗?谁见过游戏培训班和恋爱培训班?可能我们这一代人吃了太多读书少的亏,所以把孩子的假期安排得无缝对接。对未来的焦虑和时代的节奏裹挟着我们跟跄前行,即便清醒,谁又能免俗!

国家出台了"双减"政策,但有人提议用"5+2"和假期托管代替。我们为何防孩子的假期如同防贼?

三伏天实在热得不透气,我带着孩子回到老家,来到我童年打猪草的地方,曾经长满庄稼的红土地,如今杂草丛生,走过无数次的小路也依稀难辨。那棵带给我无尽希望和苦涩的核桃树,如今衰朽不堪,黢黑斑驳的主干上,只余下一个侧枝还努力地活着,刺向南面蔚蓝的天空。

2021年8月3日

# 我们彼此的江湖

前几日，我和儿子逛书店，儿子看上了一套《盗墓笔记》，执意要买。我一直认为，此类网络玄幻小说青少年看了容易着迷，收益不大，于是便拒绝了。儿子很是不快，回来的路上忍不住埋怨："要个书都不给买！"

我回道："家里满书柜的书，你都读完了吗？"

他不以为然地说："你那书！"

我又道："那书和《斗罗大陆》一样，不过是纸质版的玄幻游戏，易着迷且可读性不强！"

他反驳说："你不了解不要轻易下结论，你以前读武侠小说时，老师怎么说你的？"

儿子的话让我一时语塞，回想自己中学时代正流行金庸的武侠小说，一旦班上传入一部，大家争相传阅。谁一旦拥有了一本武侠小说，顿时成了班里的红人，大家都争着去借，主人得意得如掌门人一般。谁如果先借到，都是加班加点读完，在看小说方面，大家的智慧和执着得到了充分的发挥和体现。有同学上课看小说为了不让老师发现，把小说套在课本里面，上课双手把课本竖起拿着，假装认真阅读课本聆听老师讲课。更有甚者，把书皮撕下来蒙在小说上放心地看，由于太痴迷，老师转到身边还未察觉。老师后来发现谁上课看书太认真就会警觉查看，一旦小说被老师没收，那真是无法形容的伤心。

此法不通后，有同学另辟蹊径，当年的课桌大都破旧，有很多破洞和裂缝，同学们把小说放在位斗里翻开，从破洞和缝隙里移动着看，如放电影胶片一般。此法很是累人，但乐此不疲，有人为了看小说，把好课桌也挖了个洞。记得当初我借了同学一本小说，白天没敢看，竟然创造出一晚上点了两支蜡烛看完一本小说的奇迹，第二天上学眼窝乌青。那年月我们沉浸在武侠的江湖里和老师斗智斗勇，但失手也是难免的。一堂早读课上，我看老师出了教室，就拿出一本《神雕侠侣》，正看得入神语文老师进来了，直接没收。老师看了看小说的名字说："武侠小说都是过眼云烟，还不赶快准备高考！"因书是借的，过了两天我去向老师讨回想还人家，结果老师来了句："别急，我还没看完呢！"

年少的我们都有着一个武侠梦，希望自己能拥有绝世的武功，仗剑走天涯。也曾期望自己有一段奇遇，失足落下悬崖，却发现武功秘籍；也在懵懂中幻想能遇见自己的小龙女，神仙眷侣行走江湖。为了梦想，有人还在私下偷偷地练武功，从梯田坎上往下蹦练轻功，装模作样地运气用拳头打树皮练硬气功——以至于放学路边上的泡桐树皮斑驳不堪，因为泡桐树皮容易打烂，其他树太硬，手疼得不行。我还掏两元钱买了一本《象形拳谱》，照着偷偷地练。许多年后发现，练轻功的也没能飞檐走壁，脚倒崴了几回；打树皮的没练成鹰爪功，弄得指关节肿大。而我那本《象形拳谱》回想起来，就如同《功夫》电影里那本十五元的《如来神掌》一样荒诞。

当我走出校园的那一刻才发现，江湖已远，自己手无长剑，且已不再少年。

之后很多年，我再也没有读过武侠小说。日子过得像江湖，却无法笑傲。2018年间闻金庸先生逝世，心生黯然，回想当年痴迷武侠的青春岁月，不胜感慨。细想起来，自己当年读了不少小说，可当初穷得买不起，自己手头上连一本武侠小说都没有。随后在京东上买了几乎金庸全套的武侠小说，《笑傲江湖》《神雕侠侣》《射雕英雄传》《鹿鼎记》等，心下思量让儿子看看也好，让他也了解一下我们当初的武侠江湖。可遗憾的是，儿子对此兴趣并不大，只是对《鹿鼎记》里玩世不恭的韦小宝有几分兴趣。而他对于《斗罗大陆》《查理九世》等玄幻小说很是痴迷，我却并不支持他读，非但没有给他买过，即使他借别人的也催促他快些还给人家，这让他很不情愿。直到前几日，他在书店执意要买一套《盗墓笔记》，我还是没有答应，在往回走的路上他嘟囔道："看本小说，就是图个乐子，哪有你想的那么复杂！"

想想也是，时代不同，江湖自是各异，为何我们今天给孩子推荐的名著，他们却并不喜欢？而我们看不上眼的读物，他们却甘之如饴！名著固然不错，但很多名著中所表达出来的悲天悯人的情怀，也非他们这个年龄所能理解。也许，我们习惯了以自己的认知教导孩子，却忽视了他的接收频道。再回想起当年自己对武侠的痴迷，和今天的他们又何其相似，也许儿子说的是对的，读书就是图个开心，哪有那么复杂！

在金庸的江湖里：

那陈家洛说："情深不寿，强极必辱；谦谦君子，温润如玉。"

那郭靖说："为国为民，侠之大者！"

那令狐冲说："我抬起头来看天，看天上少了哪一颗星。"

那张无忌说："焚我残躯，熊熊圣火，生亦何欢，死亦何苦？为善除恶，唯光明故。"

那杨过说："今宵良晤，豪兴不浅，他日江湖相逢，再当杯酒言欢，咱们就此别过。"

在《盗墓笔记》里，南派三叔说：

有些面具戴得太久了，就摘不下来了。比鬼神更可怕的是人心。别人拼命想掩盖的，必然是你不希望看到的。所以，追寻别人的秘密，必然要承担知道秘密的后果。做事情可以失败，但不可以在没有第二次机会的时候失败。有时候总觉得，人的成长，是一个失去幸福的过程，而非相反。很多故事不就是因为没有结局，才有了继续等下去的理由。借我三千笔墨，绘他淡漠眉眼，予我一杯清酒，祭他天真无邪！

江湖还在，只是我与儿子已不是同一个江湖！

2021年6月8日

# 心中那片海

在年少时有一个梦想，有一天要奔赴远方去看一看大海。在那个没有网络也少有电视的年月，我一直用自己所学不多的诸如"波澜壮阔""无边无际""惊涛骇浪"几个成语想象着大海的样子。在年少的心中，如果有一天能去看大海，一定是满怀庄重和虔诚，如同迎娶梦中的新娘。

我总以为会在青年的某个日子和大海相遇，可在后来漫长的岁月里，生活总有各种理由难以成行。一场说走就走的旅行，实现起来并不容易。记得在1999年的夏天第一次出远门，站在重庆的朝天门码头，夜幕下一片灯火璀璨。那客轮悠长的汽笛声，让人顿生出"烟波江上使人愁"的心绪来，第一次面对滚滚长江，内心的感慨无以言表。第二天我在码头上买了一只海螺壳，那人说凑近耳朵能听到大海的声音。

从少年到青年，再到中年，大海依然是我心中遥远的梦。我仍在想，在某个特殊的日子，一定会与大海庄重地相逢。

日子一转眼到了2017年的暮春，因到南宁学习，我平生第一次来到了海边。学习结束那一天，我到了著名的北海银滩，大海真正地近在咫尺时，心中满是激动和失落。激动的是自己从小向往的大海，终于近在眼前；失落在于曾经谋划多年要去远方的大海，那应是计划周密和庄重的，可这猝不及防的相逢却不似想象的场景。感觉好像是少了婚礼的婚姻，总觉得有不够庄重的缺憾。

北海银滩果然不负盛名，沙滩一片干净的银白，有如白月光。沙子如筛过一样匀称细密，光脚踩在上面无比绵软，好不惬意。远望碧波千里，无边无际。久居山区，我总习惯用山川河流来辨东西，忽然到了烟波浩渺的大海边，顿觉一片茫然。蓝天碧海，海浪一波一波袭来，在脚下的细沙中消于无形，自己如置身宇宙洪荒。从哪里来，到哪里去，头脑一片空白。只听得海浪的声音，真如十几年前在长江边买的海螺壳里的声音一样。

那天我一个人在海边走了好远，直到身边已没有人迹。浮生若梦，没有料到以这种方式和大海相逢，没了澎湃的激情，也少了满怀的诗意，内心只余一片空明。在浩瀚的大海前更觉自己的渺小，如一粒沙。半生向往的大海近在眼前，却不是料想的样子，而自己早已不再少年。

漫步在沙滩上，却发现一种个头极小的螃蟹，半透明状，如不细看很难发现。支棱着眼睛，行动极为迅捷，稍有响动迅速钻入洞中。蹲下细看，沙滩上满是这家伙打的小洞。造物主真是神奇，螃蟹生这么小不知为何？我忍不住好奇，蹲下身，费气力抓了一只，和我们常见的螃蟹一样，只是小还脾气大，张牙舞爪的。后来在《舌尖上的中国》栏目看到这东西，才知道叫沙蟹，无肉但可做成沙蟹酱，味鲜无比。想来遗憾，如当初知道应带些尝尝。

我在海滩上走了很远的路，仔细地寻找着年少时向往的珍奇，发现还真不少，看到一只脸盆大的海蜇，还发现一只鲎，说是古海洋生物。遇到一对胖胖的父子在沙滩上用铲子挖皮皮虾，他们找那些冒水的小洞挖下去，真的挖出皮皮虾，孩子欢呼雀跃了。我想起在家里上小学的儿子，如果能来该是多开心。我忍不住给妻子视频，激动地说："看，大海！"只是海风将我的声音吹走了。

虽是刚到四月，但南宁天热，已有人下海游泳。我本想下去一试身手，可没有人看管衣服和包，只好作罢，现在想来都很遗憾。

我在海边找了好多五彩的贝壳，还有那能听见大海声音的海螺，带回家送给儿子。他开心地把玩着这些珍奇，我想在他幼小的心里，也已种下了一个五彩的关于大海的梦吧！

2023年5月5日

# 月夜偶记

辛丑年九月十五日夜，云开月霁。看窗外月影西移，久难入睡。

回想起从前多少次月亮很好的夜晚，我们一起漫步在公路边小河旁，回味过往也闲扯现在，那都是我们一同走过的岁月里最甜蜜的瞬间。一路走来，我们似乎一直和月亮有缘。从最初月色下的约会，甚至你的小名里也含有一个"月"字，就连你的娘家也是一个叫月明的小山村。如果说我们的婚姻有媒人的话，那一定是月亮吧。

我们好像已经习惯了一起在月下漫步的日子，但生活总有些身不由己。在月圆的今夜，我独自一人看一轮明月，虽相隔十里，却如同天涯。

也许这是不错的安排，让我在半生寻常琐碎中，以暂时离别的姿态回望走过的日子。其实，生活就是柴米油盐里和亲友人间烟火的纠缠，爱就是彼此相互麻烦。

2021年10月20日

# 那场关于音乐与雪的故事

记忆中最美的雪,莫过于家乡米粮川的雪。在纷纷扬扬的雪花里,收割后的庄稼地,山坡上的桦栎树林,都变成一片洁白和素净。在迷蒙的雪花中,看到不远处老家的瓦楞上一片雪白,屋顶上升起袅袅的炊烟,顿时让人心生温暖。

那时放学走在回家的山梁上,看到飞舞的雪花心中很是欢喜,不由得想起当时非常流行的歌:"我爱你,塞北的雪,飘飘洒洒漫天遍野……"可惜我只会唱几句,但心里对塞北的雪无比神往,那该是何等浩瀚与壮丽。而至今我也没到过塞北,那雪到底是昭君出塞身边飞舞的忧伤,还是"忽如一夜春风来,千树万树梨花开"的壮丽都不得而知,但并不影响塞北的雪在我想象中美丽着。

后来到他乡求学,在一个冬天的夜晚,听着窗外雪花簌簌落地的声音,孤独油然而生。打开单放机听那熟悉的歌声:"你那里下雪了吗,面对孤单你怕不怕,想不想听我说句心里话,要不要我为你留下一朵雪花……"

甜美的歌喉,唯美而伤感的歌词,就着他乡的雪,将青春时代所有的思念和忧伤,揉成了一个风花雪月的梦。在后来的岁月里,当再次听到那熟悉的旋律,如同青春校园里的那杯咖啡,虽带着淡淡的苦味,却回味悠长。

2002年的冬天,我已回到家乡任教。刀郎的一首《2002年的第一场雪》横空出世,火得一塌糊涂。

2002年的第一场雪

比以往时候来得更晚一些

停靠在八楼的二路汽车

带走了最后一片飘落的黄叶

2002年的第一场雪

是留在乌鲁木齐难舍的情结

你像一只飞来飞去的蝴蝶

在白雪飘飞的季节里摇曳

…………

沙哑的嗓音，苍凉的旋律，经历了什么样的故事，才将那场雪唱得如此撕心裂肺！

那时我刚工作不久，带着一帮初中孩子，给他们讲雪和远方的故事，也给他们听刀郎的歌曲。我们一同沉醉在那苍凉而优美的旋律中，品味着各自的忧伤和向往。

后来的日子，故乡的雪年年如约而来，却并没有太多故事，但每当雪花飘飞的时候，我还是满怀欣喜。故乡的村庄，塞北的雪，江南的雨，绘成一帧唯美的贺卡，总在岁月的深处浮起。结婚的日子、儿子出生以及后来奶奶离世，自己的很多故事总与雪花有关。人生的欢喜与悲伤都是以雪花为背景，说不清那雪花到底是欢喜还是悲伤？

波澜不惊的日子到了2022年，今年的第一场雪真的比以往来得更晚一些。已到农历冬月，却并不冷，甚至没有冬天的样子。但这几天突然降温，冷得让人猝不及防，雪也终于下了。三年的疫情，人们的生活发生了太多故事，却无关雪月。本道寻常的烟火日子，有了太多的不确定性。

　　"昔我往矣，杨柳依依。今我来思，雨雪霏霏。"大雪飘飞在他乡的天空，空荡荡的街道兀自安静着。"知我者谓我心忧，不知我者谓我何求。"

　　我想故乡飘起温暖的炊烟了吧，亲人们围在火塘前诉说着远方的牵挂。天依然很冷，但雪化了，就是春天了吧！

2022年12月1日

# 九月九的酒

重阳节那天，不知从谁家的窗户里传出陈少华的《九月九的酒》，那熟悉沧桑的旋律直击心底，陈年往事齐上心头，如这满怀的秋风，无处遁形。

记得这首歌大约流行于1996年的秋天，那时候是流行乐的黄金岁月。我们还在上高中，大都还在用单放机放磁带听音乐，这种东西放在今天人们都不知为何物了。这首歌火起来大约是在重阳节前后，无由地在学校中传唱开来。那年我们已是高三，高中的岁月行将尽头，在那个录取率很低的年代，我们当中百分之九十的人都看不到上大学的希望。大家都在为不可知的未来而焦虑和担忧，我们参与了父辈们在土地里谋生的艰难，土地终究是回不去了；而流浪的远方，逐渐从诗意的未来变成了现实的考量，而陈少华那沧桑的歌声，迅速击中了我们的心灵。

"又是九月九，重阳夜难聚首，思乡的人儿飘流在外头。又是九月九，愁更愁情更忧，回家的打算始终在心头……"

分别在即而又前途无计，那歌声唱出了我们心头无尽的苍凉和忧伤！

记得在那个九月天，一个月亮很好的晚上，我们同学几个下晚自习后，沿着学校门前那条小河一路向老街桥漫步。谈着快乐的过往，也聊着茫然的未来，最后迎着肃杀的秋风，一起唱起了正流行的《九月九的酒》。"走走走走走啊走，走到九月九，他乡没有烈酒，没有问候。走走走走走啊走，走到九月九，家中才有自由才有九月九……"年少而沧桑的歌声回荡在沿河的峡谷中，一种说不出的忧伤与悲壮！

　　一个月后，伙伴中有三个参军远赴他乡，还有几位参加完会考，觉得毕业证到手，高考亦无望，索性直接回家。而我抱着最后一丝希望，和为数不多的几个同学在学校坚持着。其实，也就是抱着参加一次高考见世面的心态，走完了自己的高中岁月。

　　那年的高考毫无悬念地落榜了，只是不甘心，也没有出路，只好补习一年。荒芜的青春和落下的课程，虽然我夜以继日，但学得仍是艰难。高四的重阳节到了，我再次打开那蒙尘的单放机，那熟悉的歌声再次传出："亲人和朋友，举起杯倒满酒，饮尽这乡愁醉倒在家门口……"久违的旋律让我黯然泪下，那些和我一起偷偷喝过酒的兄弟，一起月下漫步的伙计，在他乡都还好吗?

　　年少的我们都有一个仗剑行走江湖的梦，可现实中的江湖大都身不由己。事过经年，我们早已不是那梦中腰挂长剑的少年，都在向往中的远方艰难前行! 几个参军的兄弟最终都没有回到家乡，有的退伍加入打工大军，有的很多年后转业去了很远的他乡。大都娶妻生子，后来也没有见过几回面，我们常说的再见，其实很多时候就是再也不见。而留下来坚持的同学，少数历尽艰难考上了大学，其实也就是找了个稳定的营生。其余的同学无一例外奔走他乡，虽然"家中才有自由才有九月九"，但家中毕竟承受不了生计的负担，更何谈梦想。他们如同候鸟一样在他乡和家乡之间奔波，只是在过年时偶尔见一面。中年之后，在外面创业有成的，已在城市安家置业。故乡，终归成了一个回不去的念想。

　　半生已过，流行乐已不属于我们的时代，我也早已不太听歌。梦里的江湖和远方，是一种希冀，也是一种折磨，我们只是努力地在现实生活中找一个开心的理由。回想起来，有时候我们一心向往的远方，并不是远方真的有多美，可能只是对眼前太熟悉。

　　多年后的今天，再次听到这首熟悉的《九月九的酒》，心中温暖与苍凉交织而来。

2021年10月18日

# 记忆中的那场雪

2000年的秋天，当我的大学生涯步入最后一年时，心中对这早已见惯的校园忽然生出无尽的留恋。三年前踏入校门时，觉得这应是很长一段时光，可以有大把的青春干很多的事情，可离别到来总是猝不及防。

因为是师范生，我们大学最后一年要安排实习的，同一个班的同学会分到不同的县不同的学校。我们班主要分到商州区和洛南县，班上有的同学提前申请到商州区的学校，这样离大学近，方便回学校。而我觉得到哪儿都是客，终究要离开的，便不在意。直到系上的通知下来，我和同宿舍的一个伙计以及外语系的几个老乡，一同分到洛南的杨圪崂中学。这地方并没有去过，但听着名字一定是比较偏远的地方，所幸舍友说这地方离他家里近，周末可以一起去他家玩，心下才稍稍宽慰。

在那个深秋季节，我们一行人收拾好简单的行李，登上了学校安排的客车。再次回望校园时，一种漂泊的孤独与忧伤顿上心头。而在以后的很多次人生转场、毕业调动时，这种熟悉的飘零感一次次重现。

杨圪崂的偏僻还是出乎我的意料，我们坐的中巴一路颠簸，从商州到洛南县城，再从县城开四十分钟才到杨圪崂中学。这是一个地处山区农村的中学，一路走来都看不到多少人家，道旁的白杨树倒是不少。学校附近唯一的单位是供销社，但此时已经没落，职工都已回家，只留下沿公路边一排房子，那种青砖墙黄漆玻璃窗，是20世纪供销社的统一特色。学校附近围着不多的人家，一到夜晚一片漆黑和安静，这让喜欢热闹的我们顿感寂寞和夜长。好在舍友的父亲是供销社职工，我俩就免住学校的大通铺了，而能合住在他父亲以前的宿舍里，整个供销社大院就我们两人，院内杂物和荒草共处其间。

我所实习的杨圪崂中学，学校并不大，但当时学生不少，有八百余人。学校院子小，院内并没有操场，我们上操要从学校出来走一段土路穿过公路，外面有一块土操场。但这地方除了学生们上操上体育课用外，平日农忙时节，附近的群众晒小麦、打黄豆也用。给我分的是初二（1）班班主任和语文课实习教学，指导班主任姚老师是一个中年男老师，中等个子，身材瘦削，面庞黝黑，对待孩子严厉而认真。而指导老师熊老师则是一名三十多岁的女老师，善良而贤惠。虽然上的是师范，但第一次走上讲台，心中十分紧张。当被熊老师领着向全班同学介绍自己时，本来想好一段精彩的自我介绍，结果一紧张平时的淡定和自信全无，只能草草几句结束。但孩子们还很新奇，毕竟看到了一个和熟悉的老师不一样的面孔，一个比他们大不了多少大哥哥一样的老师。年轻，似乎对学生有天然的亲和力。

我所担任的班主任工作其实也就是辅助姚老师，并不负责管理具体事务，每天上早操时天还没有亮，我穿戴整齐地带队穿过马路带孩子们跑操。也许是我打摩丝的发型和整天穿西服打领带的缘故吧，孩子们渐渐地和我亲近了许多。我在开始的一周也并没有上课，只是听熊老师上课我改作业，第二周我开始上熊老师听。还是很紧张，也并不明白大纲和要点，只是凭自己的常识和理解在讲课文，现在想来很多地方已跑偏。但对于不谙世事的孩子而言，却是从未有过的新奇，听得津津有味。有些平日里并不积极的孩子忽然来了精神，记得班上有一杨姓女生，上课听得特别专注，而且特别爱回答问题，让其他同学都感到意外。

从大学校园到乡村中学，这种反差堪比天蓬元帅被贬到凡间。最不适应的是生活，在大学食堂里左挑右选不知道吃啥，而到了学校的大灶上，别无选择地每天面条或萝卜粉条烩菜，感觉又回到了高中岁月。这种饮食习惯与自己的家乡差异很大，虽然今天看来这种饮食健康养生，但对于当时的自己而言，却真是难以适应。我从小就不爱吃萝卜，人的饮食习惯很怪，喜欢与否与健健康毫无关联。我坚持了几天就不在大灶吃饭了，自己弄了个蜂窝煤炉在宿舍做饭，烧煤球那种，这玩意儿在今天看来已经是很稀奇的东西了。我又拾起了高中时练就的做饭手艺，蜂窝煤炉这东西做饭可以，但很麻烦。一是把煤球燃着需费一番功夫，二来着了火并不大，炒菜不赶火候，但即便这样，我们依然做得有滋有味。我所在的中学附近并不逢集，买菜很不方便，我们俩还专门跑到隔壁的景村镇赶了一次集，买回猪肉，包了一顿饺子。还喊了几个一同实习的同学，大家吃得开心如同过年一样。

学校附近有一个小饭馆，但简陋得让人心酸。一间屋，后半部分是灶台，前半部分放两张桌子供顾客用，中年男厨师兼着服务员。也并没有多少人，厨师系着一条已看不清颜色的围裙，在不紧不慢地打理着。我和舍友没事总爱去转转，终于有一天听说他要宰羊了，我们激动地问：能做羊肉泡不？他说：能！我俩开心地期待着，终于可以大吃一顿了。可等了半天，羊肉汤煮好了，他直接给我俩一人一块发面馍，舀两勺汤，自己泡吧！我俩愣了半天，这和我们想象中的羊肉泡差别太大，简直就是理想和现实的距离。但我们还是开心地吃了起来，这毕竟是出来这么久，第一次尝到羊肉，这可能是记忆当中最寒酸、也最鲜美的羊肉泡了！

班主任姚老师是一位严谨而认真的人，身材瘦削，听说得过什么病。尽管我是一位实习班主任，待几个月就走，但他依然细致地给我介绍班级情况。哪个孩子心理脆弱，不敢说重话；哪个孩子身体有病，不能剧烈运动；哪些孩子刁顽需要严管，等等。姚老师看似冷峻的面孔背后，有着一颗多么细腻的心呀，着实让我肃然起敬。而环顾姚老师的房子，一张办公桌是那种老式的条桌，漆面早已斑驳，左边放一搪瓷茶缸，右边是一摞荣誉证，是姚老师这么多年奋斗和付出的写照。正对门是用木板支的床，屋里简陋得没有一件多余的东西，姚老师也才四十上下的年纪，但头发已花白。我忽然间好像看到了二十年后的自己，这难道就是自己在校园憧憬的未来吗？心中不禁阵阵发凉！

洛南的冬天，似乎比家乡来得早一些。十月底的天气，刚刚期中考试，第一场雪就来了。我带的都是单衣，并没有做好冬天到来的准备。那天正考试，学校为了防止学生作弊，全体都用小凳子在院子里露天考试，我正在监考，雪就纷纷扬扬地飘了下来。我穿着西服衬衫，北风吹得透心凉，但我为了保持在学生面前的光辉形象，依然将身体挺得笔直，努力做出不怕冷的样子。而孩子们围着围巾，脸冻得红扑扑的，他们用敬佩的眼神看着我。善良的熊老师似乎看出了我的硬撑，喊我到她的房子，拿出一件格子呢衣让我穿。我一看是那种旧上海的风格，大约是她丈夫青年时期的配置，大概是压箱底太久的缘故，总有拉不平的褶皱。我一看这风格也太老旧了，穿出去简直太醒目了，就推说不冷到底也没有穿。熊老师无奈，心疼地说："你只要风度，不怕冻坏了！"我就那样穿着西服衬衫打着领带，坚持到那场雪结束。到底在坚持什么，是和严寒斗争吗？好像也不是。

那些夜晚，我从学校带的被褥根本不足以抵挡这里的冬天，睡觉时我将所有的衣服都盖在身上，依然还是冷。有时睡到半夜了脚还是冰的，半夜里冻醒了，忽然想起小学时学的寒号鸟的故事。到底还是感冒了，上课时咳嗽不止，一次上课粉笔灰吸进了气管，咳得眼泪都出来了，却越发停不下来。孩子们心疼得手足无措，好像那次落下了病根一般，后来的冬天一咳嗽遇到粉笔灰，就咳得喘不过气来。

等到千禧年年底的时候，我的实习期就结束了，虽然来的时候就明白自己只是过客，但走的时候还是有点伤感。带过的孩子们恋恋不舍地围在客车前和我道别，女生好像感性一些，有几个眼睛湿湿的。特别是那个爱发言的杨姓女同学，站得稍远一点看着客车，似乎要走上来说什么，但又没有勇气，就那么一直望着，脸上有泪水划过的痕迹。也许，我们的到来，让他们看到了外面世界的活力与朝气。两个多月的相处，他们也并没有把我当老师，只是当作邻家的大哥哥而已，这种错觉让他们越发不舍。这种情况，在我刚毕业的几年里还出现过几次，这使我愈发板着面孔。但无论如何，这段相逢对于我、对于他们而言，都是各自青春里美好而难忘的回忆。是他们让我体会了初为人师的激动与惶恐，而我激发了他们对外面世界的向往，这是在彼此的青春里一段美好的遇见。而后，匆匆别过。

　　回到学校，已是千禧年的最后一天。这一年完了，人们担忧的和向往的都没有发生，千年虫没有让电脑系统崩溃，世界格局也没有天翻地覆。记得小学时老师给我们描述的2000年的图景，现在回想起来，颇有几分荒诞的色彩。因毕业临近，这年的元旦没有往常的热闹，大家只是见面问个好，都在谋各自的去处。有几个同学签到了西安的学校，我考虑再三，决定回到老家等分配，这也是大多数同学的想法。那晚上下了好大的雪，整个校园白茫茫一片，让本就冷清的元旦更显冷寂。我走在宿舍楼下，学校的花坛边竟然有一个卖花的小女孩，问："叔叔，买花吗？"我犹豫了片刻，心中生出"采之欲遗谁"的踌躇。离别在即，转眼即成他乡之客，送花固然让人欢喜，到头来却是徒增伤悲！我终于走开了，走在空荡荡的校园，能听见脚踩在雪地里"咯吱，咯吱"的回声。实习的经历，让我对从前向往的未来感到一片茫然。

　　我曾经想象着，毕业时一定有一场隆重的离别。可毕业的前夜，我和几个好友一顿散伙酒醉得一塌糊涂，第二天等我醒来，同学们发往各自家乡的客车都走了。我呆呆地站在空荡荡的校园里，心中无比难过，想了好多的话，竟一句也没说出口。这场错失的离别，成了我终生的遗憾！

　　毕业后，我回到了家乡，在曾经就读的母校工作，生活和工作与实习时差不多，一片忙碌的景象。年少时向往的远方，偶尔也浮现在午夜的梦里。后来娶妻生子，送走一届又一届的学生，校园的梧桐树上，学生一年又一年刻下的或是自己或是别人的名字，都已剥落在风中。我总是在努力地活着，尽量避免成为二十年前担心的样子，可时代的变迁总让人身不由己。转眼已是中年，2018年的国庆，我带着妻儿约上一起在杨圪崂中学实习的舍友，故地重游，万千感慨。杨圪崂中学变化并不大，到操场还是要经过公路，脑海中又浮现出大黑早精神抖擞带学生跑操的景象来。园丁谱上大多数人已不认识，只不过姚老师和熊老师还在列，可照片上早已不是当年的容颜。听舍友说，熊老师后来身体不好，请了很长一段时间假。忽然又想起那场大雪，熊老师一片热诚地送呢子大衣给我，而我竟认为太土拂了她的好意，心下无比愧疚。记得离开时，熊老师再三叮嘱让我到她那儿坐会儿，我着急离开，并没有和熊老师认真告别。在我上车的时候，她还专门送我一个影集，扉页上写着"祝小弟前程似锦"的字样，那个影集现在还放在我的书柜里。

而此时的杨圪崂中学，早已不似当年热闹，当初八百余人的学校，如今不过百余人。空置的教室里，残缺不全的玻璃上满是灰尘和蛛网，让寂静的校园越发冷清。其实在当下，这样的景象又何止杨圪崂中学一家。我所工作的母校，曾经有一千八百余名师生，在后独生子女时代到来和城镇化的推进下，如今不到三百余人。熟悉的校园正以猝不及防的速度变迁，唯一不变的是校园那几棵蓊郁的古柏，历久而愈发苍翠。树顶上盘旋着一群喜鹊，在叽叽喳喳地诉说着曾经的荣光。

在母校工作二十年后，我终于选择了离开，来时意气，去时华发。回望这工作和生活了二十年的地方，悲欣交集。在不断地追寻和失去中，我走完了自己的青年时代，但也没有到达向往中的远方，只不过从一座大山走向另一座大山。当初来的时候就在想，假如有一天离开，一定是因为远方的召唤，可到头来却是为离开而离开。

新的单位并不远，但离开了生活很久的地方，这个世界一片寂静。新的环境、新的人，但面对的还是学生，还是那校园熟悉的铃声。今年的第一场雪来得特别早，还没有换上秋衣，雪就下了。入夜，乡村的灯熄得早，四野里一片寂静，能听见雪花落地簌簌的声音。我躺在床上，在雪地映出的微光中，窗外的雪还在纷纷扬扬地下着。梦里好一片雪白，那地方似曾相识，是杨圪崂中学，还是大学校园那个元旦的夜晚，抑或是今夜的窗外，总也分辨不清。

2021年12月10日

# 冬夜偶记

　　黄昏时分，天渐阴沉，北风阵阵，寒气逼人。想近来时事多有不便，恼人的世事，难测的人心，如那漫天的落雪，茫无头绪。怎奈无五柳之洒脱而为五斗米消磨，叹职场实是不易。青春的激情渐褪，只在夜里才浮起理想模糊的影子。

　　抬头而望，东坡上点点的灯火，隐于林间，忽生暖意。想那乐天，千年前的那个冬日的黄昏，也是一样的天气，遇老友刘十九，围炉夜谈而吟出："绿蚁新醅酒，红泥小火炉。晚来天欲雪，能饮一杯无？"其中之友情足可以温暖整个冬天，其风雅亦是后人难及。

　　而此时，夜已渐深，灯火渐稀终于不见，四野沉寂，可叹身边无十九、无醅酒之炉火。抬头间，脸上一片冰凉，天空也许落雪了吧！

2020年12月2日

# 茶乡漫记

回到家乡是牵挂，奔赴远方是向往。人生也许就是在这样不断往返的奔波中，才成就了各自不同的意味与况景。

年少时向往那桃红柳绿的烟雨江南，已至中年才发现那终究是一个梦，虽然曾经去过，但毕竟是过客。桃花古渡，似曾梦里的相识，却成了触景伤怀的缘由。在不断地告别与奔波中，还是没弄明白，多高的山峰为顶峰，多远的地方才算远方？

在这个四月，当家乡的田野开满了花儿，自己却奔向了远方。而所谓的远方，其实就是从一座大山走向更远的大山。烟雨江南，长安灯火，还是梦里的图景。这里是茶乡，曾经到过的地方，当时是游客，感受的是它的宁静与闲适。当你在这里生活时，更多的是孤独与偏远。但终究是生命的风景，只要认真地走过，都将成为美丽的过往。繁华是生命的风景，荒芜也是，否则何来人生的千般滋味。

当秋天来临的时候，我认真地翻开日记，记下这在他乡天空飘过的红叶，化作一枚书签，铭记这些平凡的日子。待到开春，用一杯清茶，氤氲岁月的期待。

2022年10月19日

# 暖心2023

2023新年伊始，我和省慈善协会丁水彬爱心团队再次踏上公益助学之路。三年疫情，我们筹划好的几次活动都无奈搁浅，近几次的助学款都是大家转账给我，我再转给孩子，见个面成了遥遥无期的事情。终于，我们可以自由流动，期待已久的重逢让大家都无比开心，天公也很给力，1月7日这天，太阳温暖地照着大地，让人有种春已归来的感觉。

人常说，幸福的家庭是一样的，不幸的家庭有各自的不幸。我们走进的家庭都有着各自的故事，说来都让人唏嘘不已，只能感叹命运无常。说不上来为什么，也无从抱怨，很多事情就那样发生了，造就了世间人生百态。大家的爱心可能也并不能真正解决每个家庭的困境，但可解燃眉之急，也给处于绝境的孩子带来温暖和希望，这可能是公益的真正意义。

今天走访的六个孩子境遇殊异，但在大家长期的关爱下，我们也眼见孩子的成长和成功，这让大家很是开心。

## 马玥鑫——野山深处的阳光天使

2016年因为张钘上央视的机缘，我再次关注了这个不幸而阳光的小女孩。她家住米粮镇清泉村的大山深处，这里曾是电影《野山》的拍摄地。自小家庭遭遇变故，与多病的父亲和年迈的奶奶相依为命，但孩子却表现出超乎年龄的稳重与成熟。

人常说，穷人的孩子早当家，认为这是上帝给不幸的孩子打开的另一扇窗。这多半是对不幸的人们的一种安慰，如果条件允许谁不想在父母的羽翼下撒娇尽享童年的快乐，过早的成熟到底是幸或不幸？从教和自己成长的经历让我明白，所谓的早当家只是在无奈之下学会的一种生存技能，这和以后人生的眼界和格局无关，而很多寒门子弟也为此吃尽苦头。

2017年，马玥鑫获得省"美德少年"提名，之后省电视台的杜哲和杜睿两位老师对她进行了报道和宣传。连续几年，市委宣传部和县委宣传部都对马玥鑫进行了关爱和慰问，我和马华团队、丁水彬孝亲敬老爱心团队也长期关爱着她。为帮助其家庭实现脱贫，曾鼓励她父亲养鸡。2019年的冬天，她家近两千只鸡滞销，我和马华团队发动了自己的微信好友，用了一周的时间全部卖完，还卖的都是高于市场的人情价。通过这次活动我也明白，农村的产业真的不好搞，而且这种模式难以为继，来年怎么再好意思麻烦好友。后来她父亲又尝试养羊和养牛，好在渐渐走上正轨。

在大家长期的关爱下，马玥鑫也成长为一名阳光坚强的女孩，在她身上已难看到家庭不幸的印迹。2022年高考，她以优异的成绩上了一本线，考入西安医学院，团队的志愿者们听到这个消息都非常开心，我们的努力终于有了结果。在这个秋天，丁水彬团队再次帮孩子解决了八千元的学费，孩子终于走出了大山！

今天团队志愿者再次和孩子见面，虽然孩子的家庭变化不大，但马玥鑫已是一名沉稳而阳光的大学生，这让大伙很高兴。为孩子，也为我们团队。

## 狄悦——不向命运低头的逆行者

狄悦上初一时父亲患癌症去世，和大多数农村癌症家庭一样，她家最后也落得人财两空。欠的外债和供养姐弟俩上学的重担都落到并不坚强的母亲身上，办理丧事时还是靠马华团队送去的近万元的捐款。

七年来，海韵财税的爱心人士、马华团队、丁水彬团队持续爱心接力。

而狄悦也不负大家的期望，学习刻苦认真，在班上热爱集体、努力奉献，2022年以优异的成绩考入咸阳师范学院，丁水彬团队也给孩子解决了8000元学费。未来狄悦多半会成为人民教师，希望狄悦能将大家的爱心传承和发扬下去。

## 熊仁旺——大山沉默的儿子

熊仁旺家住米粮镇红卫村的大山顶上，他家旁边的安梁凸是红卫村的制高点，站在上面看米粮川的风景很是壮观。每到夏季，这里就是附近人们的网红打卡地，大家在上面烧烤、唱歌，一片热闹。但这一切和熊仁旺没有关系，他家庭遭遇变故，家徒四壁。

熊仁旺的父亲不幸早逝，他与体弱的母亲和年迈的外公生活，日子异常艰难。不知是性格原因，还是家庭不幸对孩子的影响，他一直是一个沉默寡言的人。见到老师和生人极其拘谨，好多次志愿者到家看望他，他只是激动地鞠躬，却说不出太多言语。但这个孩子出奇地懂事，一年四季几乎不买几回新衣服，大多数时候都是穿的校服。为了省几块理发钱，他竟然要求理发师给他理成光头，之后长两个月头发盈寸，再理成光头。开始我在校园看到熊仁旺如此突兀的发型，很是诧异，了解原因后很让人心疼。孩子学习极其刻苦，在初中一直名列前茅，今年已经高三，也在年级前十几名。

多年来，在爱心人士王小文、徐祥宏、马华和丁水彬团队的倾力支持下，孩子即将顺利毕业，衷心祝愿孩子金榜题名！但希望孩子学会与人相处和融入社会，以后还有很远的路要走。

## 王宇琦——萌萌的女孩

王宇琦家住米粮镇八一村山顶上，本来有一个幸福的家庭，但初二时父亲突然病故，让整个家庭陷入困顿。她有一个学霸哥哥，曾经是我带的学生，当年以全县第一的成绩考入县中。早年家庭虽然不富裕，却也温馨和甜蜜，孩子圆圆的脸庞尽显萌态，很可爱的样子。变故之后，孩子似乎沉默了许多，但在安明柱初木公益和丁水彬团队的持续关爱下，孩子每次见到我们还是笑得很开心。

今年王宇琦已上高中，母亲也随她去县中食堂干活。祝愿孩子健康成长，笑口常开！

## 夏守锴——命运的弃儿

夏守锴的家庭可能是被上帝遗忘的角落。一家五口，妈妈患精神病四处游走，父亲跟着照看，四海为家不知所终。奶奶患精神分裂，怕见生人，爷爷古稀有余，强撑起一个家。爷爷一人在家，要种地、照看奶奶，还要接送十岁的孙子上学。

四年前志愿者第一次走进他家时，孩子躲在爷爷身后不敢见人，大家再三鼓励，孩子依然没有和大家说一句话。在马华团队、丁水彬团队众多志愿者的持续关爱下，我们见证了孩子的成长，从开始的不说话，到渐渐敢和我们打招呼，今年已经和我们微笑着交流，还大声说出了自己的理想！

今天收到大家给带的红包和小姐姐给的新书及面包，孩子无比开心！

## 侯启睿——东山的守望者

"我徂东山，慆慆不归。"这座山的名字很有诗意，却是米粮镇境内海拔最高的山，曾经是一个村，现在变成一个队。曾经是艰苦和落后的代名词，也曾因现代愚公杨宝林修路的事迹而闻名。今天水泥路已经修通，盘山而上，茂林修竹，石林散布其间，景色殊异，一片世外桃源的景象。但如今已没有几户人家，而侯启睿就是为数不多的留守人家之一。

本来也是众多平常人家中的一个，父亲早年上矿山患有尘肺，如今和母亲在家务农照看兄弟二人上学。在贫寒但还算整洁的家里，最亮眼的风景就是侯启睿获得的满墙奖状，让这个大山顶上的家庭充满了生机和希望。但几天前的一场大火改变了这个家，年迈的爷爷烤火引发火灾，烧毁了自己的卧房和灶房，爷爷也在这场火灾中不幸身亡。丁水彬团队的志愿者们两天筹集善款11500元，我先期送去部分善款。我的高中同学和电视台的杨婧女士，在我的朋友圈看到孩子的事迹后，也转来了善款，这让我很是感动。1月7日我们再去时，家里刚处理完老人的丧事，一家人还沉浸在悲痛之中，大家送来的礼品和钱款让一向沉默而坚强的侯启睿泪流满面。

大火无情，愿大家的爱心能让孩子走出阴影，拥抱阳光！

走完六个家庭，已接近黄昏时分，但太阳还是温暖地照着家乡。世事无常，这世间太多的不幸，细想来好像也没有原因，就像此时的阳光，虽然温暖，但阴阳二坡却是差异很大。向阳处温暖如春，背阴处霜冻未化。抱怨似乎并没有太大用处，只有努力向光而行。

快过年了，我们给每个孩子送了红包和旺旺大礼包，孩子们笑得很开心。就借用旺旺的广告语吧，新的一年祝大家：福旺、财旺、运气旺！

2023，兔年吉祥！

2023年1月8日

# 向阳而望

## ——《听月集》序

　　冬至，阳生春将来。在这个日子选择一本集子的开始，有点继往开来的意思。很好的天气，总让人心生温暖。

　　想来自初中时起开始写日记，到高中的随笔，一直到现在已坚持二十多年。流年已逝，那些青春岁月的向往与忧伤，都沉默于笔记本的字里行间。无事翻来，不胜唏嘘。

　　对远方的向往，应该是青春的秉性吧，可终究没有离开过。寻找过很多理由给自己开脱，回头想来，那些都不能成为理由。也许是生命基因里如黄土一样的保守，让自己没有勇气离开，但终究不愿在一个地方退休，于是选择了告别。而告别，终究是一件伤感的事，无论是主动还是被动。

　　习惯与安逸是人的天性，但不经历一次次的告别，又何以点染人生的风景。有时或许身不由己，但只要认真地走过、看过，就是真切的人生。

　　新的环境让自己学会了安静地面对自己，看秋风起，梧叶落；听雁阵惊寒，子规啼月。新的居所东西向，宜赏月，卧床上即可见月满东窗，室内如银泻地，浮想联翩，直至夜月入梦。晨起时，常见晓月未隐，含情脉脉，如沐夜露，实为佳景。故新集名为《听月集》。

　　明月几度圆缺，渐至岁末，愿来年春好，众生皆安。

2021年12月21日

# 烟花三月

三月的熨斗滩，桃李芬芳，淡柳如烟。路边一些不知名的花草，竟也绽放出一片五彩缤纷来。而自己却要和这片熟悉的地方，以及那群可爱的孩子说再见了。

年届不惑，见惯了太多的聚散离合，应该来说对工作的调动不会有太大的心情起伏。但真的到了要走的时候，孩子那不舍的眼神和深情的留言还是让我心生波澜。

细想起来，自己从求学到工作人生半径没有超过五公里（当然大学除外）。上高中时在镇上，离家五公里，毕业后又回到母校工作；二十年后选择离开，又到镇上另外一所学校工作，离家也是五公里。自己在文字里一直向往的远方，其实一直还在远方。一年前从母校告别，不是因为这里不好，只是这样一眼到头的人生似乎不是想象的样子。美丽的渔洞砭、沧桑的老街桥，自己年复一年地走过，从少年走向了中年。在每个春天到来的日子，我总喜欢把她想象成江南的样子，但她却终究不是绿如蓝的江南。

在这个熟悉不过的校园，送走了一届又一届的学生，我在讲台上努力地给他们种下梦想的种子，给他们讲远方璀璨的灯火，还有那浩瀚的大海。他们有很多人走出了大山，也见识了我给他们描述的远方，可我自己依旧年复一年站在梧桐树下送别。梧桐树干一次又一次剥蚀着他们的青春心事，他们的日记本里也尘封了我们一起走过的故事。而自己曾经无比熟悉和眷恋的母校，随着时代的变迁，从完中变成了初中，校园的苍苍古柏见证了无言的沧桑。在一个秋天里，自己选择了告别，挥手再见的那一刻，黯然神伤。

告别，却并没有到达向往的远方，只是镇上离家五公里的另一所学校。在课堂上我依旧给孩子讲知识谈人生，偶尔也给他们读自己公众号的文章，那里记录了自己的成长和感悟。也许是因为此，孩子们和我越发亲近起来。我几乎是用教导儿子的方法在引导他们，因为自己的孩子和他们差不多的年龄。看到他们，又回顾起自己和儿子曾经走过的路，总是用父亲的口吻告诉他们应该明白的一切。

当得知我要调离的消息，孩子们很是意外。那节课上他们喊的"老师好！"格外响亮，整个教室弥漫着离别的忧伤。孩子们眼巴巴地望着我，好多孩子眼眶红红的。我心下一热，想说些告别的话吧，又不知从何说起，我决定还是将课上完。那节课讲的是"止于至善"，孩子们听得格外认真，发言也是从未有过的积极。他们似乎不是在听课，如同在听一位父亲出远门前的教诲。

快下课时，一个孩子送来两张纸条，似乎是给我临别的赠言：

　　王老师，与您在一起度过的学期我感到十分快乐，您幽默风趣，在您的课堂上我开心无比。同时在您的课堂上我也有许多不对的地方，望您不用介意。王老师，我永远记得您。王老师，我永远爱您。祝您工作顺利，身体健康！

您的学生：代志东

亲爱的王老师：

　　我从来都没有想过您会离开我们，俗话说"凡事皆有可能"，我之前还不信，但我今天终于明白这个道理了。……苏轼在《水调歌头》里写道："人有悲欢离合，月有阴晴圆缺。"人生的命运就像那样。老师，您在我们生命中最重要的时光哺育我们，我非常骄傲有您这个老师。虽然时光很短暂，但您给我留下了深刻的印象。感谢您在这段时光给我们带来快乐，我们等着您回来。

您的学生：王蕾茜

后来，他们又送给我一个黑色的笔记本，里面写了很多学生的留言。看了他们稚嫩而又诚挚的话语，我又感动又难过。短暂的相逢，让孩子们如此厚爱与依恋，让从教多年的自己心生温暖。那些温馨的话语，都将成为我告别的行囊。但我明白，有些别离终不可免，只是我不知道怎样给孩子好好说声"再见"！

最后，我给孩子们每人发了一个棒棒糖，他们开心而又伤感。我说："孩子们，不算什么留念，愿大家未来的人生如棒棒糖一样甜蜜，一路开心快乐！"

聚散本是常态，我们又何尝不是在不断别离中学会长大和变得成熟！新的单位在百公里外的一个乡镇，我想相对于五公里而言，那里也算是人生的远方吧！

2022年3月28日

# 远方的四月

当我再次离开家奔赴他乡，却是大山深处的远方。当真正离开家乡的那一刻，远没有当初的豪迈，如同上初中时第一次到学校寄宿时，那种熟悉的感觉又上心头。在那个黄昏里，我背着被子，一次次回望熟悉的老屋。无奈地走向夕阳下河对岸的中学，无边的孤独瞬间淹没了自己。

也许是在家乡待得太久的缘故，总想那远方会有不一样的风景。当这一刻真正来临的时候，心中的激动并没有持续太久，而故土难离却是最真实的感受。人到中年，虽无年少时"杨柳岸晓风残月"的离伤，但也是难言万千思绪。加之疫情反复，让这次征途愈发遥远。再次回望故乡，从前那熟悉的寻常风景，忽然变得无比美好起来。人生可能就是这样，在平淡中寻找不平静的生活，远方是那灵魂深处无声的召唤，总在提醒你那里会有不寻常的美好。可人生如逆旅，我亦是行人。当你历尽艰辛奔赴远方，但远方的真正意义可能是路上的风景，真实的远方甚至是一片荒凉。就如同人人景仰的珠峰，当你登顶之后是万年的冰雪，但这却不影响人们的征服欲望。

我们总是在平静中寻找风雨，在经历风雨后才发现平淡才是人生真味。很多时候历经千山万水之后，又回到了原来的地方。人生是一道没有标准答案的哲学题，只有亲身经历，才能明白个中滋味。这也是为什么我们将自己的人生经验告诉孩子时，他那么不以为意，如同我们年少时对待父辈的教诲一样。

远方，应该是年轻的标配，中年之后离开故土，总有太多的牵绊和不舍。新的地方是县城最西边的一个乡镇，一路颠簸，在大山中沿河而进，夹岸皆生茶树。四月的风中弥漫着淡淡的茶香，恍惚间如在世外桃源。常言道：少不入川，老不出蜀。故乡那熟悉的风物，有如陈年的酒，有些上头。但远方终究是要经历的风景，否则哪来的万般滋味！

2022年4月22日

辑二

・・・・

红岩秋月

# 七里峡往事

对于生活在米粮的人来说，似乎对赶集这件事有近乎寻常的热爱，有事赶集，没事也赶个集。我们把赶集不叫赶集叫上场，仔细寻思起来，好像是要上台表演一样。米粮人赶场却并不在米粮川，而在距离米粮十里地的七里峡，七里峡如其名，其实就是两山之中一块窄狭的平地，传言说是有七里长。虽远不如米粮川平坦宽阔，却是原区政府现镇政府所在地，也算是政治中心吧，所以逢场便在此了。每月二五八逢集，一个月九次。

上场对于故乡的人们来说似乎是一件很庄重的事，早早地吃过饭收拾利落，再约左邻右舍、三朋四友一起去。在从前那个交通不便的年代，赶场需要步行十里地，但人多热闹便不觉得路长。记得当时有一对关系要好的姐妹，相约第二天一起去赶场，结果一个临时有事去不了了，另一个便抱怨道："我把脸都抹了，你又不去了！"由此看来上场确实是一次难得的自我展示吧！在20世纪末那个物资匮乏的年代，人们大多数没钱，可赶场的热情比今尤甚，哪怕上场只是夏天买了一根冰棍或是冬天里买了一根热麻花，走上十里地也是喜气洋洋。而逢场到了冬腊月尤其热闹，集上的物品大到彩电大衣柜，小到锅刷子龙须草，似乎啥都能买到。腊月里人山人海，不到一里地的街道，上街头挤到下街头要个把钟头，谁的背篓又挂了谁的料子衣裳，一片熙熙攘攘！

我从小就很向往赶七里峡场，但一直没有人带我去。直到我上三年级的时候，我家的花猫生了四只小猫出月了，奶奶准备背到场上卖，但小猫又害了眼病，眼泪汪汪的，没有卖相。奶奶为了让小猫康复得快一点，每次给猫饭里加一个鸡蛋，把我看得十分羡慕，这猫比我吃得都好。终于好点了，那天奶奶带我去赶场，奶奶还许诺说等猫卖了给我买糖吃，因有对甜蜜的憧憬，那十里地似乎很快就走到了。我终于见到了我向往的七里峡街，人山人海，各种物品琳琅满目，对我而言就好像是天上的街市，全是我没见过的珍奇！虽然那天雨后初晴，地面泥泞不堪，但一点也没影响人们赶场的热情，记忆最深的是街道中间那棵大核桃树，一边挂了半扇子猪肉，一边是卖小笼包子的，那精巧软乎又热腾腾的包子看得我格外饿！

而那天的运气似乎并不好，也许是因为小猫的眼病未痊愈吧，猫没有卖掉，向往中的糖没了，街上的好东西也和我没有一点儿关系，兜里一毛钱也没有！回家的路显得格外远，但也不十分丧气，因为终于见到了传说中的七里峡场。

等到我第二次赶场已到了1992年的冬天，那时我上初二。当时上学是六天制的，一个星期六的下午，太阳暖暖和和的。那天正好逢集，我和另外两个同学酝酿了一个大胆的计划：赶场！放学后，我和李茂富、卢荣平开启了我们大胆的冒险之旅。太阳暖和地照在身上，我们一路上蹦跳说笑，不觉间就到了地方。这次所见比三年前的景象更令我吃惊，又多了许多我没见过的东西，特别是有了各种水果。在我的记忆中，这个季节水果除了柿子，可能再没有什么了。我们三个新奇地转了半天，最后在一个卖橘子的摊位前站住了。冬天里那红红的橘子实在是诱人，远远都能闻到奇异的香味，还因为刚刚学过一篇课文《小橘灯》，我们对橘子似乎有着特别的钟爱。但我们依旧没钱，我和卢荣平衣兜比脸还干净，李茂富也许名字叫得好吧，他有一毛钱。问了一下，摊主说要一块钱一斤，我们盘算了半天后怯生生地问："你这橘子分个卖不？"

摊主把我们几个打量了半天，犹豫地答道："卖嘛！"

李茂富又问道："一毛钱一个卖不？"

摊主似乎愠怒了："一毛钱咋卖！"

我们几个很是失落，但又不甘心，犹犹豫豫舍不得离开。后来当摊主弄明白我们只有一毛钱时，也许是出于同情，也许是要罢场的缘故，终于答应一毛钱卖给我们一个。摊主挑了一个小橘子给我们，即使这样我们几个也欢喜万分了。我们几个愉快地往回走，橘子一直由李茂富保管，但我俩看一眼也口舌生津。快走到一半路程时，李茂富才将橘子剥开，我们眼巴巴地看着橘子露出红润饱满的瓤，一股清香扑鼻而来，我瞬间明白了老师上课讲的"沁人心脾"这个词语的含义，我们在年画上看到的橘子味道如此之美！李茂富却只给了我俩一人一瓣，但我俩亦心满意足了。我俩舍不得一口吃完，先嗅了嗅橘子诱人的清香，之后含在口中，半天才舍得咬破，任汁水顺喉咙流下，那种酸甜可口终生难忘！当我俩幸福地吃完一瓣橘子，再回头看李茂富时，他手里只剩橘子皮了。我俩似乎有点生气，他太啬皮不说，而且这么好吃的东西怎么能一口吃完了呢！但随后李茂富将橘子皮给了我俩一人一块，我们放在鼻子下面闻着，兴高采烈地回家了。

岁月易老，我们几个早已不再少年，李茂富和卢荣平长年在外，后竟不再多见。等到我参加工作以后，橘子早已成了寻常之物，但在以后的很多年，我对橘子一直有一种近乎迷恋的喜欢。每年橘子上市的时候，我总要买几斤尝尝鲜，感受一下季节的馈赠。现今的橘子种类繁多，除了当初的大红橘子，还有我当年闻所未闻的砂糖橘、小金橘以及那种不剥皮也能吃的橘子。但一次次总令我失望，每次买的橘子不是太酸就是不甜，再也找不回那个冬天下午的橘子那种清香扑鼻让人陶醉的味道，那似乎是我这辈子吃过的最好吃的橘子了！

一切都变化得让我们始料不及，先是我们一起求学的母校——米粮中学没了，1999年撤并学校被并入白塔中学，曾经热闹非凡的校园，忽然间没了人，只余下没膝的荒草。在2006年的一场溃坝事故中，那空旷破败的校园也随着汹涌的泥石流变得无迹可寻！多少次，我站在曾经的母校现在新建的烟站旁，一阵阵迷怔，一种怀念无处安放的忧伤涌上心头！七里峡街中间的那棵老核桃树也早已不在了，现今变成了平整的水泥路面，街两旁高楼林立，唯一不变的是依旧二五八逢场！我也依旧爱上场，当然在物资丰富的今天，早已不再是当年赶场看世界的时代，上场只是看能否找到想要的东西和久违的从前。一切都远去了，街道再也没了从前的拥挤，也不见了一起赶热闹的人群。在交通

　　和物流高速发展的今天，只要你想买，天南海北的东西隔日即到。现在大多数赶场的人都是中老年人（或许我也老了吧），可能他们赶场的热情在于赶场本身，并不是需要买什么东西。看着繁华的街道和稀疏的人群，无所谓高兴也无所谓失落，势随时移，该来的总要来，该去的终将去，就像前行的航船，并不会因为两岸风景的美丽与否而或快或慢！

　　我的伙伴们偶尔再见也是在同学群中，大家早已不用再步行赶场了，也不再为一毛钱买一个橘子而盘算半天。街道林立的超市和穿梭的快递小哥，总能在第一时间让你得到想要的东西。大家都在匆忙地一路向前，只是再也尝不到从前那个冬天里那个红橘子沁人心脾的香甜！

2019年11月29日

# 白中那些年

从求学到工作，我在白塔中学度过了24个春秋，也从青年走到了中年。人在年轻的时候，心中总是想着远方和天下，当真正身处他乡的时候，午夜梦回时却又回到了熟悉的白塔中学，那苍苍的古柏、交映的梧桐，以及与树干上那些青涩的名字一起剥落的似水流年。我想自己终究离不开了，她成了自己灵魂的家园，我愿意化成一只飞鸟，站在玉兰树枝头，倾听她的悲欢，讴歌她的荣光！

上大学时，觉得诗和远方是青春的背囊，可当毕业那天真正来临的时候，却是莫名的失落和恐惧。思前想后又回到了当初出发的地方，自己曾经就读了四年的母校白塔中学。多年以后回想，可能是自己没有出息的缘故吧。选择回到母校只是因为对那里熟悉，还牵挂学校外面那清澈的水潭，到了夏天可以自由自在地游泳。在今天看来近乎好笑的理由，却是当时真实的想法。

回来那年，腰上还别着那花了一个月生活费买的传呼机，还记得当时黑龙洞电站的院墙上那句广告语："腰别BP机，时髦又阔气；手拿大哥大，方便又潇洒。"可遗憾的是，回到老家后，这玩意儿就没响过几回，偶尔响几回大抵是旧日同窗的问候。当时的电话并不多见，回个电话要到学校门口的小卖部借用公用电话，有时慢了点，回过去打电话的人已经走了，只听话筒里一阵忙音。

再次回到故乡，在熟悉的山水间似乎找到了心灵的宁静，年少的努力转了一圈又回到了从前。那熟悉的校园，温暖的炊烟，好像就是我们向往的岁月静好。可日子稍长一点，在这寂静的乡村里也有着难以排遣的孤独，那些曾经的诗和远方又一次次出现在午夜的梦里。

虽然毕业于师范院校，但当真正走上讲台时却还是惶恐。我起初带初一历史，后因人事突然变动又带初二语文，还兼任教务处干事。上第一节课时很是窘迫，只急着讲完课程内容，剩下的十几分钟无所适从。年轻的意气风发和自信荡然无存，心里比学生还盼着下课。但几周之后自己在课堂就应对自如了，给他们讲优美的课文，也讲远方的见闻，孩子们听得津津有味很是喜欢。只是后来明白，这种教法效果并不理想。

这一年县里正式启动了"普九"运动，我在教务处为档案建设忙得昏天黑地，有时还背个傻瓜相机到处去拍实践基地照片。为了营造氛围，我和另外两个一同毕业的伙计，沿公路书写标语。他们两个毛笔字写得好，我就负责提个白灰桶，沿公路凡是能写字的墙、大石头上都写满了诸如"普及九年义务教育，提高人民素质""捐资助学，功在当代，利在千秋""人民教育人民办，办好教育为人民"等标语。而这些图景，成了那个时代特殊的记忆，直到今天在那些废弃的房屋墙上还可看见模糊的印迹。

我们一同毕业分配到白塔中学的有12名毕业生，其中有不少大学的校友，因为宿舍不足，我们大都是两个人合住一间宿舍。月工资508元，几乎是真正的月光族，但因为年轻并不操心过日子，倒也不以为意。总是满怀激情地补档案，带孩子嬉戏。周末游遍了附近的山水，微薄的工资几乎全部成了聚餐的饭资。

在这一年里，学校发生了太大的变化，为了"普九"达标，把屹立了半个世纪的旧瓦房拆了盖起高楼。原来那个扔个标枪都能出界的小操场退出了历史舞台，新建成面积14亩的大操场，沉寂了好多年的校园，突然间成了一个大工地。一个新的时代正在来临，一切都是欣欣向荣的样子。而自己面对这一切有些恍如隔世的感觉，不仅对于母校，还有自己。

通过深入档案才了解，即使是这一代孩子，失学的比例还是不低。为了能达标，我们走遍了附近的村子，动员那些本该在学校上学的孩子返校，但有些孩子是那么地不情愿。再回头想想，父亲当年真是不容易，在自己上学的那个年月考学并不是主流，而他能历尽艰难不放弃，实在是一件伟大的事。尽管自己当时学得并不好，但由于父亲的不放弃，自己还是顺利上岸，也算是时代的幸运儿。

2001年过去了，虽然过得不太明白，但注定不平凡。这一年我没有存下钱，过年回家时有点心虚，但对2002年还是充满期待。

2022年12月11日

# 端午的粽子

人们常说端午节要吃粽子，但对我而言端午的记忆一直是插艾蒿和喝雄黄酒。家里真正开始包粽子，已经是儿子上幼儿园以后的事了。

我们从前的端午节大人们会很隆重地做一顿米饭，比往常多炒几个菜。其实，最丰盛也就是加了鸡蛋和腊肉。后来随着年景好些，也只是多了几个菜，我们并没有关于粽子的念想。但艾蒿和雄黄酒，却是这个节日永恒的主题，有些手巧的母亲还会给孩子做香囊。端午那天天刚透亮，父亲就会来到早已找好的艾蒿地里，割回那些长得又高又粗的带着露水的艾蒿。父亲强调一定要带露水的，那种更能给人带来祥瑞，还能做丹方。也确实，在那个艰难的岁月里，挂在门头的艾蒿似乎总给人以节日的温暖和无尽的希望。

大人们说雄黄酒能辟邪，在端午节那天一定要喝一些。但对于年幼的我们来说，酒太辣喝不了，大人就在我的额头、鼻孔和耳朵四周抹一些，说是能防蚊虫叮咬。那年头小孩都野，放牛放羊经常在山坡上就睡着了，抹了雄黄酒避免虫子钻耳朵。后来看《白蛇传》，白娘子喝雄黄酒现了原形，这使我对雄黄酒的作用又大为惊异了。

而香囊是大人用五彩丝线缝缀而成，大多数缝成可爱的小猴子，我们俗称"抽猴娃儿"，也有心灵手巧的母亲缝成孩子生肖的形状。当时我们班上有一同学属猪的，过节时他母亲给他缝了一个憨态可掬的小猪，本来是一件很喜庆的事，但大伙都说他是猪。结果把他气哭了，回家还找他母亲麻烦。可对我而言就没有这种福分，母亲去世早，我只闻着同伴的香囊，猜想那里面装的什么香料。

　　我真正吃到粽子已到2000年以后，我已参加工作，人们的日子也逐渐好过起来。每到端午来临，集市开始有人卖粽子了，这种南方的民俗小吃才真正走进我们的生活。当我第一次吃到粽子时，仔细地端详这种精致的小吃，制作精细小巧，轻轻剥开，一股粽叶的清香和糯米香扑鼻而来。吃到嘴里软糯香甜，满是节日的喜庆和幸福。

　　那时端午还不是法定节假日，不逢周末端午就要在学校过。记得2006年的端午节正在星期中间，我任班主任，因快临近中考，我和孩子们都莫名地激动和紧张。布谷鸟在声声地叫着夏天，教室对面东坡的麦田里一地金黄，大家脸上写满了回家的念想。我到集市上买了一大袋粽子，给孩子们每人发了一个，孩子们先是意外，继而开心。孩子们一个个默默接过粽子，起身鞠躬说"谢谢"，好几个孩子眼睛红红的。三年陪伴，今朝离别，我本想开成告别的班会，但好多话又不知从何说起。临了只说了句"吃个粽子吧，祝大家端午安康！"一时间，好多孩子低头抹泪，这个端午过得欢喜而忧伤。

　　之后我依然年年买粽子，当儿子上幼儿园的时候，那年端午父亲忽然说："今年我给咱包粽子！"我很意外，父亲在奶奶过世前连饭都不会做的，也就近几年才勉强做得能吃，今年竟然挑战这么高难度的手艺。我不可置信地问："你行吗？"

　　父亲一脸自信地说："学嘛，我做给孙儿吃！"

　　儿子爱吃粽子我知道，但没料到做饭都不在行的父亲，竟然有耐心亲手去给孙子做粽子。可能父亲觉得，买粽子都不足以表达对孙子的疼爱，只有亲手做才能真正融入深深的爱意。听父亲这么说，我也并没抱多大希望，只说那就试吧。儿子听说爷爷给自己包粽子时，高兴坏了，拍手叫好，还见小伙伴就显摆："我爷给我包粽子呢！"

　　估计受了儿子的鼓舞，父亲越发地重视起这件事来。早早去半山上采了新鲜的苇叶，还到屋后边请教经常卖粽子的邻居，用自己一生握惯锄头的粗糙笨拙的双手，开始包粽子了。看着父亲初学时笨拙的样子，我又想笑又心酸。但功夫不负有心人，在父亲的努力坚持下，粽子真的包成了。煮在锅里，满屋的糯香味，让节日的氛围愈发浓烈起来。

刚出锅的粽子，儿子迫不及待地剥开吃起来，糯米和糖沾了一脸。看着孙儿的馋相，父亲开心地笑了，一脸的得意与陶醉，这可能是一生辛劳的父亲过得最开心的端午节了。

不过粽子真是一种神奇的小吃，在端午节吃，满是香甜和节日的欢喜。但过了节日再吃，却再也不是从前的味道。

2022年6月6日

# 寂寞的梧桐

——给毕业生的留言

七月流火，九月授衣。弹指间又到了离别的季节，也许黑板上还留着那道一知半解的数学题，也许梧桐树上还留着我们青春的印记，但今天不得不说再见。每年的盛夏时节，我总是静静地站在梧桐树下，看着一届又一届的学生离开母校踏上征程，看着他们的希冀和眷恋，看着他们的离合与悲欢。也正是从他们身上，我仿佛找到了自己逝去的青春。毕竟，菁菁校园已离我很远很远！

爱过方知情深，醉过才知酒浓。母校，对于大多数人而言，都是一个爱恨交织的字眼。原以为岁月悠长，有那么多的日子肆意挥霍，可考试到来得总是猝不及防。我们彼此还没来得及好好相处，转眼就各奔东西。也只有到了真正离去的那一刻，你才真正地感受到：母校——是那么地难以割舍！就如年少的我们，千方百计地要离开父母去闯荡天涯，可离开之后又是无止的思念呀！

今天，大家就要走了，将踏上人生新的征程。我无法预料大家将要面对的是怎样一个世界，用汪国真的一首诗作别吧！

我走了/不要嫌我走得太远/我们分享的/是同一轮月亮/雨还会下/雪还会落/树叶还会沙沙响/亲爱的/脚下可是个旧码头/别在上面/卸下太多忧伤/告别/不是遗忘

最后，告诉大家四句话：

　　走过了，别后悔！

　　做人，脾气不能比本事大。

　　人可以不成功，但不能不成长。

　　天空不留下鸟的痕迹，但我已飞过！

远处已传来离别的钟声，茂盛的梧桐数着寂寞的年轮，青春的梦里轻舟已过万重山，明日即是天涯了，祝大家一路顺风！

2020年7月14日

# 老田的故事

老田退休了，在这个漫山红遍的季节。大伙都在猜测着老田在离开时心情如何，可老田离开的那天，一脸的平静，没有悲欢的姿态。

老田是一名乡村教师，与我同乡，在二十年前和我成为同事的时候他并不老，但由于他个性随和，又有着知识分子的淡泊和坚守，大家亲切地称他为老田。在我们村里，20世纪70年代末能考上师范也属于凤毛麟角，而当时上师范吃上公家饭是人们心中最好的选择，老田在村里是人们羡慕的对象。毕业后计划分配，老田回到农村，从此就再也没有离开过乡村。变化只是他工作过几个偏远的乡村中学，最后回到了老家的中学退休。

在那个计划经济时代，教师分配很有意思，当时我们家乡地处县东边，少有的几个公办老师都是商县的。而家乡子弟毕业大多分配到几百里之外的西边，在那个交通不便的年月，回一次家不亚于一次迁徙。老田当时分配到东瓜，后又到柴坪老庵，这地方最初还有中学，而今只剩东瓜一个初小了。为了离开这个遥远的地方，老田再次深造进修。几年后老田终于调回东边的西口中学，那时还是高中，虽然离家还是远，但骑自行车一天能到家。老田在西口度过了最好的青春年华，娶妻生子，老田的那些故事也是从西口开始的。

老田个头不高，年轻时也是一表人才，八字须，三七分头，四季皮鞋锃亮。尤其写一手好毛笔字，笔力苍劲，字迹飘逸，颇有魏晋之风。老田爱喝酒，善划拳，手指纤细而上翘，划拳时状若兰花。老田划拳喜欢出一，但其拇指细而上翘，似出非出难以捉摸，往往拳将出好后才冒出来，弄得对方措手不及，大家笑称为"长豆芽"。而他这种划法赢多输少，大家戏称为"山镇两县一点子"，老田也颇为自得地接受了。加之老田倒酒手稳，人常说"茶七酒八"，他每次倒得恰如其分，很受大伙信赖，他又自封为"山镇两县第一倒"。

老田年轻时博闻强记，上课时典故诗文张口就来，太白之浪漫、苏轼之豪放、易安之婉约，皆能成诵。朗诵诗文，声情并茂陶醉其中，让学生颇为折服。

在西口工作的年月，正值老田年轻，很受学生和家长爱戴。在那个单调而贫穷的岁月，加之交通不便，老师周末在学校喜欢喝酒打发时光，这期间老田的酒量和拳艺见长。他们几个年龄相仿的青年常在周末聚在一起，一盘腌菜、半盘豆腐佐酒而乐以忘忧。虽说喝酒伤身，但人在年轻时只图高兴，其间有一同事也喜欢赶热闹，但由于酒量太差他们不太邀约，可这伙计一发现他们几个不见了，就到处找看在哪儿凑场子，大伙戏称他为"侦察兵"。街道也没有食堂，有好友来访时，他们曾经用煤油炉做过八大件子，一时传为佳话。煤油炉上那种平底锅除了下面条方便，做其他饭都难操作。他们为了换换口味吃一顿蒸面，因没有洋芋竟想出在河里捡石子垫底，成功地吃上了蒸面。不得不说，人民群众的智慧是无穷的。

有一年腊月十八放假，老田从学校离开沿程家川、南沟回米粮老家。因其毛笔字写得好又深受学生爱戴，家长一路请他到家写春联酒菜相待。沿路走来，老田到家已是腊月二十八。

作为全县三所农村高中之一的西口中学，随着生源的减少，高中部首先撤了。老田说不上失落还是开心，1994年他回到了家乡米粮中学任教，辗转十几年终于回到了家乡任教。我想老田是热爱田园生活的，因为他给女儿起名叫田园，在米粮中学他度过了人生最安静的五年时光。1999年由于撤乡并镇，米粮中学也被撤了，为了更好地衔接，撤并时保留了最后一届初三，其他年级都并入了镇上的白塔中学。老田选择留下，陪伴这最后一届初三毕业生，并负责留守年级管理事务，大家称老田为"片长"。

一年后，老田带着满怀的不舍和最后一批课桌来到了白塔中学。而七年后，一场溃坝事故，让米粮中学空旷的校园也彻底没了踪影，人们再次经过时还偶尔提起：哦，这里原来是米粮中学！

此时的白塔中学是乡村唯一一所完中，在后来的二十几年里老田见证了它的荣光和落寞。

2001年我和老田成为同事，都带语文课且一起在教务处当干事，老田依旧喜欢喝酒，划拳时还是他引以为傲的"山镇两县一点子"。和老田划拳时，我依旧是输得多，很佩服他的酒品，酒后从不多说和现场直播，一般是静静地离开。只是和大多数乡村教师一样，老田半生已过并没有置下多少家业，晋职时要发表论文，他一听说要出钱，很不以为意。好在老田对钱财并不往心里去，保持着他一贯的幽默和开朗。他依然还是三七分头，皮鞋锃亮，四季里西服白衬衫，冬天也是如此，似乎是一种倔强的坚守。偶尔也写诗，发在QQ空间，却并不示人。一次经过他办公桌我看他在练字，写了一副对联：

何物欢我，唐诗晋字汉文章
几时问福，红杏碧荷黄金桂

这似乎是对老田性情最好的诠释。

2003年我结婚时，老田亲自给我写了一副对联：

犹记醉花阴里念奴娇
正是沁园春日蝶恋花

净用词牌，对仗工整，大伙皆叫好。

在后来的很多年里，我和老田一起度过了各自人生中最好的年华。老田是个热闹人，春天山韭菜萌发的时候，我们周末相约一起到老街桥上面灵龙方向一个峡谷里烧烤。峡谷里杂花生树，百鸟争鸣，溪水清浅，游鱼可数。迎着流水轻风，开春头茬的嫩韭菜在烤炉上散发着诱人的香味，是这个季节最美的馈赠。干一杯啤酒，就着大好的春色，我们一起醉倒在春天里。"浴乎沂，风乎舞雩，咏而归"，颇有古文人之风。

　　每到秋天远山渐红的时候，我们总喜欢爬上对面的红岩山。记得儿子四岁那年，我们一起爬红岩山，站在红岩山巅，遍山的黄栌叶将四野点染得五彩斑斓，抬首天高云淡，令人心旷神怡。临风而立，众山皆小，顿生壮怀激烈之感。在山脊背风处，不知谁家一块黄豆地，已过了收获的时节，豆子却还在地里。老田直接拔了一些，点燃了豆秆，烧过之后在灰烬里找烧熟的黄豆吃，小儿兴奋得手舞足蹈，脸抹得如花猫一般。从东面往回走的山坡上，有好多人家遗弃的房屋，木门紧锁，但门框上还留着褪色的春联。门前的柿子树上却是果实累累，有的已红得透亮，我们摘了入口甘甜无比。寂寞的瓦房，硕果累累的柿子树，让人一阵失落一阵欢喜。

　　三尺讲台，清风两袖，年复一年中老田的职业生涯也即将圆满。2015年老田正好带高三，元旦晚会上，老师心里五味杂陈，学生们很是开心，兴高采烈地表演节目，迎接即将到来的毕业，感觉灿烂的明天在向他们招手。我忽然想起自己大学毕业的前夜，好多同学在写留言，有的在树荫下话别泪眼婆娑。当时心下只觉得不就是毕业嘛，也不必这么儿女情长，还生出"莫愁前路无知己"的豪迈来。我也没能和大家好好告别，可在后来的岁月里才发现，好多同窗已相见无期。回想起还有好多的人没有好好告别，好多的话没有说出口，自己用半生的光阴在品味着遗憾与失落。

　　那个元旦的气氛很是热烈，学生们后来又让老师表演节目，老师们大多数都是唱歌。老田那晚上其实不想上台，但学生们觉得田老师不上台总缺点什么。老田不会唱歌，拂不过学生的盛情，说："那我朗诵一首诗吧。"

　　老田上台顿了顿首，目光坚毅，一气呵成朗诵了三毛的《说给自己听》：

> 如果有来生，要做一棵树，
> 站成永恒，没有悲欢的姿态。
> 一半在尘土里安详，一半在风里飞扬，
> 一半洒落阴凉，一半沐浴阳光。
>
> 如果有来生，要做一只鸟，

飞越永恒，没有迷途的苦恼。

东方有火红的希望，南方有温暖的巢床，

向西逐退残阳，向北唤醒芬芳。

老田朗诵得荡气回肠，教室里一时安静了下来，学生们用全新的眼光望着曾经熟悉的田老师。此时的老田，如江边行吟的诗人。这是白塔中学历史上的最后一届高三，在之后的几年里只保留高一高二，到2019年高中部彻底停办了。那个夏日的黄昏，我和老田站在合抱粗的梧桐树下，望着空荡荡的高中部教学楼，良久无语。

欣慰的是老田的女儿考上了华东师大，也成了一名教师，毕业后去了省城任教，这让在乡村工作了一生的老田很是欣慰。

2021年的秋天，我调离了白塔中学，这是我生活和工作了24年的地方。走的时候老田在门口送我，一脸的黯然，我朝他挥挥手，望了望对面熟悉的红岩山百感交集。

由于妻子还在这里，我也经常回来，也爱找老田聊聊过往。退出了工作群，我还在同事群里默默地关注着他们的动态，如同一直不曾离开。

这一年晋职改革，老田也在即将退休的最后一年里，没有受论文和岗位限制顺利晋升为高级教师。这对在乡村工作了一生的老田来说，是莫大的慰藉。

2022年秋天妻子也调走了，我去搬东西时正值老田退休。大家都说约老田坐一下，免得老田失落，可老田并没有太多的感慨。这个他工作了23年的地方，也曾是他的母校，在最辉煌的时候初高中一共有1900余名师生。而今在计划生育和城镇化背景下，只有300余名师生，一切好像很突然，一切又那么自然。

老田退休了，挥挥手与告别的人淡然一笑，留下这个秋天长长的背影。

2022年10月15日

# 达叔和我们的青春

达叔走了，初看到这条消息时，心中莫名地感伤，为达叔，也为自己一去不返的青春。

在20世纪八九十年代，周星驰和达叔开创了无厘头电影的先河，也开启了我们这一代对香港喜剧的认知。那年月，我们通过盗版碟和录像厅看到二人精彩的演绎，只觉得搞笑无比。中年之后才发现，那不仅仅是搞笑，也是对我们平凡人艰难人生的隐喻。细寻思，不禁悲从中来。

在《武状元苏乞儿》里，达叔和周星驰演一对父子，他们将一位望子成龙又无原则包容的父亲和一个喜欢搞怪荒诞不经的儿子演绎得精彩传神，同时也将世态炎凉、人心不古演绎得入木三分。虽是搞笑喜剧，但看到这对父子家道败落后，在绝境中求生的达观和卑微时不禁泪下。虽然在故事的结尾，主人公得以逆袭，正义得以伸张，更喻以家国大义，可现实生活里往往没有故事里的结局。

《大话西游》中有段经典的台词："曾经有一份真诚的爱情放在我面前，我没有珍惜，等我失去的时候我才后悔莫及，人世间最痛苦的事莫过于此。如果上天能够给我一个再来一次的机会，我会对那个女孩说三个字——我爱你。如果非要在这份爱上加一个期限，我希望是——一万年！"而这段话，成了我们那个年代男生最爱挂在嘴边说给女生的经典表白。当时只觉得有意思，非常正经地学着星爷的表情，装作悲伤而深情地念叨着，往往会被女生拍一巴掌后大笑不止。可当大家都经历爱情和婚姻之后，对这句话便有了更深的解读：给得了浪漫，就给不了未来；给得了未来，却没了浪漫。我们的意中人，注定不是一个盖世英雄！多年之后，回味起当年的台词，再也笑不起来，只会成为午夜梦回时不经意的叹息！

很多时候，我们喜欢看才子佳人和英雄人物的人生起伏、悲欢离合，其实细想起来，平凡人的一生一点也不逊于英雄的跌宕曲折。人到了一定的年纪，总喜欢回味过去，思考自己年少时的各种傻，想着假如人生可以重来，自己肯定可以做得更好。会懂得珍惜，会避免大多数痛心疾首的后悔，但看完《你好，李焕英！》你就会明白：假如人生可以重来，你仍旧不可避免地重蹈覆辙！

如无高人指引，有些坑，就是你成长途中必须付出的代价！

达叔演了一辈子的配角，虽成黄金，却终没有成为主角！命也，运也，也许机缘很重要。就如陈彦的《主角》，我们一生努力地想成为主角，但最后却成了装台的。达叔用含泪的笑对喜剧做了最好的诠释，也用自己的喜剧对自己的人生做了最好的注脚。

达叔走了，在陆陆续续的报道中得知，达叔的一生实是不易。人人皆过客，拥有需珍惜，起落最无常，好好地活在当下。

"清风舞明月，幽梦落花间。一梦醒来，恍若隔世，两眉间，相思尽染。"这是《大话西游》里对青春最后的留念。

2021年2月28日

# 迷失的天涯

又一次站在离别的站台，醉人的石榴花将这个六月装扮得美丽而忧伤。所有的年少都渴望长大，所有的青春都希望成熟。殊不知，就如果实一样，成熟的那一刻，即是与枝头的分别。

三年前大家踏入白塔中学那一刻起，都在盲目地渴望着毕业，向往着传说中激动人心的天涯。梦想着自己是那一个仗剑行走江湖的孤傲少年，桃花古渡，青梅煮酒。在那对远方无尽的期盼中度过了边走边失去的青春，可真正走到学期的尽头时才发现，手无长剑，早已不见了天涯。

长河流月，逝者如斯。三年来的点点滴滴，也在离去的那一刻，万般忧乐齐上心头。再也不用讨厌老师在课堂上絮絮叨叨，再也不用打扫那永远也扫不干净的清洁区，校园的广播再也不会喊我们班级的名字。

所有的一切，也在这一刻显得弥足珍贵，就连校园那讨厌的音乐铃声，现在细听起来，竟都有了动人的旋律。母校曾经平淡的一切，在挥手告别的一刻，却成了梦里的康桥。也是在这一刻，曾经向往的天涯忽然变得百转千愁。

我一年又一年地站在这个告别的讲台，望着这随着城镇化的高歌猛进而日益边缘化的母校，心中无奈而忧伤。看着大家平日逐渐消磨的朝气，我无语而彷徨，可叹自己不是那振臂一呼而应者云集的英雄，所以只能独自一人行走在清晨空荡荡的校园。

所有的经验都来自教训，可每每当我语重心长或痛心疾首地告诉大家关于青春成长的道理时，大家是那样的漠然，就如你们听父辈讲他们小时候吃糠咽菜一样。

　　好了，明日就是天涯了，其滋味如何，如人饮水，冷暖自知。我本想告诉大家少走弯路，可青春的魅力也许就在于弯路与直道的交替，才有了万般滋味！

　　挥手告别吧，那难言的往昔！尽管那从前的点点滴滴，会涌起在你来不及难过的心里，但别回头，认真地拥抱明天的第一缕阳光。

　　尘世无常，也许明天没有朝霞般的绚烂和灯火般的辉煌，真实的天涯是那朔方劲吹的大漠，而不是那桃红柳绿的江南岸！但无论怎样，尽力吧！

　　认真走过的青春没有弯路。不要忘记：每一座山的山巅总会有贝壳，每一片浩瀚的沧海都是过去的桑田，在每一个快要放弃的时刻都要告诫自己：要加油，别后退！

2018年6月3日

# 那段散落的青春

记得高三那年，正逢香港回归，学校还组织了专门的演讲赛。因为临近高考，大伙都比较忙，班主任为此很是犯愁。大约是看我学习不太上心的缘故，便把这个光荣的任务交给了我。自己当时的学习也并非成竹在胸，只是觉得考上大学比较难，便不抱太大希望，所以压力不大。为了集体荣誉，我就接下了这个神圣的任务，让其他人安心备考吧。

高中时理科学得不咋地，但记性好，文科拿手，只是外语不行。当时深得语文、历史老师喜爱，大约见我偏科严重，他们也是摇头叹气，可我当时并不了解其中的深意。演讲稿要我自己写，班主任当时可能也并不在意是否得奖，到高三了贵在参与。我自上初中起就喜欢写日记，高中迷上了写诗歌，偷偷地写了好几本。梦想着有朝一日能成为像汪国真那样的诗人，只不过这个梦想谁都没敢告诉，怕招来别人的嘲笑。

长期的坚持还是有收获，写演讲稿并不费力气，写完还兀自感动着，一种家国情怀油然而生。记得还引用了一句"一声望帝啼荒殿，百战河山见落晖"的诗，大约是香港宋王台的楹联，说的是南宋陆秀夫背少帝赵昺跳海的典故，想来也是无限感慨。

那次演讲自己很是卖力，要毕业了，也想给乏善可陈的高中生涯留下最光彩的一笔。演讲的结果出乎了自己和班主任的意料，竟然得了奖，奖品是一个红色塑料皮的笔记本！班主任本着打酱油的心态，没料到还添了彩，张老师第一次对我竖起来大拇指。我心中也破天荒地升起了自豪感和成就感，只是距离高考时日不多，落寞也随之而来。

我把那个笔记本视若珍宝，毕竟是上高中来得到的唯一奖品。回想起小学时收获了那么多用不完的文具盒、钢笔，悔恨如潮水般淹没了自己。我在那个笔记本里写下了自己不可示人的梦想，写下了对同桌女孩的暗恋，也写下了"少壮不努力"的悲切。到毕业时，竟写了满满的一本。尽管高考可能难有收获，但那本写满心事的日记，也属于自己18岁独一无二的青春记忆。

香港终于在1997年7月1日如期回归了，我们一帮同学挤在学校门口陈老师的小卖部门口，在那台十四英寸的彩色电视机里看到了回归仪式，也激动得心潮澎湃。但随之7月7日高考开始，7月8日走出考场，明晃晃的太阳照得人睁不开眼，几乎看不见明天在哪儿。

高考结果出来了，和香港回归的喜悦形成强烈的反差，我的内心一片冰凉。

还有一件事也让我很伤心，可能是毕业时走得太匆忙的缘故，高中时获得的唯一的奖品——那本记满十八岁心事的日记也遗失了！我翻遍了所有的角落，回忆了所有的细节，却终是无果。感觉高中时期最值得珍藏的一段青春丢了，甚至还很难地认为，这会影响自己将来成为诗人！

失去的终究无法找寻，我依然喜欢写日记，补习那年在写，到后来工作了还是如此。只是中年后很少写诗了，从上学到现在写下的日记本攒了近两鞋盒子。对遗失的那本日记也逐渐释怀，后来也渐渐想不起来那个本子究竟写了些什么，应该是最动人的一段青春吧。

在时隔二十多年后，我的一篇发在公众号的散文《我的老师欧阳福武》被镇安县中校报转载，承蒙大家厚爱还获得了一等奖，还发了奖品，一本黑色封皮的笔记本和一支钢笔。虽然已至不惑之年，获得县中的奖励还是很开心。

拿到奖品，不由得想起高三那年那个红色的笔记本以及那段再也拾不起的心事。只能用电影《甲方乙方》里葛优的一句台词作结：1997年过去了，我很怀念它！

2023年5月16日

# 那些年，我们一起植过的树

3月12日植树节，这是一个给人无限希望的节日。回想从小学时起，总是在这个节日里种下几棵小树，似乎一直到高中毕业都是那样做的。半生已过，很多时候已记不起都种了些什么树，但每当春天来临的时候，记忆里总是蔚然成林。

记得在小学时，起初我们植不了树，只是在每年植树节的时候，从家里带几棵小树苗，大抵是四季青之类的，在老师的帮助下，将小树苗种在校园里或是围墙四周。老师告诉我们说："种下一棵心愿树吧，许下自己的心愿，当小树苗长成参天大树后，你们的心愿就会实现！"我们也都按老师的要求，认真而虔诚地种下心愿树，就那样年年地种着，对于小树也寄予了无限的希望。不知是校园变化得太快，还是因为我们许下的心愿太大，我们精心种下的小树苗没有几棵长成参天大树，甚至和我们儿时的梦想一样，大都不知所终。

上初中的时候，植树节的声势是浩大的。由于20世纪五六十年代的过度砍伐，家乡的山都是光秃秃的。每年3月，播树种的飞机整天在头顶轰鸣，一下课我们都涌到操场看飞机。如此近距离地看到飞机，大家都兴奋不已，有个爱捣蛋的同学甚至说，他都能用弹弓打到。

而那时的植树更像一场运动，我们响应政府号召，开展大面积植树造林。一人发一捆松树苗，浩浩荡荡地开往学校对面的阴坡山。刚开始出发时，大伙很激动，感觉这就是一次春游。但随着上得越来越高，气温也低得多了，花开得也少了。山上的风景，远没有从学校远看那么让人向往和美丽。大伙都累得不行，歇了一会儿开始栽树，开始还一棵一棵用心栽，随着后来又冷又饿，有同学竟然将剩下的树苗一坑栽了。往回走的时候，一个个东倒西歪，全然没了来时的劲头。可当第二年再次让我们到山上种树的时候，大家仍然很开心。

就那样我们不太用心地种着，几年下来，那片光秃秃的山坡竟也一片绿色。但不幸的是，在后来的某一个春天里，一个老汉放荒引发山火，将那片我们付诸辛苦栽种的树林烧得精光。远望去一片光秃秃的黢黑，让人心底很是遗憾。其实，世上的很多努力大抵如此吧。

上高中的时候，我们依然在植树。不过那时候学校有园场，当时流行园场建设，鼓励学校搞经济创收。我们学校的园场在距离学校三四里地的尖嘴山上，是光秃秃的黄沙坡，学校决定种板栗树。那年3月，班主任带着我们浩浩荡荡地去栽树，经过一条小河，大家开心地戏水，并一路唱着当时流行的："我早已为你种下，九百九十九朵玫瑰……"路旁的梨花正开得一片雪白，草木初萌，树林间一片鹅黄的明媚，恰似我们十六七岁的青春。暖风拂面，让人很是陶醉。

但栽板栗树不同于我们从前栽松树那样潦草，要在沙坡上挖一个一米见方的坑，再回填栽树。班主任安排同桌两人完成一个坑，很多人同桌是男生，而我却是女同桌，心下觉得这下亏吃大了。这和女同桌要挖到什么时候，但也无奈，只有在女同桌面前卖力地表现出男子汉的气概来，女同桌也帮忙铲土，沙坡地实在难挖得很，不一会儿就大汗淋漓。但为了不被女同学看扁，还是卖力地干着。到中午后半晌的时候，凡是两个男生挖的基本都完工了，而我和同桌的还剩小半工程。他们惬意地躺在大石头上唱着歌，看我俩的热闹，各种说笑，以至于女同桌的脸都红了。但终于还是挖好了，女同桌一脸愧疚的样子。自那以后，女同桌对我的态度好多了，还帮我完成了几次我不爱交的英语作业。

那次植树之后，我们就匆匆毕业了，我再也没有去植过树了。好多年后，我和同学再次从那片山坡下经过时，那片山坡已是一片葱茏，已分不清哪些是我们曾经栽过的板栗树了。有人说，我们栽的树已经结板栗了吧！我想也是，从小到大种过很多树，有些或毁于人为或没于天灾，但总有些会长成大树开花结果的。但我却始终没有去看过，我想秋天里应该是一树栗红的果实吧！

后来，在很多年里，我已忘却了植树节。只是在小儿5岁那年，他从外婆家带回一棵樱桃树苗，天真地说他要种一棵樱桃树。看他一脸的认真，很想笑，似乎又想起自己童年时种树的样子。我还是帮他将樱桃树种在门前的花坛边，不经意间，那棵樱桃树已经是花满枝头、果实累累了。而今儿子也已离家求学，想来让人无尽感慨，不尽欢喜。

2022年3月18日

# 我的老师欧阳福武

人生在成长的关键时期，总会遇到几个对你影响深远的人，我们俗称为"贵人"。回首自己的青春，最是难忘的人莫过于欧阳福武老师。他不光是我的数学老师，更多的是影响着我对于这个世界的认知。

我从小学到高中，从没有走出过镇上。小学的时候自己也曾是一个有志少年，整天雄壮地唱着："我们是共产主义接班人……"开班会时老师问我们的理想，我不同于伙伴们的"老三样"——教师、医生、军人，自豪地说想当工程师。可随着初中三年的放任，到高中才发现梦想丢了。自己上高中的原因是不想回家干农活，先躲三年再说吧，至于以后怎么办谁知道呢！

我的高一生活过得"兵荒马乱"，班里除了几个懂事的在认真学习，大部分学生旷课、打架、谈恋爱、偷菜。那时偷菜不是一款游戏，是现实版的偷菜。很多学生在外面租房自己做饭，一方面是真饿，另一方面也是寻求刺激。学习是随性而为，遇到能听懂喜欢的课就去，听不懂或者觉得难度大的就不去。由于当时班上大多数男生的英语极差，很多学生直接放弃，上英语不是旷课就是睡觉，把我们年轻又负责的英语老师都给气哭了，现在想想实在不该。

那年月社会无业人员多，整天游荡在校园周边刷存在感，有同学和别人发生矛盾，就在外边找"大哥"出头。我一同学不知招惹了谁，下晚自习后回家刚走到院墙的转角处，冲出一人迎面一拳打了他个青眼窝，那人转身就跑了，留下他一人凌乱在风中。当时这样的事并不少见，所以同学之间拉帮结派就不以为怪了。

就那样过完了高一，转眼就到了高二，需要会考五门全部过关才能拿到高中毕业证，而这也成了同学们的最高理想。那个秋天我们换了班主任，遇到了欧阳福武老师。听说换班主任的消息，大家并不以为意，因为对于大多数人来说，考大学难如登天。只求会考能顺利过关，拿到高中毕业证完事，谁当班主任也改变不了什么。

欧阳老师和我们第一次见面的场景极其令人难忘，他走上黑板潇洒地写了自己的大名，笔力苍劲不似出自数学老师之手。简单地介绍自己之后说："大家以后就叫我阳老师吧！"可能欧阳老师是个喜欢简单的人，觉得复姓欧阳喊着麻烦，直接省掉了一个字。下来之后有同学打趣说："咋不让我们喊欧老师呢！"

欧阳老师中等个子，圆脸，却很是严肃，眼睛不大却目光犀利，带着我们常说的杀气。最个性的是他的发型，当时流行港台的长发三七分，而欧阳老师却是二八分，从左耳一梳子盖过头顶分到右边，顿时有了与众不同的感觉。欧阳老师平日里喜欢穿西服白衬衫，皮鞋锃亮，显得干净利落。他这身装扮和穿得五花八门的我们在一起，就像一位正规军将领带着一帮散兵游勇。

大伙都在观望着欧阳老师如何收拾一帮散兵游勇。他并没有什么大的动作，只是宣布迟到了扫地，旷课直接就让站在他房子外面。惩罚好像并不重，可大伙虽然学习不咋样，但都好面子，站在老师宿舍外让过路的老师"点评"，脸上实在挂不住。扫地也实在不想干，不如来早点。开始大家是在数学课上规矩，但后来发现不行，因为欧阳老师有事没事就喜欢在窗外查看，说是偷窥也行，稍不留意就被抓现行，弄得我们实在没脾气。我的座位靠窗，有一次晚自习我转过身和邻座正说得火热，激动处站起身手舞足蹈。忽然间，教室安静了下来，我正纳闷，转身看到了玻璃外欧阳老师那张圆圆的熟悉的脸！我一个激灵，赶紧坐下装看书，大伙忍住笑几乎憋出内伤。

最让人佩服的是欧阳老师对上课时间的把控，他上课从不拿书本，也没有教案本，只是一张纸。一节课的所有内容都在那张纸上，刚好把黑板写满的样子。欧阳老师讲完课，很快下课铃就响了，为此我看着表试了好几次，误差都不超过三十秒，这让我们暗暗叫绝。有一次，欧阳老师讲完课，过了一会儿铃竟然没响，大家一试原来停电了，欧阳老师头也不回地走了。他这种铃响即走，不拖泥带水的风格深得大家喜爱。

由于欧阳老师的严厉，大伙背地里不再喊阳老师而是称之为"老班"。习惯了懒散，老班的严厉让我们感到很是不快活。过了不久，老班有事请了几天假，班上又活跃起来。我们非常珍惜这自由的日子，生怕老班提前到校抓住我们的现行，每半天派一名同学去探望一下欧阳老师的门开没。后来欧阳老师到校后，隔壁的老师感叹道："欧阳老师呀，这些娃喜欢你得很，你走了几天这些娃天天来看你回来没！"

欧阳老师还有弹指神功，上课谁稍一走神或打瞌睡，他会一粉笔头弹过去，命中者多。我挨了几次粉笔头后，练就了坐得端端正正而神游故国的功夫，一次被欧阳老师发现后连连称奇，成为同学们多年的笑料。但在欧阳老师的严格要求下，我发现自己渐渐地喜欢上了数学课，能解开以前觉得如天书一样的难题。慢慢地体会到了欧阳老师告诉我们的静下心攻克一道难题之后的成就感和愉悦感，平生第一次真正体会到学习的快乐。上小学时学得好，因为比较简单，也是为了博得老师和家长的表扬。初中乏善可陈，到高中已觉得很是吃力，但我在欧阳老师的课上还是按要求认真地学着。上课认真地跟着老师的思路，把典型例题的解题方法记在书页的空白处，还需补充的用白纸记下粘在对应的书页上，一学期下来我的数学书变厚了不少。那本代数书成了我学习生涯中记得最认真的笔记，至今还保存在我的书柜中，成为对那段青春最好的铭记。

在一次数学课上，欧阳老师写了一个看似简单的函数式，让我们代入数值画图像。随着图像的完成，我们惊奇地发现，图像竟然是一个四叶草形状。随后欧阳老师在黑板上给我们示范了一遍，告诉我们这是函数式中特殊的"四叶玫瑰线"。这让我们感到很奇妙，第一次感到数学还有如此美感。从此，我也对数学产生了兴趣，逐渐有了攻克难题的信心，让自己很犯迷糊的数学有了起色。

　　尽管我上高中以后学习并不认真，但父亲却一直坚信我能考上大学出人头地。为了不让父亲失望，每次父亲问起我时，我都说还好。但有一次父亲却到学校找到欧阳老师，坐了好一会儿才走，这让我非常担心，如果父亲从欧阳老师那了解到自己引以为傲的儿子，如今成了这般光景，心里该多么绝望！周末我心怀忐忑地回到家里，父亲并没有如我想象中的大发雷霆，还语重心长地鼓励我好好学习。我明白欧阳老师并没有告诉父亲太多，给我保留了最后的尊严，也给父亲以残存的希望。只是那以后，每次遇到欧阳老师，在他严厉的目光中多了一份沉重。

　　在高二的一个周末，我到同学那儿玩到天黑才回到家，到家后奶奶说："今天有人来找你了，说是你老师！"我万分惊异，自从上高中后从来没有老师找过我，学校也并没有安排过家访的事情。我问奶奶来人的样貌及交谈的情况，心里很是震惊，这是欧阳老师无疑了！

　　我想着大概是父亲前不久找过欧阳老师的缘故吧，老师被父亲望子成龙的心切打动，还亲自跑来一趟。可那天父亲在外，我还没有回家，自己心下无比愧疚。从学校到我家有十几里地，其中还有三四里山路，在交通并不方便的当时，欧阳老师是如何找到我家的？可能只是因为父亲一个近乎乌托邦式的期望，欧阳老师费尽周折来到我家，可我却连家都没有回。更让自己难堪的是，由于母亲去世早，当时家里几乎可以用家徒四壁来形容，三间瓦房已破败不堪，在外人看来已是摇摇欲坠。回想起自己在学校的表现，我不知道怎样面对欧阳老师。贫穷第一次击溃了我的自尊，也是平生第一次从良心上感到不安，无论是对于父亲，还是欧阳老师。

　　那个周日的下午，我甚至动了辍学的念头，但最终还是惴惴地去了。见到欧阳老师，我面红耳赤，低头走开了，生怕他提起家访的事。可欧阳老师却并没有提起，仿佛什么也没有发生。这成了我和欧阳老师共同的秘密，直到毕业谁也没有提起过。真的，直到今天也没有提起过。

　　过后不久的一个下午，欧阳老师忽然喊我到他的房子去，我心跳得厉害，估计欧阳老师要对我进行深刻的批评，该来的还是来了。我紧张地走到门口喊"报告"，欧阳老师却是少有的和蔼，给我拿过一件蓝色牛仔面料的西服，对我说："这是别人捐的，我看这件你穿着合适，拿去穿吧！"

我一时激动得不知说什么好，甚至都没有说感谢的话语，我在寻思，没有听说谁给学校捐衣服的事情呀！看似严厉的欧阳老师，在努力保护着一个穷学生最后的自尊！我眼眶发红已无法掩饰自己的脆弱，转身离去的那一刻，欧阳老师说："好好努力一把，你父亲对你期望很大！"

我快步离去回到出租房里，试了西服真的很合身，这是我平生第一件西服。而这件西服一直伴随我到高中毕业，直到后来补习考上大学。

转眼到了高三分科，欧阳老师成了理科班主任，而我上了文科，心里既轻松又难过。不再整天处于欧阳老师严厉的目光下似乎轻松一些，但欧阳老师不再是自己的班主任，又心下不免难过。那年腊月会考结束，很多同学不念书了，觉得高中毕业证到手已完成使命。这也难怪，我们这个农村高中在20世纪90年代，一年能考上几个专科都是大喜事，更何况大家对自己有清醒的认知。欧阳老师心中不忍，鼓励大家说："大家都念到高三了，即使考不上大学，也去见一下场面，就这么走了一生都遗憾！"

因为这句话，很多同学选择了留下。我也没有走，而自己留下只是不想让父亲过早失望。第二年的春天，我学习也拼尽了全力，不是觉得自己能考上，只是为了不负高三这年的光阴，也是为了对得住欧阳老师这两年对自己的鼓励和关怀。

1997年的7月，我参加完高考，感觉像是大病了一场，让人出乎意料的是我们班竟然有人考上大学了！两个本科，一个专科，这在学校历史上真是少有的事！而悲催的是，自己竟然和分数线只差两分！

我在听到分数的那一刻，如遭雷击一般，无边的悔恨湮没了自己。恨自己的放纵，悔不早听老师的话，让自己和成功擦肩而过。就这一步之遥，以后的人生判若云泥。在悔恨与懊恼中，我度过了自己人生中最灰暗的一个暑假，快开学时想明白了，去补习将那失去的两分拼回来！我想去告诉欧阳老师，自己一定听老师的教诲，做一名懂事的学生。

当我满怀信心走向学校时，才知道欧阳老师调走了，去了县中！我怔在了原地，大脑一片空白，我甚至没来得及和欧阳老师说声"再见"！我还想给欧阳老师郑重地说声"对不起"。可这一切却以我意想不到的方式结束了。心中无尽的悔恨，如校园那飘落一地的梧桐叶。

补习那年，自己前所未有地努力，经常起早贪黑地加班。有时黑夜倦怠想开小差时，似乎感觉身后又出现了欧阳老师站在窗外看我的目光，就接着打起精神继续奋战。第二年终于如愿，收到高考分数上线的消息，我第一个想告诉的人就是欧阳老师。想让老师知道自己成了一名上进的学生，也终于成了他希望的样子，可我却一直都没有遇到欧阳老师。

多年以后，我也走上了从教的道路，一直在努力地成为欧阳老师的样子。当我每次看到如我当年一样的寒门学子，就不由想起欧阳老师当初对我的关怀与悲悯，让我在那段幽暗的岁月里冲破命运的阴霾。我也像欧阳老师一样对那些孩子施以援手，带他们走过人生艰难的时光。世间因果，如是而已，也是欧阳老师在我心里种下了善良的种子，在后来的某段机缘里开花结果。

岁月不居，白云苍狗，转眼间儿子已上高一，欧阳老师仍然在担任着高三班主任。因为儿子的缘故，我曾去过几次县中，但并没有遇到欧阳老师。我也给儿子讲欧阳老师的故事，我想下次遇见的时候，一定给欧阳老师郑重地说声"谢谢"！

2022年11月26日

# 写在五月的纪念

## ——白塔中学"5·12"往事

2008年5月12日，本来是个平常的日子。

那天县农业局的"三下乡"演出在学校里举行，全校的师生和周围的群众聚在一起，校园里很是热闹。县剧团演出了六个节目，让学校老师也出一个节目算是交流，因学校并无准备好的节目，便推举我上台。我本来准备唱一首歌的，但一上午都在广场上忙着，嗓子干哑，也实在难以唱好，就朗诵了一首余光中的《乡愁》。当时阳光正烈，面对着黑压压的人群，我努力地将诗歌朗诵得动人一点，在大家鼓励的掌声中，活动终于结束了。散场后吃过午饭，大伙都午休了，我仍兴犹未尽地坐在一楼的办公室里，和即将退休的马老师聊着刚才的活动，议论剧团那个丑角搞笑的表演。

就在我和马老师聊得正开心的时候，忽然觉得桌子在动，因我和马老师对面而坐，以为他在摇桌子，而马老师也以同样疑问的眼光看着我。此时，桌子更剧烈地摇了一下，我俩瞬间明白：地震了！我们迅速起身出了办公室，因是午休期间，教师和学生们都在睡觉，我俩随即在院子喊了几声，随之整个大楼瞬间惊醒，一片尖叫声，不到一分钟师生们都集中到了广场上。我俩蒙了半天，从没有想过，地震——这种遥远的事情，有一天会突然降临到我们的生活中！

随后通知和报道相继传来：汶川地震！

幸运的是我们这儿离汶川较远，只是感觉到楼房动了几下，并无太大损失，但后来余震不断，房子里我们是回不去了。全体师生集中在大操场上开会，强调地震中应注意的安全事项，并商讨安排食宿问题。等安顿好班里的孩子们，我赶紧打电话问候在娘家带孩子的妻子，儿子才六个月，平生第一次面对地震，他们该多么无助呀！妻子惊魂未定地给我描述当时的情形，她抱着孩子在屋檐下坐着，只听到头顶的瓦房呼呼作响，她抱着孩子迅速逃到院子中间。好在房屋并未倒塌，但也不敢再入住了，我急忙骑摩托将她娘俩接到学校，和全校师生一起度过了焦灼不安的一周。

由于余震不断，教室和宿舍都不敢入住，接着出现了白塔中学历史上前所未有的一幕：1500余名师生全部住在用彩条布搭成的简易防震棚下。白天上课，晚上就在广场上铺一层报纸，上面放被子席地而睡，每班男生和女生各一行。我们二十多个班主任轮流值守，一是维持纪律，二是以防地震再次来临时召集人们应对。夜深露重，对于大人来说倒也将就，但对于我才六个月大的儿子来说很容易着凉，如果在这个时节病了，就医都是难题。我只好冒险让妻儿住在一楼的一个房间，晚上开着房门，我十二分警醒，一有动静就迅速带他们撤离。就这样，我度过了人生中最漫长的一周。

汶川当时交通和通信全部中断，最初我们并不知道这场地震带来的灾难到底有多大，给我们带来的变化就是白天和晚上只能在防震棚中度过。好多孩子对这种前所未有的场面充满了新奇，晚上不好好睡觉，趁老师不注意偷偷说话，借上厕所之机到处溜达。然而当信息畅通之后，这场灾难的后果让我们彻底震惊：就在2008年5月12日14时28分，那一震，汶川几万人的生命消失了！

冰冷的数字不仅给人们心里带来了巨大的冲击，而有两个画面更令闻者动容。

汶川有一个村子里的爷孙俩一早到邻村去吃席，等到下午回来时，再也找不到自己的家了。地震的那一瞬间，千百年来沉默而慈祥的大地，忽然张开大口，将整个村庄全部吞没，当爷孙俩回来时，连废墟都没有了，只剩下遍地的碎石和翻出地面的新土！爷孙俩成了这个村子里仅有的幸存者，画面上爷孙俩站在村口张望的背影，无比悲壮与凄凉！

一直以来，我们总是自豪地要征服自然；然而，人类在自然面前又是何其渺小！

第二个画面：一对母子被埋在废墟里，当救援人员扒开废墟找到这对母子时，母亲已没了气息，但仍用自己的身体护着身下三四个月大的孩子。孩子用一个小花被子包着，幸运的是孩子还活着，甚至睡着了！在被子里找到一个手机，上面留有母亲生前编辑的最后一条短信：亲爱的宝贝，如果你能活着，一定记住我爱你！

那一刻的汶川，大雨倾盆，天地为之恸哭！

之后的几天里，电视里一幅幅让人动容的画面，一次次地牵动着人们脆弱的神经，社会各界的人们团结在一起，为汶川呐喊加油！一车车物资，一批批人员，一笔笔捐款，纷纷奔赴汶川！我们学校的孩子们也一起为汶川捐款，孩子们将他们五元十元的零花钱捐了出来，在走向捐款箱时一脸的凝重。尽管他们的面孔还显稚嫩，但他们脸上流露出来的坚毅和善良，让我们感动！而我们的民族，又一次地团结一致，共赴国难！

至今都难忘记，年逾花甲的温家宝总理，在余震未止的情况下奔赴汶川，在一所中学的黑板上，眼含泪光写下了四个遒劲的大字——多难兴邦！灾难是不幸的，但若经此一役，我们的青少年能成为脊梁，也为民族之幸。画面上，温总理和全体师生泪落脸颊，目光坚毅，良久无语。

那场地震，尽管我们在惶恐中度过了一周，但终究没有太大损失，只是老教学楼有几条裂缝，用白纸贴了每天观察，过了几周倒也无太大变化，后经修缮至今还用着。但我代的九年级六班还是出了点事，那几天在广场睡觉，孩子们担忧之外更多的是新奇，晚上总是久不入睡，背过我坐在地铺上说话。第二个晚上，两个孩子正对面坐着说笑，看我从远处过来了，迅速钻进被窝装睡，结果钻得太猛，一脚把那头孩子的门牙蹬掉了两个。那晚上他们竟没有说，第二天我发现那孩子门牙漏风，问起原因，那孩子说是昨晚上厕所，在斜坡处摔倒磕掉了。我很奇怪地问道："你一个大小伙，摔跤了不用手撑一下，难道就一嘴啃地上？"第二周，孩子的母亲到校了，反映是别人蹬的。后来才了解到，那孩子第二天竟然还拿着断牙去医院，问医生用502能粘上不？因都是小孩，又是无心之失，后经我协调对方付了医药费后，双方握手言欢，这也算是地震的次生灾害吧！

岁月不居，转眼已过去十三年了，当年广场上孩子们喜欢刻上别人名字的梧桐树，如今越发遒劲斑驳了。震后一片废墟的汶川，已建成新城，只有地震纪念馆里那块定格在2008年5月12日14时28分04秒的纪念钟，在向人们诉说着曾经发生的灾难。而我班上那名蹦掉牙的孩子，也考上大学参加工作了，当年和我一起巡夜的伙计们，也大多人各征途。那些我们一起在广场上度过的夜晚，成为我们生命中难忘的风景，铭刻在岁月的深处。

再次翻开那些发黄的照片，曾经的悲怆和感动一起涌上心头，那是我们生命中沉重的一课：我们可能无法预料明天会发生什么，但我们要学会对当下的岁月温柔以待。面对明天，我们无惧风雨！

2021年5月12日

# 离别的秋天

三年来，我一直在想象最后一天离别的情景，或是一首歌，或是一段难忘而深刻的话。直到最后的六月迫近，却还是茫然没有头绪，而离别的这天真的到来了，竟什么也没有发生。

临别前的最后一天晚上，天很热。大伙几乎都不想睡，我走进宿舍，孩子们看到我很是拘谨，因为三年来我似乎一直都在板着脸训人。那晚上我面带微笑，让他们很是惊异，有孩子将正吃着的干脆面不好意思地藏到身后。

本来有很多话，可看到大伙像平时上课一样看着我，又不知道从何开始，只说了句："热得很吧！"

大伙齐声道："热！"

天气是真的很热，我也不知道说什么话能让天气变得不热，只能说快安静下来，什么心静自然凉之类的。因为第二天还有两科考试，孩子们很快安静下来了，我知道，他们也并未入睡，不只是因为热，而是今晚是他们在中学宿舍里睡觉的最后一个晚上。那天夜里，我也久久难以入睡，一个人在空旷的广场上，踩着方砖格子一步一步来回地走。那晚上有上弦月，院里的梧桐在广场上有疏淡的影，明月自古伤别情，这样的月色，让人实在难以平静。

我一直在广场上来回地走着，整个院子只能听见自己的脚步声，时光过得真快，不觉间他们就从少年变成了青年，自己也从青年步入中年的门槛，在和他们的毕业合影上看自己，再也不是刚从大学毕业时意气风发的容颜。青春真是一种神奇的东西，我们一再感叹岁月易老，讨厌自己现在的容颜，其实过不了多久你就会发现，现在的你就是曾经美好的从前。明天会不会更好不知道，但明天会更老一定是真的。现在想想，人们那么热衷拍照，其实也就是想尽可能地抓住青春的尾巴。

和孩子们相处的三年，正是自己年轻气盛之际，自认为是他们的引路人、严厉的班主任，现在回想起来，我们何尝不是青春路上的同行人，他们在成长，自己也在走向成熟。从前自己奉为圭臬的严厉训斥，今天再回想起来，有些也大可不必。我们一直在责怪孩子犯错，其实自己何尝不是在不断犯错中前行。真想对他们说一声：抱歉孩子，我也是第一次当班主任，做得不好的地方万望见谅！

三年来，我一直在努力地做一件事，就是将外面的世界装进他们的梦想，并且不断地鼓励他们，大家都一样，只要努力就有机会！因为自己生于农村长于农村，艰辛的求学经历让自己深刻地明白：一个农村孩子要走出大山，何其艰难！导致农村孩子落后的根本原因并不仅仅是经济，而是眼界与见识。这听起来很残酷，但却是现实。我一直在语文课上给他们讲外面的精彩、讲遥远的星辰，他们到底能记住多少，也是各自的机缘。坐在教室里看似差别不大的一帮孩子，明天之后，他们将面对的是迥异的人生，有些人这辈子也再见不了几回。我平日里鼓励他们说大家都差不多，这并不是走出校门后的真实！明天一过，山长水远，他们都将走向自己设定的人生，看着他们对我的信任和依恋，心里实在不忍。

第二天下午四点，最后一场考试终于结束了，分别即将来临。之前的半年，我一直在想，该如何安排一场别开生面的告别，可总是忙碌，终究什么节目也没有安排。我很是后悔，很多预计好的事情，总认为还早，可当时间来临时，什么也没准备好，自己又何尝不是在这种无序的忙碌中，丢失了自己向往的人生。我原想一定要讲点什么，关于人生，关于未来，应该打个稿子，以免临了心情激动不知所言。可最终还是没有准备，想了半天，不知从何说起，最后去买了几箱康师傅茉莉花茶，一人一瓶，让他们在回家的途中口留余香吧！

最后一次集合起来，孩子们眼巴巴地望着我，大概他们认为我一定有一段语重心长的教诲。我望着他们热切的眼神，今天的场面似乎格外庄重肃穆，我本想讲几句关于人生的感悟，告诉他们关于教育的真正本质，但张了张嘴，喉头发硬。我转过身定了定，不想让孩子们看到我眼眶发红的样子，之后转过身来说："来，一人一瓶饮料！"我将茉莉花茶一一递到每个孩子手中，接饮料时有的孩子眼眶发红，低头忍住泪，低低地说了声："谢谢老师！"

发饮料的时候，每个孩子的故事，如幻灯片一样从我脑海里闪过，那个过程让我如同又走过了三年。发完了，我嗓子依旧堵得厉害，什么也讲不出来，抬头望了望天空，天空那样蓝。定了定神，我挥了挥手，努力地说了句："毕业了，你们走吧！"

2020年12月23日

# 又逢高考

自从经历了两次高考之后，我是不太愿意记起这个日子的，但经不住媒体信息的超强提醒，让你实在难以忘记。

尽管已经过去了二十多年，但多少次的梦里依然出现在高考考场上，为了一道做不出来的数学题急得抓耳挠腮的场景。看着分秒过去的时间，一想到做不出来的后果，好几次吓醒了过来。醒了才松了口气。唉，幸亏是在梦里！现在回想起来，高考成了我灵魂深处的梦魇。

现在回想起来，其实高三应届那年，我对高考是没抱多大希望的，因为那个年代，我们地处乡下的高中一年间也没有几个人考上大学。有很多同学会考完毕业证到手就回家去了，压根不参加高考。我之所以留下来，只因听了班主任欧阳老师的一句话：我们就当去见一回场面，知道高考到底是怎么回事！一想也是，都念到这个份上了，不见一回场面实在不划算。所以我第一次参加高考一点压力都没有，只是觉得学校好玩，回家不知道干啥。会考结束后，我们整个高三只留下二十多个人在盲目地复习着，有时也煞有介事地加加班、熬熬夜，觉得上高三不加加班让老师和群众看着实在不像样子。只有我们自己心中明白，这一切净是白忙。所以我们毫无压力地参加高考，当年高考一结束就要填志愿的，能上什么大学全靠估摸，填志愿时我们把第一志愿全填清华或北大，几个伙伴豪气地说："这辈子上不了，填着神气一下！"当时有县中家长看到我们填的志愿，不明就里对我们投以羡慕和敬佩的目光，我们背过身笑出了眼泪。

对于结局，我们一点都不失望，因为从未有过希望！

不多久，成绩出来了，自己的落榜倒在情理之中，真正让人意外的是竟然有人考上了。填志愿时有几个同学认真地精挑细选，我们看了暗自发笑：有啥好选的，填啥都一样！真正让我痛苦的是——自己的分数竟然和当年的分数线只差两分！天哪，这是我从没料到的。我后悔得差点一头撞死，早知道自己这点差距，多加几次班，少逃一次学、少喝一次酒，自己的名字就会贴在街道中间的光荣榜上。这是真正的金榜题名呀，做梦都想的事情！

那个假期，我认真地回顾了一下自己的学习生涯。记得小学时，自己成绩优秀，凡开会必有奖，小学毕业以全乡第四的成绩考入初中，这以前我一直是父亲的骄傲。可到初中以后少了父亲的监管自由放任，到了初三忽然发现，自己的梦想已不可能实现了。那年的中考考得实在不行，但由于全班同学全军覆没，没有一个考上中专的，倒也不觉得特别失败。当年不流行上高中，只要考上中专，上个卫校、师范、农校，家里都认为是一件光宗耀祖的事，要包一场电影，全村人都来庆贺。也许因为全班集体陷落吧，我那很差的中考成绩并未引起父亲的震怒，我也无可奈何地上了镇上的高中。一大半同学都不念书了，而我选择上高中实在是因为没有事干，上学有吃有喝还可以向家里要钱！而我的高中生涯实在是"兵荒马乱"，高一那年大家都不太学，逃课、打架之事时有发生，现在回想起来都觉得愧对父母。大概看我们实在不像样子，高二那年换了以严厉著称的欧阳老师任班主任，自那以后逃课是不敢了，那坐在教室总要学点吧！自此才安静地坐下来开始学习，高三那年我也努力发奋过，可落下得太多实在无从着力。考大学对我而言似乎是一件很遥远的事，和我几乎没有太大关系，但一想到还蒙在鼓里的老父亲，心底就阵阵悲凉。我是在班主任的鼓励下和同学一起参加高考的。第一次参加高考实在是轻松，而伤心始自分数揭晓。我实在不敢相信自己的成绩与分数线只有两分之遥，那种悔恨痛彻肺腑，伤心之后只有一个念头——补习，为两分而战！于是又约上我一直很仰慕却也没说上几句话的女同桌，也许只有补习，我那朦胧的未来与爱情才会有那么一丝希望。

补习的岁月实在是一种炼狱般的折磨，成绩的起伏让你发现那两分之遥实在是不好跨越。我不止一次地在梦中想象自己的名字被贴在七里峡街道中

间的那种荣光，也不止一次地想象辛劳半生的老父亲得知我考中时的兴奋与自
豪！终于理解古人所言，金榜题名实是人生一大幸事。我甚至在想我愿意为这
一天倾其所有，可是我又有什么呢？面对高考的日益临近，我内心的恐惧与日
俱增，在想假如这一次再落榜，自己就会输掉一切，从前的梦想以及刚刚萌芽
的爱情！自己也许就和初中时早早辍学步入社会的同龄人一样，散落在各个工
地辛苦地活着，尤其想起每年五月帮父亲割麦抢场时的情景，实在是辛苦。越
想越乱，以至于不能入眠，最后索性横下一条心，尽力吧，结果如何靠老天保
佑。我知道，为此父亲还专门到黑龙庙许了愿的。

　　我的高考终于在一种壮士赴死的悲壮中度过，考完后浑身像散架了一
般，似乎干了平生最累的一件活。我知道无论成败，这都是我人生最后一次高
考，回去之后我大病一场。

　　在万分煎熬中，终于等到了发榜的消息，那一刻我的心提到了嗓子眼
上，当从老师嘴里终于蹦出我的名字时，我激动得差点跳了起来。现在想起
来，范进中举后发疯的事也不是没有可能。我的名字终于挂在街道中间最显眼
的位置，成了很多家长羡慕的对象，我高兴地想把这个消息告诉每一个我认识
的人，可见到人又不好意思了。那一段时间，梦想成真的感觉好像总不真实。

　　我以为以后的生活会像当初想象的那样一路繁花，可是秋天到了梦中的
大学，却不是想象的样子。毕业后成了小时候大多数人理想中的教师，工作
不久又娶了当初喜欢的女孩，应该算是梦想成真了吧。可这种梦想实现的喜悦
并不能持续太久，生活更多时候是一地落叶，自己和身边大多数人一样辛苦地
活着。一个人的时候，偶尔还会想起曾经的梦想，只是已不大向人提起了。平
淡的日子里，梦里却不时会出现高考时那道怎么也解不开的数学题。二十多年
过去了，再回首那段青春，已无悲喜之分，高考也许是对青春的一次淬火吧！
正因为曾经面对过，在以后人生很多艰难之时，总能坦然以对。生活得好与不
好，其实与那场考试的分数已无太大关联，但终生铭记着那段难以复制的青春
以及那份慷慨以赴的心情！

写于2017年，改于2020年夏

# 《笑傲江湖》中的内卷

江湖近几十年来倒也无事，五岳剑派和少林武当都按自己的"统编教材"，努力地将自己的门派发扬光大。虽然日月神教有独家秘籍《葵花宝典》，但任我行对自己的"校本教材"《吸星大法》很自信，也深知《葵花宝典》的害处，并不加修炼。尽管日月神教喊着"一统江湖"的口号，却并未真正付诸行动。而这种平静的局面，因另一本秘籍《辟邪剑谱》的出现，一切都结束了。

话说五岳剑派都有自己的看家本领，华山派的紫霞神功、恒山派的剑阵、嵩山派的快慢十七路、泰山派的五大夫剑、衡山派的百变千幻云雾十三式，多年来大家都在努力提升，但谁也没有绝对的优势。直到左冷禅练成了寒冰真气，不得不说这家伙还真是一个练武奇才，这功夫纯属原创。他就有了当盟主的野心，不过他那时还算清醒，自己一派之力还是不行，需要将五岳剑派归入麾下才能成事。但这事得找个理由，那就干魔教吧，它是我们武林正派的威胁，魔教一日不除，江湖一日不宁。

魔教和他有仇吗？没有！不但和他没有，和其他四派也没有直接的冲突。唯一的原因是魔教势力大，而且名声不太好。怎样才能号令其他四派？找个敌人。怎样成名快？和天下第一挑战。这就是为什么有些中东小国，动不动挑战美国，打不过骂几句也是好的，也就自认为提高了国际地位。尽管少林武当势力不小，但左冷禅认为，这二人是君子面皮薄，会保持中立不会亲自下场。但这二位君子最后却下了一盘大棋，这是后话。

自此，平衡打破，江湖的内卷开始了。

首先岳不群坐不住了，这华山派不能在自己手里让左冷禅并了。得想办法，要找个速成秘籍闭关修炼，以前江湖传言有个《辟邪剑谱》很牛，但只是听说，没有在意，现在要留心了。他这种想法和青城派的余沧海想一块儿去了，余沧海找这东西一半是为了替师父出气，一半是为了追赶超越。结果作为职业学院的福威镖局躺枪了，因为传说中的《辟邪剑谱》在他家呀，可悲催的是"一把手"林震南还没见过。结果在几大野心家的争抢之下，林家迅速家破人亡，只留下"向阳巷老宅的东西不可翻看"的遗言。林家唯一的独苗林平之亡命天涯，被岳不群捡漏。想那林家的先祖实在是矛盾，既然知道有害不可翻看，毁了不就完了嘛，何必留下这么一句前后矛盾的遗言。估计内心也实在是纠结，知道有害，又担忧后辈儿孙受人欺负不能自保，抱着但愿用不上的心态留下了！

林远图的纠结，其实反映了很多父母对待儿女的两难境地。

至此，各家围绕《辟邪剑谱》展开了阴谋与角逐。岳不群练了，林平之练了，左冷禅本来挺自信的，但一听别人都在练，也不淡定了。想派卧底偷秘籍回来练，但他低估了岳不群的厚黑，竟然给他弄了一本假的让他练。任我行依然很自信，自认《吸星大法》无敌，还把明知有害却很厉害的《辟邪剑谱》的姊妹篇《葵花宝典》留给东方不败。他认为正常人是不会练的，但他低估了盟主宝座对人的吸引力，东方不败不但练了，而且登峰造极。大伙很好奇，这么多人抢《辟邪剑谱》，咋没人抢《葵花宝典》呢？很简单，打不过呀！

从此，江湖陷入了深深的内卷，大家或为当盟主或为自保，都争着练《辟邪剑谱》，甚至不惜自宫，只有劳德诺知难而退。

他们都赢了吗？没有。因为练的人太多了！

世事的发展没有按他们设想的来，有两个少年横空出世。先说悲剧角色林平之，"匹夫无罪，怀璧其罪"，因有家传的《辟邪剑谱》，遭横祸亡命天涯。一心想投身武学正派华山，结果到了才发现，这里找不到他想要的。到后来发现，师父收留他，还是为了他家的《辟邪剑谱》。师徒俩钩心斗角，倒也都练成了秘籍，他也报了仇，却被师父干掉了，林平之成了这场内卷最大的牺牲品。

江湖人都认为左冷禅是最大的野心家，却不料岳不群更黑。一系列操作，林平之、左冷禅、任我行都不在了，东方不败也被仇家干掉了，五岳的其他四派自不在话下。这时，少林、武当两巨头不淡定了，这家伙干魔教是假，当盟主是真，下一个不就轮到自家了嘛！这时候，令狐冲上场了，令狐冲的出道是个偶然，本来他只是华山派的优等生，大概率是练成《紫霞神功》，将华山派传承下去。但华山派名宿风清扬看不惯掌门人岳不群，嫌他舍本逐末、偏离大纲，将毕生绝学《独孤九剑》传给了颇为投缘的令狐冲。也是为此令狐冲被师父见疑而出走，又阴差阳错地学会了任我行的《吸星大法》。少林的方正大师和武当的冲虚道长下了一着高棋，他们看中令狐冲的正直厚道与淡泊，不动声色地将少林绝学《易筋经》传给了他，直接将他培养成了武林盟主的终结者。

练过《辟邪剑谱》的全挂了，《辟邪剑谱》真的邪！一场由《辟邪剑谱》导致的内卷彻底结束了，日月神教几近散伙，五岳剑派人才凋零，方正大师和冲虚道长含笑归山。

令狐冲和任盈盈合奏了一曲《笑傲江湖》后，携手归去。从此，江湖重归一片平静。

2021年10月22日

辑三

成长的欢喜

# 童年的星空

"小燕子，穿花衣，年年春天来这里……"在这首古老的童谣中，有一天我突然发现，那让我又爱又烦的小儿忆南不再撵脚了。先是一阵解脱般的欣喜，随之怅然若失。

从嗷嗷待哺到蹒跚学步，不知怎的忽然间就长大了，他已不再那么专注地偏着脑袋听我胡扯，而是总爱问为什么。自上一年级后，他总爱自以为是地下很多我忍不住想笑的结论，而我也总装作认真地听。也许是他在三四岁时不听话，我总爱用在我们学校捡垃圾的那个哑巴吓唬他的缘故吧，他上一年级后总爱约小伙伴去戏弄哑巴，哑巴一怒，他们"嗡"的一下四散逃开，惹得哑巴一遇到我就呜里哇啦地比画着告他的状。我教训过他几次，让他不要欺负哑巴，但他总是愤愤地很不以为然，好像哑巴和他有仇似的，想想我那时真是不该。

从开始教小儿喊"爸爸妈妈"，到今天他那肉嘟嘟的小嘴比我还能说，我知道童年正离他远去，而孩提时代他搞的那些啼笑皆非的小故事，又是多么值得自己珍藏和留念呀！

虽说年华渐老让人忧心，但儿子的成长又是老天对自己最好的馈赠。我很多次沉醉在小儿赖在我怀里问天上有几颗星星，或是夏夜里我给他去逮萤火虫的情境，可他总有一天要远走高飞的，就像他时常给我憧憬着长大后要去北京和美国一样。

我从小学到大学毕业一直都在做文学梦，可年届不惑却也无等身的著作和四海的文名，只是在心绪不宁时提笔自娱以求心安。记得毕业四年后，一次作文课上给学生放《最忆是江南》的电视诗歌散文，学生感触如何没仔细看，自己却是潸然泪下。给小儿取名忆南，也是表达自己难言的心境。

忆南的顽劣与乖巧让我气恼又让我欢喜，这是上苍对自己的厚爱，也是自己人生中最得意的作品！

又是一年的夏天到了，我还想像往常一样，在如水的夜色中带小儿捕捉流萤，还一起坐在檐下的石阶上仰望童年的星空。

2014年6月

## 等待，是一种欢喜

从南南步入小学大门的那一刻起，我就在盘算，六年每天四个来回，那一定是一个很漫长的征程。每次按时按点接送，甚至比中央新闻还要准时，想起来头有点大。但在不经意的一次次接送中，忽然就到六年级了。我原以为如长征般的接送工作行将尾声，忽然间有些怅然若失：时间都去哪儿了？

六年间，每一次接孩子放学我都是提前近十分钟赶到，专门站在显眼的地方，就是为了孩子一下楼能最先发现自己，然后满心欢喜地飞奔而来，边跑边喊"老爸！"一下子扑到我怀里！那种幸福，足以融化世间所有烦恼！在三年级以前儿子扑到我怀里我能轻松抱起，而现在再抱起来已经很吃力了。他变得腼腆，不再轻易到我怀里了，回想起来，有些失落。虽然儿子长大是我一直期盼的，但随着时间的流逝儿子却与自己渐行渐远，又怎不令人徒生感慨？

也许是自己早年丧母的缘故吧，加之父亲长年在外谋生，自幼与年迈的奶奶相依为命，那种年少时的孤独与无助如一条蛇一样一直潜伏在灵魂的深处。多少次梦里都出现同一场景：小学时冬天里放学天快黑了，独自一人穿过那片满是坟地的松树林，一路胆战心惊，边往家里跑边呼唤奶奶，奶奶就站在屋东头给我搭声儿。边跑边回头望，老觉得有个黑影跟在身后。

从我记事时，奶奶就已年迈不堪，奶奶爱给我讲鬼故事，我经常担心奶奶会在某个夜晚一睡不醒被鬼抓走，只留下自己在这孤独的人世间——正是这段孤独的少年时代，造就了我孤独而忧郁的性格！到现在一看到谁家的孩子没了娘或衣衫不整，心里莫名地难受。去年春天，一女同事患病离世留下八岁的孩子，葬礼那天，我看到她儿子木然地按照大人的安排在即将起灵时跪在棺材上喊三声娘，忽然间泪如雨下，怎么也止不住。年少时不懂悲伤，当有大人问起自己的母亲时，我总是镇定自若地答道：妈妈看病去了！大人们摸摸我的头，叹口气走了。现在想来，那时的坚强就是装的，只是不愿承认母亲离去的现实罢了。

去年过年时节，我专门带儿子去了母亲的坟头，给我记不清相貌的母亲——儿子从未谋面的奶奶上坟。儿子很虔诚地跪下磕头，我心里默默地念叨：妈妈，您的孙子来给您磕头了！那一刻，我泪湿眼眶，悲喜交加！

许是自己那段独特的人生经历，让自己真正明白了孤独的痛苦与可怕，所以自从儿子来到我们身边后，我和妻子一直在一起陪伴他成长，从未假与别人之手。可能这期间也错过了事业上的有些机遇，但也不后悔。孩子终将长大，我们的怀抱和羽翼也将逐渐庇护不了他日渐蓬勃的青春与梦想，总会离家远行展翅高飞，每念及此，我心中对儿子的每一次接送都倍加珍惜。只要我在学校都是亲自接送，从未让别人代劳，有天同事也送孩子让他坐便车同去，他摇摇头说不，我问他为什么，他答："我就要爸爸送！"听后心中无比温暖。我骑上踏板，他坐在后座，紧紧搂着我的腰，一种温暖和一种责任充盈心间。

儿子也算是一个聪明乖巧的孩子，每次放学看到我在门口飞奔而至，我也是微笑着和他共享开心的事。但生活大抵艰难，多有烦忧，偶尔也形于言色。他坐上车总爱摸摸我的脸问："老爸，有什么不开心的事吗？"唉，纵有万难，又怎能对小孩言？他俏皮地用小手捏我的嘴角说："老爸，笑一笑！"我不禁莞尔，再多的烦心事也随之消散。平日里，即便再忙，每临近放学时间，我都条件反射般的飞快而去，早早等候，最怕看到放学后儿子站在门口找不到爸爸时的茫然和无助！

儿子性格开朗，爱阅读，记性好，总爱记一些段子捉弄人，我自认是段子手，有时也不免上当。那天在摩托的后座上他问我："猪八戒在天上是天蓬元帅，在下是什么？"我顺嘴答道："在下是猪！"他得意地哈哈大笑，差点从后座上掉下来。每天在门口接他时，他总是人群中跑得最快的一个，直奔而来，一脸的兴奋。如果哪天脸色平静，必有事端。我总是细心地问他遇到啥麻烦了，他回答多是考试没得奖或是被老师批评了，也有时是被女同学欺负了。我总是开导他向前看。但到了五年级后，他好像变得深沉了，有时我发现他表情不对时问他，他马上一脸笑容故作没事地说："没什么呀！"但我明显感觉他一路心事重重，也许儿子真的长大了！

六年如一日地接送，送他时大多去得早，有时候学校大门没开，我在一旁默默地等候，他和伙伴们开心地说笑，回头一看我还在等候，便催促道："老爸，快走吧！"我说门开了我就走，他以为我怕他在小卖部乱买东西，其实是因为近几年新闻上屡现一些仇视社会之人对无辜的孩子行凶，尽管我们这儿地处僻壤，还是小心为妙。但这一点我一直未给孩子说破，不忍心让他幼小而纯真的心灵过早涉及世间的险恶。

又到了放学的时候，我早早地来到了大门口，接送的人群中多是孩子的爷爷奶奶和母亲，作为一名父亲在人群中格外显眼。记得南南一年级时，他把班里一位同学年轻的妈妈当成同学的姐姐了，今天再看这位年轻的母亲时也是中年暮气了然于外。其实，六年的岁月，我在他们眼中的情形也大抵相当，儿子个头都长过我的下巴了。在大门口拥挤的人群中又看到很多年轻的面孔，那是一年级的家长，自己从前也是这个样子吧！

放学铃终于响了，我听了如同当年我上学时听到放学铃一样开心，我伸颈而望，等待人群中那个飞奔的少年，张开双臂，满心欢喜！

2018年9月29日

# 又是正月十六时

正月十六似乎是一个特殊的日子，每年到了这天，失落与向往交织而来。

这一天是多少年来约定俗成春季开学的日子，在年少的记忆里，我们对这一天很是向往。在那个贫苦的岁月，正月到了这一天，年过清月也过半，对过年的所有憧憬与记忆，只余下门前那褪色的炮皮，所有的热闹都归于沉寂。大约是那年头书格外少的缘故吧，开学后发给我们的花花绿绿、带着油墨香的新书，成了我们最稀罕的礼物。那时书真的少，到六年级了才发四本书，大伙儿拿到书无比欣喜，仔细地用牛皮纸或报纸包好书皮，认真地写上姓名，生怕和别人弄错。有同学害怕书皮撕掉找不到姓名，竟把姓名写到右侧面的书棱上，将书快速一翻，名字闪动，有今天LED屏幕的效果。每天放学，认真地背着书包，从不把书放在教室，如同对童年里最珍贵的玩具一样爱惜。

那年月的课本也很有亲和感，大概能吃饱饭是当年人们共同的向往吧，书的封面上是几个胖娃娃，有点像年画。一年级语文课本第一课：春天到了，果树开花，桃花、梨花、苹果花——大家摇头晃脑地背着，给人以春色满园的感觉。《乌鸦喝水》《小猫钓鱼》《猴子捞月亮》，那些生动有趣而又富有哲理的课文，让我们终生难忘。

在那个艰苦的年月，新书也并不是开学时都能顺利到手。有一年倒春寒，正月十六开学后一周大雪，唯一一趟通往县城的班车也不通了，我们的新书自然无法送达，老师让我们借上届同学的旧书用。记得那个黄昏，我走在没膝深的雪路上，因为雪太大，山路崎岖，以至于路在哪儿都不甚分明，只有深一脚浅一脚地摸索着，摔过好几次跤，终于借到了伙伴的旧书，那一刻，心中比拿到新书还高兴。一周以后，我们的新书发下来了，大家开心地用手摩挲着，生怕弄脏或弄皱了。记得语文书上有一篇课文是《珍贵的教科书》，讲的是战争年月的解放区，一位老师在给学生开学买新书的途中，遇到敌机的轰炸，老师用自己的身体保护新书，结果英勇牺牲，鲜血染红了课本。在上这篇课文时，我们的李老师讲到动情处，眼眶都湿润了，而我们经历了正月借书的艰难，让老师一渲染，感动得一塌糊涂。

在关于正月十六的记忆里，除了喜悦，也有岁月难以洗涤的苦涩。大抵是太穷的缘故，我们背的书包五花八门，有旧黄挎包，还有碎布角拼成的布书包——至于后来歌词里唱的"你入学的新书包，有人给你拿……"对我们而言实在是一种奢侈。但最难堪的是没有学费，记得三年级时学费是四块钱，可家里依然拿不出来。父亲带我去报名，我怯生生地跟在后面，父亲和老师说让娃先上学，过几天把学费送来，老师也无奈，只有应承。过了几天，父亲还是没钱，快发新书时老师在班上说："还没有缴费先不发书，赶紧一点，书不够，迟了就没有了！"我回家告诉父亲，但父亲还是拿不出钱来，我急得直哭。到了发书的时候，我还是没有交上钱，心底失落极了，但老师还是给我发了书，让我的心里稍稍宽慰。让人难堪的是，几周后学校在上操结束之后，让没有交学费的同学留下，强调让通知家长快点缴费，我们只有答应回去告诉家长。只是我们说的并不算数，开始还有十几个人，后来渐渐地只剩下我们三四个人了，我们低着头，恨不得找个地缝钻进去。很多年后，每想起当年的这个景象，心中无比酸楚。现在想来，贫穷并不可耻，但却是硬伤。关于贫穷的记忆，伴随着我求学生涯的始终。许多年之后，我已参加工作，在与从前的同窗回忆年少时的趣事时，主题依然是在那个贫穷的日子里，为如何填饱肚子而各显神通。

大学毕业之后，正月十六这个日子成了五味杂陈的回忆。每到这一天，心中总能浮现出从前求学时的种种往昔，经历的酸楚和艰难，经过岁月沉淀之后都成了一杯陈年的酒，辛辣之后有回味的醇香。但这一天却总给人以莫名的喜悦与希望，就如同过年一样，或许过去的一年收获寥寥，但张灯结彩之时，总让人感到喜悦与希望。很多时候，还不知道希望具体在哪儿，可能希望就存在于希望的本身吧，但它仍然鼓励着人们欣然前行。

　　当儿子开始步入校门时，关于正月十六的记忆又被瞬间唤醒。此刻的心情比自己当年第一次上学还要激动，看他背着小书包，摇头晃脑地走进幼儿园时，我站在门口愣怔了半天。希望与不舍萦绕心头，他竟还假装大度地回头给我挥挥手说："爸爸再见！"那一刻，眼睛瞬间迷蒙。尽管成年之后，再回首时，只觉得这一生中最快乐的时光，应该是在学校中度过的，只是当年上学时并不觉得。总有做不完的作业、猝不及防的考试，也还有同学间的喜怒悲欢。但这一切对每个人而言都无可避免，也是每个人走向成熟、通往成功的必然。学习，对于能坚持拼搏、成绩优秀的人而言，是快乐的，它是打开未知世界的钥匙；但对于不善于学习、成绩不理想的人来说，则满是苦涩。

　　从幼儿园到小学毕业，属于我和儿子的正月十六，我一直很庄重地收拾好一切，送他到学校门口说"加油"、说"再见"，他却欢快地跑去找伙伴了。随着儿子逐渐长大，他也一脸的庄重了，没有出现我所担心的退缩与厌倦，这一点让我稍稍心宽。生活在今天的他们，再无衣食用度之忧，学习条件和生活水平都是前所未有的好，这无疑是幸运的。有时候我也给他讲自己从前的艰难，他如同听一个遥远的童话，只觉得好奇，但并没有起到我预想的教育作用。那个时代，真的已走远！

　　进入中学后，儿子开始住校，因是第一次离家，我心中有太多的失落与不舍，不知道他能否应对独自住校的生活。但他却表现出自信满满的样子，眉宇间似乎对独自生活充满了向往。我明白，孩子长大了，与我们终将渐行渐远。他的自信与坚强是我们所期望的，但真正面对时却又牵肠挂肚。进入中学也许是作业较多的缘故吧，假期里儿子多次因为作业与我们磕磕绊绊，几次他都生气地嫌我和妻子多嘴。打开微信朋友圈也是怨声一片，都云盼望神兽归笼，实在度日如年。更有甚者，因为孩子不好好写作业，将母亲气得犯病住院，都是作业闹的，但哪有不写作业的学生？尽管明白了很多的育儿理论，但到了真正面对时又有多少能做到举重若轻！有时想想真是自责，第一次做父母，实在做得不好！世事大多如此，很多道理只有经历了才会明白，但真正明白的时候，却又派不上用场了！

今年正月十六的时候，我让儿子整理好书包，备齐了开学用品时，儿子对我和妻子说："我开学了，你们现在轻松了，开心吧！但再过几天，见到我又心疼地说'哎呀，娃回来了！'"这话说的，让我和妻子哭笑不得。

送他报名的那天，一路上的山桃花分外烂漫，儿子静静地沉醉于车窗外的春天。自己似乎也从记忆里的春天里一路走来，花海的尽头，总是无尽的希望！

2021年3月12日

# 诗书趁年华

## ——写给儿子的信

亲爱的南南：

这是你上中学以后，我第一次以这种方式和你交流。很多话、很多道理，早想说与你，但想你年纪尚幼，听了也难入心。今年你即将步入九年级，马上会迎来自己人生的第一个十字路口。

今天收到你的月考成绩，我心里很是沉重。记得周日送你上学时，我万千叮嘱，你还是一如既往地不在意。要说就成绩本身而言，作为一名从教多年的教师来看，这个成绩应该是不错的，但作为一名父亲，心中有太多的不甘。倒也不只是因为所有父母共同的心情：都认为自己的孩子是此生的唯一，是天底下最棒的。而是自小学以来，你学习一直还好，大小奖状贴了一墙，你爷爷看了高兴得合不拢嘴，他总念叨，你能考到北京的。可知子莫若父，你虽学习一直不错，但你学习的动力来自父母和老师的关注与鼓励，还有每次上领奖台时在伙伴面前的优越感。至于学习到底为了什么，你心中并无太多思考。所以，你的成绩一直随着老师和父母的关注度而起伏。其实，你一直缺少对学习的内驱力以及自我督促的自律能力。而这种能力会随着年级的增高越发重要，直接关系到成绩的高低，也决定着你在学习这条道路上能走多远。

从小到大，我一直对你要求严苛。但说实话，你身上有很多优点，积极、乐观、善良、爱阅读，而且学习能力还可以，我也坚定地认为，你可以在学习的道路上走得更远一些。所以，在平日里对你要求更严一些，相比同龄人你挨了更多的批评，也做了更多的作业。你曾经生气地说：当老师的孩子真是不好！在你年少不更事的心中，你似乎比别人吃了更多的亏！

亲爱的孩子，有时候想想把你逼得太紧，也许不对，你也才十四岁而已。但是孩子，我想你通过阅读我公众号里的文章，也应该明白：你能有今天的生活，是多么不易。你的爷爷供我和你的姑姑上学，只能用四个字来形容——倾家荡产！我毕业的第一个月拿到五百元的工资，干的第一件事就是还债。之后自己盖房、娶妻，再后来有了你，就连你都说你妈妈实在没有眼光，怎么就嫁了一穷二白的我。尽管我竭尽全力，直到年届不惑的今天，我仍然扎根乡村，没有走出大山。

孩子，我一直让你加倍努力，并不是为了让你光宗耀祖，或者未来大富大贵；只是想让你在该奋斗的年纪拼尽全力，在你成年之后，不再如你的父辈们一样，活得辛苦而卑微！我不知道你长大之后，会面临一个什么样的时代，就如同我刚参加工作时，腰上挂个传呼机，压根儿想不到今天还会有智能手机这玩意儿。我唯一能告诉你的就是努力，再努力，拥有知识，增长见识，才是应对未知明天的万能钥匙！

学习这件事从来都不简单，说学习是快乐的，那是成功者的专利，而所有的成功都不容易。我们很多人犯的错误是，把别人的成功都认为是运气，而忽视别人背后付出的艰辛和努力。其实，这世上哪有侥幸，命运赠送的每一件礼物，早已在暗中标好了价格。学习更是一样，考高分不是偶然，考低分一样。尽管现在社会各界对分数的评价众说纷纭，但它仍是对一个学生在某一阶段学习效果评价的标准。大家都羡慕有些人边玩边学还成绩很好，也侥幸地希望自己就是其中之一。很可惜这种人有，但绝对是个例。对于大多数人而言，学习要有成就，都要经历板凳需坐十年冷，耐得住寂寞。学习只有静下心来，钻进去，才能真正领悟知识的奥秘与魅力。就如诸葛亮在《诫子书》里说的一样，"静以修身，俭以养德"。小孩子大都喜欢热闹，但热闹是学习的天敌。而你也正缺少能坐下来的耐心。但是孩子，学习要有所成，靠的是持之以恒的坚持，日积月累的点滴，从来没有靠豪言壮语取得的成功。

　　孩子，你还小，可能觉得不用担忧，未来还有大把的时光可以挥霍。但今天我以父亲的身份负责任地告诉你：能真正用来学习，并真正改变人生走向的时光并不多。中考、高考才是命运真正的转折点，当然大学也很重要，但那以后考上了再说。初高中抓住了，一生坦途；虚度了，你会用你的余生为年少的放纵和任性买单。尽管我们也曾说活到老学到老，但那是你以后步入社会生存的技能，想再找到改变人生走向的机遇实在寥寥。

　　多元化的今天，让你们这一代拥有了更多选择的机会，但也多了一些盲目的自信，认为即使考不上大学，也会拥有不错的人生。是的，今天这个时代相比较我的青年时期，不可同日而语。但今天的美好，是几代人辛苦努力而来的，并且它同所有美好的东西一样，都是脆弱而易失去的。2020年一场疫情明白地告诉我们，人与人之间的差距有多大！也告诉我们，这个世界并不总是岁月静好！所以，加油吧，孩子，能成为祖国栋梁是幸运的，退一步也不能活得太苟且！

　　你爷爷和我从我们的老家——那个叫周家凹的地方一路走来，如今那里已是一片废墟，我也经常带你去玩，小时候你总喜欢噘着肉嘟嘟的小嘴吹蒲公英，看着在春风中飞舞的小伞，你高兴得手舞足蹈，也并不理解我站在废墟里凭吊的心情。我和你母亲都是平凡人，没有能力和背景给你助力，也没有万贯家财让你继承，请原谅父母的平凡吧！我能做的就是用我半生的经验，也可以说是教训吧，做你远行的背囊！

父亲：王小平

2021年3月31日

# 月亮的背面

亲爱的南南：

我记得在你小时候好多个夜晚，我们趁着月色正好，一起走在老家门前的公路上，我给你讲月亮的故事，和你一起背关于月亮的诗词。后来我们一起走在月色里时，一起玩以月亮为题的飞花令，渐渐地我都落于下风了，我心里感到无比欣慰。米粮川那一路皎洁的月光，那夏夜里飞舞的流萤，装点了你的童年，也装点了我人生中最美的回忆。

可随着你初中住校，学业渐紧，我们好久没有欣赏过米粮那美丽的月色了。时光飞逝，你马上进入毕业班，即将面临人生的第一个十字路口。从小学到初中，你获得过很多奖，也一直备受师长关注，这让我很开心。但是同样也养成了你用心不专、自以为是的习惯，做事做题，求快不求细。遭遇失败，倒也不气馁，只觉得可以重头再来。但是孩子，人生大多时候失败了可以重来，可有些关键时刻一旦失败将再无重来的机会，比如中考。就如你喜欢看的《盗墓笔记》中那句话：做事情可以失败，但不可以在没有第二次机会的时候失败。荀子在《劝学》中曾言：蚓无爪牙之利、筋骨之强，上食埃土，下饮黄泉，用心一也。蟹六跪而二螯，非蛇鳝之穴而无可寄托者，用心躁也。其实，你不以为意的粗心和马虎，对一个人的命运影响是巨大的。"性格决定命运，习惯成就未来"，亦源于此。积土成山，积水成渊，成大事必作于细；若用心不一，眼高手低，必将终生碌碌，功业难成。

你生于顺境，父母师长关怀备至，所以造就了你开朗乐观善良的性格。

在你的世界里，一片天高云淡、阳光明媚。所以很多时候，你把这个世界理解得太单一，认为只有爱和阳光。从小到大，你总认为把东西放到哪儿都是安全的，可结果往往事与愿违。亲爱的孩子，我们可以把善良和美好作为信仰，但这并不是世界的全部。这个世界总是不完美的，一定会有残缺和丑恶，我们要心怀光明，但对黑暗的存在也要有心理准备。就如同我们一起看过很多次的月亮，皎洁美丽而又善解人意，但你知道月亮的背面是什么样的？

记得十年前，我给学生上《月亮上的足迹》，恰逢十五，月满中天。我心血来潮，从实验室搬出天文望远镜，想清晰地看一下我们仰望了千百年的月亮，那一定是我们从未见过的美丽。当我费尽心力调试好才发现，望远镜里的月亮，如同我从前吃过的那个剥了皮的大蒸馍，椭圆而表面粗糙不平。这让我大失所望，学生们也很失落，可能是距离产生美吧！在往回走的时候，月亮还是那个月亮，依然遍地银辉、皎洁如昔。

孩子，生活就如同那轮明月，美丽的背面可能是不忍直视的沙砾。但我们还是要热爱它，因为它依旧美丽。罗曼·罗兰曾说过：世界上只有一种真正的英雄主义，那就是认清生活的真相后依然热爱生活！

爱你的爸爸

2021年6月18日

# 幸福的电话铃声

亲爱的南南：

自从你进入毕业班之后，回家的周期变长，我的心也和你们上学的孩子一样，盼着周五放假，盼着你进门扔下书包，喊一声"老爸"，这可能是在平凡而琐碎的生活中我听到的最开心的声音。

尽管让你初中住校我心中有太多的不忍，但这也是无奈之举。随着年龄的增长，你在求学的路上将渐行渐远，父母的羽翼终将护佑不了你蓬勃的青春。可每逢周末住校的日子，我心中十分牵挂，不知道你衣服是否按时换，担心你不按时喝水扁桃体发炎。我时常注意着手机，一看到是类似于你学校磁卡电话的陌生号码，我赶紧接听。多少次我激动地希望听到你的声音时，却是诈骗电话。

其实，每次打电话并没有什么大事，也就是送本书或者衣服水果之类。我也明白，这些东西送与不送都无关紧要，而且从我工作的乡下到你城里的学校并不方便，但我还是不忍拒绝。我知道，你也并不是真的很需要那些东西，只是离家时间长了一点，借送东西是对想见父母的一种委婉表达吧。其实，亲爱的孩子，我和你母亲与你一样的心情。每次接到你的电话，我心中一片晴空，也尽可能地去学校送你要的东西。在学校门口，短暂的见面，我叮咛你要认真听讲、要多喝水。你开心地答应着，装作豪迈地奔向教室。这些话，我说了好多年了，但我还是忍不住要说。

以前在你小学的时候，一天五六趟地接送，只觉得忙碌，我甚至都不敢出远门。现在回想起来，那是一段多么幸福和充实的日子。做父母的总是很矛盾，一边渴望孩子快点长大，一边又因为孩子长大与自己的分开而倍感落寞。但是孩子，爸爸还是希望你潜心努力，飞向远方。中考可能是你人生的第一次挑战，但是你要明白，人生的有些苦、有些磨炼，是谁也无法跨越的。学习注定是一件孤独而辛苦的事，你不吃学习的苦，就要遭生活的罪，人生概莫如此。你今天所有的努力，都会在明天的某个时候绽放出梦想的花朵。当你成功的时候再回头看今天付出的辛劳，那学习真是一件充实而有意义的事情。学习的快乐就是这样，它具有滞后性。我们平常的生活是琐碎的，但如果你站在生命的高度看待生活，那么你所经历的每一天又是多么弥足珍贵。同样，站在结局的角度来看待你今天的努力，又是多么影响深远。

　　好了，孩子，又到了周五！又是我们会面的日子，我想我们心情一样，如同那放飞的小鸟。深秋时节，满山的黄栌木叶红了，将我们的家乡装扮成一年中最美的样子。从老家走时，你爷爷让给你装了几个门前的软柿子，他希望你一生幸福甜蜜！

爱你的爸爸

2021年10月28日

# 通知书的故事

通知书这个东西，是我们每个人生命里一道永恒的风景线，是我们青春里或悲或喜难以抹去的回忆。特别是中学以前，通知书上的分数和评语直接影响着假期质量，就连我们无比期盼的寒假，也会因为通知书上的分数，左右着我们对过年的期盼。

也正缘于通知书的重要性，在早年间曾发生过很多关于通知书的故事。上小学时放寒假的日子，我们照例考完试过两三天再到学校领通知书，去的时候怀着享受假期的兴高采烈，但回来的时候，却是几家欢乐几家愁。一部分扬眉吐气，一部分心事重重，还有一部分垂头丧气，先前对于新年希冀的喜悦荡然无存。有人为了免受回家训斥之苦，竟然把通知书上的分数改了，如把"5"改成"8"、把"7"改成"9"。有一位同学更绝，我们放学路上有一条堰渠，是西坪电站修的发电用的，他直接把通知书扔到堰渠说是不小心掉进去让水冲走了，分数由着自己说。但这个世界哪有秘密，那种小把戏并没有维持太久的太平，结果无一例外挨了一顿打。

那年月兄弟姐妹多，每到年末谁的通知书给力，那无疑是一件十分开心的事。成绩好的快到家门时大老远就喊："通知书拿回来了！"那接近满分的成绩，父母看得满脸幸福，而主角直接像一只骄傲的大公鸡，恨不得全世界都知道。相反，那几个考得不如意的孩子，赶紧长眼色找点活干避开，真是没有对比就没有伤害。在整个假期里，父母也毫不隐讳自己的偏心，动不动就训斥考得不好的："你咋不向老大（或老二）学习！"记得有一年在小学，我期末考了接近双百，放假往回走时，天空飘起了雪花，一时间觉得雪花竟如此晶莹和美丽！远望那在山洼里的老家，在迷蒙的雪花中是那样亲切和温暖。而那个假期姐姐已上初中，成绩自然没有我的亮眼，父亲直夸我有用，对姐姐虽然没有说什么，但眼神很严厉。那个假期里，姐姐自觉地干了一个月的家务。那一张张通知书，其实就是我们年少时期悲喜的晴雨表，同时也是我们成长历程中难以磨灭的印记。

那些你曾经以为难熬而又漫长的领通知书的日子，转眼就结束了。对大多数人而言，你收到的高考录取通知书几乎是你人生最后一个通知书，以后也许还有别的通知书，但影响似乎并不大。而这一次再也不用家长签字，父母甚至不再为成绩的高低或喜或怒，只是平静地接受这一切。这时你才明白，以后再也收不到通知书了，也再没有人关注你的通知书了。

原本以为没有了通知书的日子，一定是晴空万里，可生活这张考卷你永远无法预知答案。人生的一次次抉择，一点也不比当年考场上的那张试卷轻松，而且生活不比考试，你很难交上满意的答卷。在生活这场考试中，再难以收获到小学考双百时那种简单的快乐。但我们又无可奈何地奔向一场又一场的考试之中，一次次地考验着我们的人生智慧。

当我步入教育行业后，我的人生再次和通知书有了关联，只不过角色转换了，我开始给学生批阅试卷和填通知书。每次阅卷时，回想起自己从前的求学岁月，总是心怀敬畏，怕改错了一分从而影响到学生回家的待遇。在不违背原则的情况下，我总是努力地寻找孩子能得分的地方。当然自己也明白，人生的最终走向并不是一次考试决定的，考试也不是人生的全部，但它却影响到孩子能否过个好年，关系到家庭和睦兹事体大。

平心而论，分数只是一个阶段学习结果的检测，分数的高低并不取决于一张考卷，而是取决于平日的习惯与付出。但人们习惯于只看结果，对于学习的过程麻木而侥幸，世上之事，又岂是考试如此。当我给学生填通知书时，才体会到当年我的老师给我填评语时的作难。想来很有意思，当成绩考得好时评语往往是严厉的，指出不足；而考得不理想时，老师总是在努力地寻找我的优点，但重点在最后一句：在学习上需继续努力！而父亲在看时，却没有抓住重点。

在我从教后不几年，教育发生了改革，考试不再公布成绩和排名，通知书上统一用"ABC"呈现成绩。想想也好，避免了孩子们回家过年时的鸡飞狗跳，孩子们很是开心。但也有家长费尽心思打听成绩，而这多半已经年后了，免却了年前的横眉竖眼，也真是有利于阖家欢乐的好事。但总有一次考试要公布成绩，而且对未来影响深远，可成绩的高低并非这场考试决定的，"冰冻三尺，非一日之寒"，道理大概如此。不公布成绩出于对孩子的保护是好的，但要学会面对和担当亦是成长的必修课。

无论如何，我认为发一张通知书的放假，才算是真正的放假。但在2021年的最后几天，一场疫情让来不及考试的孩子直接放假，不谙世事的孩子先是意外继而开心，今年终于可以放心地过个年了！但过不了几天，他们才发现高兴早了，疫情把生活节奏全部打乱了。以前最怕让父母问成绩，但今年由于疫情的关系，在外打工的父母能否回家都是未知数。而上网课对于家长和孩子都是不小的考验，他们都期盼着早日复课。现在想来，能安静地坐在教室里考一场试，又是一件多么幸福和奢侈的事情，曾经让人爱恨交加的通知书，又是多么弥足珍贵！

2022年的钟声终于响了，有关于疫情的新闻仍在挑动着我们的神经，我们被在风雪中奋战的白衣战士感动，也和在疫情下艰难生活的人们感同身受。但春天已经不远，终将疫去花开，希望孩子们在这个没有通知书的寒假里，能收到生活带给你的一份沉重而深刻的通知书。

2022年1月6日

# 开学的日子

　　正月十六依旧是开学的日子，只是今年节令迟天气还很冷。可今天是雨雪天气，但孩子们还是满脸的喜气洋洋。

　　依然是从前的节奏，报名、发书，只不过今年多了一项核酸检测。2020年的疫情，确实对这个世界改变了太多，我们的认知，我们的生活。尽管今天雨雪霏霏，但并不影响人们的喜悦和对新学期的希冀，家长把孩子送进校门，一副如释重负的样子。一个假期的相爱相厌，终于告一段落了，这样的剧本年年都在上演，但常演常新。

　　今天在送孩子报名时，遇见一对母女，女孩气冲冲地拉着皮箱走在前面嘟囔："一天都不想待了，赶快进入学校！"母亲一脸沮丧地跟在后面，一言不发。女孩的表情不禁让人想笑，可回想自己这个假期和孩子的相处，虽不像这对母女那样剑拔弩张，但因作业问题也让人疲惫不堪。报完名将他送进宿舍，本来想帮他把床铺好，再叮嘱一些注意的事情，但他急不可耐地将我送到门口，嘴里不住地说"快走，快走"！看他一脸解脱的样子，我也只有苦笑。自从孩子进入了初三，对孩子前途的担忧一天紧似一天，感觉恨不得自己去念算了。总找机会给孩子谈人生、讲道理，最后妻子都听不下去了，说道："讲那么多有啥用！"想起作家王朔说过，爱谈人生是一种病，自己可能就是这样。

　　记得自己当初年少时，觉得未来有无限可能，世界是自己的。成年之后才发现，生活有太多的无奈和身不由己，又寄希望于自己的孩子。费心尽力地教育，总想孩子走出不一样的人生，可孩子却并不按你设计的剧本走。以前觉得上学难，总有些难题让你想得脑瓜儿疼，都毕业几十年了，还做梦在做高考数学题，直接把人难醒了。现在觉得当父母更难，我们总以自己的阅历和认知，努力地教给他们人生的经验和教训，想让孩子可以绕过自己当年曾经踩过的坑，走向光明的未来。但十五六岁的孩子有自己的认知和世界，他对你说的根本不太认同，装作聆听只不过出于对你的尊重。如果唠叨过甚，可能连这点尊重都没了。真让人无奈，似乎又看到了当年自己对父亲的情形，看来父子关系历史虽没有完全重演，但进步不多。

前几天看到这样一个段子，说山东奋斗的尽头是考编，男的考公务员，再娶一名教师妻子，如此循环。这不是现代版的陕北放羊娃的故事嘛！人生的美好在于很多的不可预期，如果人生一下可以设计到头，那还有什么奔头？听话这件事，本来就是一个两难命题，我们希望孩子听话，但又害怕太听话的孩子长大没有出息。时代在发展，哪些话该听哪些话不该听，这都超出家长和孩子现在的认知水平。退一步风和日丽，所谓的父子母女一场，都是一场难得的遇见，何必以爱之名搞得刀光剑影。各自尽责努力就好，好好珍惜彼此温柔以待，可能是生活应有的样子。

雪停了，开学季的田野显得分外晶莹！愿孩儿们未来可期，不负韶华。太阳出来了，又是一个阳光明媚的日子！

2022年2月18日

# 守　望

　　离中考只剩了最后一周，我还是忍不住给儿子讲知识点和考试应注意的事项。其实，这些话我之前都讲过好多遍了，儿子早已听得不耐烦，但我依旧放心不下，再次重复着古老的话题。我也知道这时候讲这些作用并不大，但讲完之后还是觉得心下轻松了许多。

　　周末把儿子送到学校，他走进大门后和我挥手告别，我又想叮咛几句，忽然间却不知道说啥好。怔了半天说了几句重复了几年的家常话："这几天多喝水，小心别感冒了，做题时细心点儿！"儿子这次似乎认真地答应着，再次和我挥挥手。看着儿子走向教学楼的背影，个子转眼间都比我高半个头了，忽然间觉得时间过得真快，我感觉中儿子还一直是坐在我踏板摩托前面的萌孩子。不知不觉间就长大了，自己甚至都没弄明白怎么好好陪孩子一起成长，想想这几年间为所谓各种冠冕堂皇的事情，错过了和孩子一起长大的许多时光，心下无比愧疚，眼眶一片潮湿。

　　历史有时总是惊人的相似，记得1994年自己参加中考，这是我人生第二次进城，上次是考体育的时候。现在看来并不大的小县城，当时对我而言充满了恐惧，生怕自己迷路了。而父亲竟然是骑了百十里路的自行车赶到县城，在我要进考场前，站在县中的门外，隔着铁栅栏门，给我千叮咛万嘱咐。当时年少的自己觉得文化不多的父亲说的话水平实在不高，只是碍于人多认真地应承着。但看到父亲那满含焦灼和期望的眼神，我内心还是很愧疚，因为我明白，自己当时的学习成绩，多半考不上人们向往的中专。在走进考场的那一刻，我心里满是后悔，觉得很对不起父亲，因为在父亲眼中我一直是他的骄傲。

那次中考我毫无悬念地落榜了，只不过那年头先录中专后录高中，虽然没能考上中专，但可以在镇上继续上高中。而且在那一年，我的同学们也没有几个考上中专的，所以父亲对我的失望便减轻了许多。父亲便又满怀希望地等我的高考，在那几年里我也是尽了力。因为我明白，这几乎是我的唯一机会了，如若失利就会和父亲一样，一生奔走于土地和矿山之间，劳碌终生却所获无几。年少时和父亲一起抢麦与上矿山的经历，已经胜过任何警世恒言，我明白自己将别无选择。当那年我高考上榜的消息传来的时候，父亲大醉了一场，还专门包了一场电影让乡亲们都来看。

上大学终于让我过上了和父辈不一样的生活，但我却并没有走出大山，我仍然和我熟悉的乡亲们一起生活着。儿子的出生让我越发明白父亲当年的艰难，而自己年少时受过的苦，更让自己在儿子的教育上进退维谷。时代的变化，观念的多元，我们无所适从。今天再用我们当年的苦难教育孩子，说服力并不强。都说苦难是一种财富，那终归是一种无奈的选择，但凡有办法谁会选择苦难呢？我们总想尽己所能给孩子最好的教育，但学习毕竟是一件漫长而需要吃苦的事情，所以父子、母子矛盾时有发生。有时好好的教育情怀、育儿理念，往往会被一本作业搞得鸡飞狗跳。

儿子就这样在不经意间长大了，我甚至都没学会做一名称职的父亲。好在儿子是一个开朗的人，并没有在意我的种种不是，不知是他选择了遗忘还是选择了原谅。总之，儿子和我关系还很铁，这一点让我倍感欣慰。

也许是自己吃了太多的苦，对儿子的教育总是在负重前行。其实，细想来忧虑太多未必是好事，虽然我不能清楚地看到明天儿子会面临一个什么样的时代，但我相信他一定会过上和我不一样的生活。历史总会发展，时代会一直向前！

又一次站在儿子学校的大门外给儿子一句句叮咛，脑海里似乎又浮现出当年父亲站在县中大门外守望的身影，眼前顿时一片朦胧。

2022年6月15日

# 儿子的毕业典礼

经历了三天漫长等待，儿子终于走出了中考考场。我在门外接到孩子的那一刻，忽然觉得云淡风轻。

初中三年对每个人的人生而言都影响深远，而对于儿子这一届学生尤其如此。2020年疫情突发，他们初中三年其实就是和疫情斗争的三年，并且疫情至今也未画上句号。它影响的不仅是人们的生活，更影响人们的认知，甚至是世界格局。在这三年里，我们担心的不是孩子在学校是否认真学习，而是他们能否安静地坐在教室里学习的问题。在疫情阴影笼罩之下，对未来不确定性的恐惧，加上对孩子教育的焦虑，让我们备受煎熬。

2020年疫情之初，近三个月长的寒假，让学生第一次接触到网课。这种全新的方式让孩子们无比新奇，却让家长们措手不及。孩子们上网课时对游戏的关注度，大大盖过了网课本身，家长孩子之间的猫鼠游戏，让家长几近崩溃。而就在那一年，新东方、高途、学而思几大网课巨头迅速崛起。

就在那一年，我和儿子的故事也落于俗套，同样为上网课和玩游戏在斗智斗勇。而身为教师的自己，也在为学生上网课和看儿子上网课之间分身乏术。这一年，我们对开学有着前所未有的期盼。

2021年，注定是不平凡的一年。疫情并未结束，36.3度成了一个吉祥数字，"双减"又成为这个时代转身的拐点。"双减"带给人们的不仅是课业负担的减少，更是思想的革命。曾经奉为圭臬的"只要学不死，就往死里学"的励志口号，在今天看来又是多么不合时宜。严禁补课以文件的形式下发，孩子们欢声一片，很多家长却凌乱在风中。那些"头悬梁，锥刺股""三更灯火五更鸡"的古训也不再提及，作为教师也在减负和质量之间探索前行。

"其兴也勃焉，其亡也忽焉"，这句话用在教培行业上似乎再形象不过。2020年高歌猛进，2021年哀鸿遍野。"带头大哥"新东方那拉着五万套桌凳开往远方的列车，不仅见证了新东方的落寞，也宣告了一个时代的结束。时代转身，谁也留不住！

年届六旬的俞敏洪老师带着团队开始了直播带货，而且是农产品，让人不禁为之捏了一把汗。但随着东方甄选的火热和董宇辉的火爆，让人再次见证了俞老师从绝望中寻找希望的勇气和毅力！但董宇辉火爆的背后，多少有些悲怆的底色。世事无常，莫过于此。其实创造历史的，不仅仅是英雄，更多的是平凡人。

2022年，中考临近。珍贵的周末，我已不再和儿子讨论考试，怕刺激他本已紧张的神经。但也有意无意间传递着考试的技巧和方法，有用与否似乎不太重要，只是求个心安。我也曾一次次在公众号上发表写给儿子的信，言之所及，尽显舐犊。这种隔空喊话不知能否感动儿子，却将自己感动得一塌糊涂。

曾经多少年，自己都在学生临近毕业的时候，为他们策划了毕业典礼。我觉得人生的每一次离别都弥足珍贵，隆重一些既是对过去的珍藏，也是对未来的期许。所以，在每一次毕业典礼上都弄得泪雨纷飞。也是在那一刻，我忽然发现了孩子们成长的痕迹。

可儿子的初中毕业真正来临的时候，自己忽然间不知所措，只是在焦虑中数着日子一天天临近。在这个庄重的日子来临的时候，我却没有想好怎样好好告别。疫情仍然影响着人们的生活，人们依然很紧张，生怕稍有差池，就会成为不可承受之重。这一年，我没有给学生开毕业典礼，同样儿子学校也没有毕业典礼。一切，就这样静悄悄自然而然地结束了。

看到儿子班级群里班主任通知的离校时间，我准时赶到学校。儿子已经收拾好行李，在教室里翘首以盼，看到我的到来面露喜色。班主任王老师给孩子们强调安全之后，就宣布放假。看到王老师几次欲言又止的样子，似乎有太多的话要说，但最后只化为一句话：放假了，好好休息！三年陪伴，大家有太多的不舍和留恋，也只有挥手告别，一切尽在不言中！这情形，像极了多年前的自己。

儿子收拾好一切，似乎有些不舍，专门来到教师的办公室，给在场的班主任王老师、英语邢老师、化学常老师几个，深深地鞠了个躬，庄重地说了句："老师，再见！"我和几个老师一样，先是一愣，继而鼻子发酸。

孩子真的长大了，那深深的一躬，成了儿子最值得铭记的毕业典礼！学会告别，也是人生的必修课。告别，是前行也是感恩。

人生总是在不断的告别中不断失去，也是在一次次告别中学会成长。同样，每次告别又是那样身不由己……

2022年6月26日

# 成长是一场修行

一个男人什么时候才算真正长大，估计是当了父亲以后吧！人常说"养儿方知父母恩"，可真正体会到其中意味，也是中年以后的事了。从高中时起，只觉得父亲的很多观点并不合适，自己已经长大，父亲的那些经验已经成了过去式。自己从毕业到结婚再到成为父亲，成长是一直在发生的事。何谓成熟，千帆阅尽，方知人生况味。

那时只觉得父亲文化水平不高，已不足以指导上高中的自己。父亲的话永远只有一个核心：好好学习，长大出人头地。怎么样出人头地我不知道，但干农活的苦楚我亲身经历过。乡亲们在土地上辛苦地劳作，不是因为热爱，而是一种无奈，这也是自己努力学习的动力。

学生时代的决心并不太持久，热闹时玩忘了，夜深人静的时候，才想起来自己应该好好学习了。记得高二那年，我在校外租房，几个伙伴打了一夜扑克，天亮时我才发现数学书忘在出租屋了，赶紧回去拿。回到出租屋，在熹微的晨光中，忽然发现门口蹲着一个人。我吓了一跳，走近一看竟然是父亲，心里意外又紧张。意外于父亲这么早从十几里外的家里赶到这儿，紧张于自己夜不归宿的事怎么说清。我语无伦次地问父亲咋这么早来了，父亲说："你上周走的时候不是说学校要收资料费嘛，当时身上没有，昨天弄到了，赶早给你送来，天亮我好去矿山！"

我忽然想起上周回去的时候，为了多要点生活费，撒谎说学校要收二十元的资料费。父亲说没有，我也没再坚持就去上学了。可没想到这个谎言却成了父亲的心事，不知他如何费周折才弄到的。为了不耽误上矿山干活，父亲竟然半夜里起来，天不亮赶到给我送来。心下觉得实在不应该，自己随意撒个谎，却让父亲费这么大气力！父亲又问起我为什么晚上没回来，我只能继续撒谎说是在同学家学习，太晚就没有回来。父亲倒也没有再说什么，只是告诉我要好好学习，之后转身离去。也许是秋深露重的缘故，晨光中父亲花白的头发上满是细密的水珠，我想那身上的衣服也很潮湿了吧！

看着父亲匆匆离去的身影，我内心无比悔恨，恨自己的欺骗，也悔自己对光阴的虚掷。很久以来对父亲的关切总是报喜不报忧，自己也明白，由于自己的随性与懒惰，年少的梦想已很难实现，与父亲望子成龙的意愿已渐行渐远。如果真的到了那一天，对父亲将是多么大的伤害。念及此，心中一阵阵难过。

长期以来对于父亲的说教，也并没有用心去感受过父亲对自己的爱与期望。而就在那个早晨，看到父亲蹲在屋檐下满头雾水的样子，内心无比震撼和愧疚。从那个早晨起，我忽然觉得应该好好学习了。多年以后寻思，自己好像是那天突然长大的。那天早晨，我迈向学校的步伐带着从未有过的坚定，东坡太阳升起的地方有一片灿烂的霞光。

在后来一年多里，我刻苦地学习，走完了自己的高中生涯。虽然高考并不太理想，但也如父亲所愿，离开了土地吃上了商品粮。再后来毕业求职，我也不再征询父亲的意见，而日渐年迈的父亲也自觉地退后，不再指导我的工作包括婚姻。在2000年之后的十几年里，我们迎来了经济和观念快速发展与变革的时代，而如父亲一样的老一辈人，变得目不暇接。父亲一生热爱的土地，除了他们这一代人在耕种，年轻一代都已远离。他认为的两个铁饭碗单位——供销社和粮站都先后消失。而大家都向往的商品粮，变成了一个时代的传说。姐姐考大学时，估计因为父亲当年交公粮受尽刁难的缘故，让报考了粮校，毕业后分配到粮站工作。姐姐上了不到十年的班，成了下岗工人，这件事成了父亲毕生的痛。

儿子出生以后，我也想着如何做一名好父亲。鉴于自己年少时的孤独，我尽可能地给儿子更多的陪伴，买了好多育儿的书，和他一起玩耍，想要给他美好的童年。但我不知道儿子长大后，回忆起童年时和我的愿景有多大的差距。我还曾经给他做过我童年时玩过的核桃车，可儿子的热情并没有持续太久。想想也是，在玩具丰富多样的今天，我的核桃车毕竟不属于这个时代了，尽管这是我童年里最珍贵的玩具。记得三年级时父亲回来带给我一把雨伞，我高兴地打着伞在太阳底下转了半天，因为在这之前下雨，我们都是戴个草帽、披张塑料纸的。在后来好几天里，我一直盼天下雨，可天公偏不作美，天晴了好长时间。

童年时虽然贫穷，但父亲却也是尽力地给予我能给的一切，就如同今天我对儿子的呵护一样。只是所处的时代不同，呈现的方式各异。人常说"嫁女看年景"，大家都处在时代的洪流中，都是那么身不由己。

儿子进入初中开始住校，我内心十分纠结，想那一直在自己羽翼下长大的儿子，独自一人在陌生的环境如何照顾自己，会不会认真学习。万般纠结，但我明白儿子逐渐长大，终究要学会放手。可在儿子到校住宿的第一个晚上，我还是失眠了，直到通过宿管老师的手机和儿子视频后才放下心来。但从儿子的神情来看，他对我们的依恋远不及我们对他的牵挂，就如同当年我对父亲的态度一样。

转眼间中考来临，我心里如同那五月的麦田一样焦黄，但儿子似乎并不在意。有人说进行苦难教育，但今天再用自己当年经历的苦难教育孩子，那又是多么苍白无力！我们经历的苦难是因为无法选择，如果让历史在孩子身上重演，那我们的奋斗有何意义！

到此才发现，自己走了很远的路，读了很多的书，却仍然没有学会如何做一名称职的父亲。在与儿子相处的问题上，自己并不比父亲高明。唯一欣慰的是，给儿子的陪伴更多一些。

陪儿子中考实在是一件熬人的事，以前自认人间清醒，可临事也不免从众。该补的课、该买的资料，也没有信心免俗。为了给儿子辅导功课，我甚至把自己当年上初中时都没太弄明白的几何题学会了。儿子月考成绩的起伏，成了我和妻子心情的晴雨表，很多用来劝导别人的理论，现在却说服不了自己。可是反观儿子，却是云淡风轻。我现在才明白，当父亲实在是一件很累的事情。好在儿子也算是平安度过了中考，成绩出来也是在正常预料之中。

中考后的那个暑假，我和儿子很开心，寻思终于迎来了一个没有作业的假期，可以到那些曾经梦想的远方。但疫情反复，我们连县城都没出去，就连开学的日子也变得不确定。儿子上了三年初中，经历了三年的疫情，疫情之下的众生百态，让人对未来有太多的不可知。

儿子进入高中以后，放假的时日不多，与儿子见面日稀，对他的学习很是担心，每次问他总说好着。可经过一次考试我发现并不如他所言，就如同我当年对父亲的敷衍一样。不同的是父亲当年对我并不了解，而我对儿子了解得更多一些。也正缘于此，心里对儿子未来的担忧更多了一些。在和儿子不多的见面里，不免啰唆一些，儿子明显地不耐烦起来，只回了句："放心，将来一定比你强！"

这话听起来虽不高兴，但我仍然相信这是真的。

细想起来，作为父亲自己可能管得太多，仍在用自己当年的经历教育儿子。总想用自己的教训告诫儿子，让他少走弯路，可正处青春年少自我意识觉醒的儿子，并不以为然。就如小时候，我告诉他走路不要踩水潭，他却偏用力踩下去溅起很多水花，还格外开心一样。

虽至中年，经历了很多事，但其实自己还是没有学会做一名智慧的父亲。可能我和儿子一样都在成长，只是我牵肠挂肚忧心忡忡，儿子却是年少无惧充满阳光。也许儿子在将来能读懂我的忧虑，就如我今天懂得父亲一样，"知我者谓我心忧，不知我者谓我何求"。可能自己真的想得太多，明天终究是属于他们的，儿子未来将会面对什么样的生活，自己也并不看得分明。预测未来是一件高难度的活儿，就像用今天的导航指引未来的列车一样。

父子是一场陪伴，也是一场修行，纠结和喜悦交织其中。儿子是自己心中放飞的梦想，却总担心握不住手中的线。好在儿子最近懂事了不少，也逐渐适应了高中生活，每晚上回到宿舍就打来电话，一声问候是世间最温情的言语，让我安然入梦。

窗外的月色，淡淡地洒到床前，我在想儿子年少的梦里是否有我从前的梦。

2022年11月5日

# 写给明天的信笺

亲爱的南南：

明天就是立冬了，在这个秋天的最后一个夜晚，我又提笔想给你写点什么。今夜在距你百公里之外的达仁，外面月色很好，虽然心事重重，但也见月欣喜。他乡的月亮，是对故乡最温柔的思念。但很遗憾，不一会儿云朵遮挡了明月，夜色一片昏暗，如我此时的心情。

我今天翻开手机，看到你童年时的照片，那一张张天真的笑脸，心中感慨万千。时光过得真快，转眼间你都上高中了。在那些从前的时光里，你带给我无穷的快乐与希望，多少次你站在领奖台上，这是作为一名父亲最开心的时刻。那时我觉得儿子是世界上最棒的，未来大有作为。而进入了高中以后，环境变化和课业加重，让你有了很多的不适应。你习惯了我们的鼓励与表扬，对我的批评显得极不耐烦。可能作为父亲我有些急于求成，但我还是要告诉你，孩子，高中三年是你进入社会的准备期，大家只顾埋头赶路，没有人给你鲜花和掌声。如果依靠少年时的虚荣作为动力，那么就很难走远。这注定是一条单调而艰难的道路，否则人们怎能将高考称为"千军万马过独木桥"。

我和你母亲虽然平凡，但在你上高中之前，也是尽可能地为你扫开一切障碍与困难。想给你最好的童年，尽可能地让你感受到这个世界的阳光与美好。可是孩子，这并不是世界的全部，阴暗与丑恶仍然存在于你不曾留意的角落。你已进入高中阶段，我和你母亲的羽翼也不足以为你遮风挡雨，以后的路注定要你独自前行。想到这里，我心里无比难过，但是儿子，父亲真的无能为力。这段旅程是你成人的必修课，再强大的父亲都无法代替，更何况平凡如我。

知子莫若父，你好动难以入静的个性我再清楚不过。不能说这是多么大的缺点，但高中的学习注定要拿出板凳须坐十年冷的功夫，静不下心是高中学习的大忌。这是我对你最大的担忧，也是你对我不耐烦的原因。我从不怀疑你的智商和学习能力，但高考的成功主要靠持之以恒的拼搏，这段艰苦的历程并不仅仅为了分数，而是成人前对你的历练。就如《西游记》里的孙悟空，从大闹天宫后被观音菩萨收服，经过西天取经的磨炼，成功升级为斗战胜佛。不经磨炼，何以成佛！人生也是这样，不经磨砺，谁能轻易取得成功？

亲爱的孩子，作为父亲我只能尽可能给你好的生活，却不能给你想要的未来。因为未来有太多的不可知，命运只能掌握在自己手中。我从来不怀疑这世界会变得越来越好，但你也要看到近来世界格局的变化，风险系数叠加，影响到我们个人的可能越来越大，而这又不是我们个体所能左右的。但有一点，孩子，只要你发奋努力，掌握了知识与技能，就是你登上未来这艘大船永不过期的船票。

孩子，我对你所有的严苛，并不是为了我们的荣光，只是不想让你再吃我们曾经吃过的苦。在家里我们给你温暖和微笑，但并不是所有的岁月都是静好和温柔，而是没有让你看见生活背后的波澜。

明天的路，注定你要独自前行，我们所有的爱和牵挂，都写在给你未来的信笺中，是对你、对明天最美好的祝福，愿你永远健康快乐！

父亲：王小平

2022年11月6日

## 像孩子一样快乐

"我们是共产主义接班人，继承革命前辈的光荣传统，爱祖国爱人民，鲜艳的红领巾飘扬在前胸……"当耳边响起这熟悉的旋律时，我知道六一到了。尽管这个节日和我已经没有太大关系，儿子都上高中了，但每当这个节日来临时，心里还是充满了欢喜。

至今还记得自己在小学六一时得到一件白衬衫的艰难，也记得自己第一次戴上红领巾时的骄傲与喜悦。后来儿子上小学，我也曾陪他过每一个儿童节，我的手机里还保存着那些他化过妆的照片和演节目的视频。现在看来是那么夸张，但每次翻看还是让人开心。每次在院子里看到同事的小孩们开心地玩耍打闹，也为一个棒棒糖和麻辣皮闹翻，内心真正地感到喜悦和平静。甚至在想，尽管成人的世界里有太多的艰难与不易，但孩子就应该开心快乐地活着。

可孩子的世界是和成人的世界密切相关的，那么就注定他们因为家庭各异，童年的样子也就各有不同。就如同我们在小学时，有穿运动鞋的，有穿旧布鞋的，还有穿草鞋的一样。在今天贫富差距仍是世界性难题，即便一个小康之家，也会因疾病或意外成为贫困家庭，世事无常是平常。成年人的境遇可以归结为性格、际遇和努力与否，而一个孩子的境遇就显得那么无奈与随机。

我和全国道德模范丁水彬女士的爱心团队一起做公益已经四个年头了，公益活动的时间并不固定，但在每年六一来临的时候，我们总是尽量抽时间能和孩子们过一个儿童节。幸福的孩子总是一样的，但不幸的孩子总是各不相同。给这些孩子在节日之际送去红包和礼品，其实并不一定能改变孩子的家庭状况，但给孩子带来简单直接的节日快乐，那是肯定的。细想来公益并不一定能改变他们的境况，但在孩子幼年困难之际，带给他温暖和希望，会在他以后人生的某个时刻生出对世界和人生的爱和力量。

记得自己在小学三年级时，想买一本成语词典，当时售价是一元钱，但自己没有。有一次遇到邻居张叔，因他在矿上，我鼓起勇气说借一块钱，他问干什么用，我说买书。他竟然开心地说："这娃知道买书，好样的！"他很爽快地把一块钱给了我。得到了梦寐以求的成语词典，我认真地读了一遍又一遍。只是我已记不清到底还了那一块钱没，大抵是没有还吧，可是直到我工作他也没有问过。我想自己后来语文学得还可以，应该是有张叔的功劳，多年以后再想起还是很感激。

记得三年前我和丁姐团队的志愿者第一次走进杨地镇山顶上的白马村时，那个见人就往大人背后躲的孩子，在我们去了几次后，终于能落落大方地喊我们叔叔阿姨，并给我们端茶了。疫情第一年那个六一，大家走进米粮镇中心小学，给孩子带去文具和运动鞋，拿到礼品的孩子脸上笑开了花。那一刻，我们也像童年时自己拿到了礼品一样开心。

今年六一到来之际，却一直是雨天，丁姐团队的志愿者都能赶在雨前给米粮小学的孩子送去了文具、书籍和红包。那天因为工作，我未能参加现场的捐赠活动，但看到大伙发给我的照片，孩子们笑逐颜开，隔着屏幕我都能感到开心。

我们习惯把成人的艰难告诉孩子，希望他们得到教育。其实，给他们爱与希望远比说教更有力量。我们曾经遭遇的苦难是因为无法选择，却从不值得歌颂。看到孩子们兴高采烈的样子，我们似乎又回到了童年时纯粹的快乐。希望今天在孩子们心中播下爱的种子，会在未来的某个季节里开出幸福的花朵。

2023年5月28日

辑四

·····

远去的油坊梁

# 十月十五的月光

　　农历的十月十五本是一个寻常的日子，但对于在米粮方圆几十里地的人而言，却有着介乎节日与宗教之间的隆重与虔诚。因这一天是黑龙庙逢庙会的日子，四面八方的人们络绎不绝，香褚升腾的青烟笼罩在花水河上空，空气中弥漫着鞭炮的芬芳，似乎又嗅到了新年的味道。

　　人们对黑龙洞的膜拜来自一个古老的传说和自然造化的灵异。相传在很早以前有一个李姓青年给地主家放牛，青年勤劳能干，与地主家的小姐暗生情愫。这青年有一个习惯，不论冬夏都爱洗澡，并且不用普通的澡盆，而用农村那种口径六尺有余的腰盆，这让别人很以为异。一日里，青年洗澡时，地主家的小姐忍不住好奇在窗外偷看，可看到的景象令小姐无比骇异，原来这青年洗澡时在腰盆中盘成龙的模样。许是泄露了天机，瞬间电闪雷鸣，青年骑着青牛和小姐得道而去，据说青牛在黑龙潭外的大石头上留下的蹄印至今还清晰可辨。自那时起，花水河对面的东山半山腰上一个约五尺口径的山洞里泉水喷涌而出，在旁边形成了一个半亩大小的龙潭，泉水汩汩，清澈见底，夏天清凉，冬天热气蒸腾，景观殊异。从前，常有人到龙潭寻医问卦，取水作为灵药祛病健体。相传十月十五是黑龙爷的生日，而这天即成为庙会之日。这些故事都出自奶奶之口，至于庙会的兴盛从何时开始，已无从查考，只是黑龙庙确是米粮一大盛景。每逢初一、十五均有香客，十月十五前半月来自陕鄂两省三县（山阳、镇安、郧西）的香客不绝，十五前三天开始唱大戏，杂耍商贩吆喝不断，人流摩肩接踵，甚为壮观。

　　传说已随着时光老去，只是东山之下那一股清泉，确为自然灵异之景。我与黑龙洞的邂逅已是高中，之前只是听奶奶讲过关于它的故事以及看到父亲每次去赶庙会回家后顿改一脸焦苦的神色，似乎来年充满无尽的希望。上高中的时候，每到十月初几，就看到路上的行人渐渐多了起来，再听说十二以后还有大戏，我们再也按捺不住内心的好奇，想去一看究竟。但白天终究是不行的，晚上下了自习以后，等老师都睡了，三五个伙伴约着翻墙而去，充满了惊险和刺激。同学们纷纷学样，最后竟有女生也翻墙出去赶庙会，甚至觉得院墙就是用来翻的，没翻过院墙的高中，似乎让人见笑。

　　我们一行三五人从学校步行至黑龙洞，那时还没有修马路，有一条满是泥土的便道。十二三已是很好的月亮，但不知为何每到十五前后总有雨雪，所以大多时候地面是泥泞的，有时候结冰了，积水洼的冰面在月光下亮亮的，我们以为是干的，一脚下去净是泥水。但我们并不以为意，望着天空皎洁的明月，谈论着学校的趣事和我们虚无缥缈的未来，心中说不出的惬意，那十五里地不觉间就走到了。

　　虽是夜里，但庙上热闹非凡，小吃摊上热气腾腾，杂耍的、算卦的，广场上大戏锣鼓喧天，演员唱什么我们并不在意，只是很开心。我们身上并没有钱，不能像其他香客一样买香裱敬神，但我们还是要到龙潭边和庙上一看究竟。那夜黑龙潭边的人并不多，相对于广场和庙上的热闹这里似乎特别安静，香烛余烟袅袅，一轮明月映在潭中，四周一片皎洁。心中先前的热闹与喜悦忽归于寂静，顿生一片茫然，看着树影里一人跪在潭边喃喃自语，似乎在向黑龙爷许下自己的心愿，而对自己来说，有什么心愿呢？要说作为一名高中生，此时最大的心愿莫过于考上大学了，可是那年月考上大学太难了，我们上一届就没几个人考上，而且自己的学习自己太清楚了，都不好意思为难黑龙爷！

　　随后和大伙去了香火鼎盛的庙上，看道士诵经、看先生算卦，看形形色色的人们拜倒在神灵前，祷告自己艰难的人生和万千的心愿，我们心中一片茫然。只觉得那个算卦的真能说，我一同学那天带着女同桌一起来看热闹，忍不住让算了一卦，那算卦的看了他们一下道："黄豆年年黄，绿豆年年绿，馍没吃在笼里放着哩……"我们当时听了似懂非懂，只是哄笑着离去了。事后回想，那术士大概认为他们是在早恋吧，劝诫他们暂时放下，来日方长，当然明白这个道理已是在毕业之后了。

赶完热闹，已是后半夜了，月亮正在中天，月色越发皎洁，鞭炮声与锣鼓声仍在依稀响起，也许受了那庙上香客与道士的影响吧，回去的路上大伙的话少了许多，好像忽然有了心事，只是肚子饿得慌。有几个伙伴顺手拔了路边地里的白萝卜，吃着很清脆，但有些辣心。快到学校时发现一户人家的屋檐下挂着几串半干的柿饼，一个身手敏捷的伙伴竟顺着窗子够着揪了一些，我们吃着觉得无比软糯甘甜，许多年以后仍在回味着柿饼那种美好的味道！

以后的两年，我依旧在十二三就到黑龙洞玩，一连去几晚上，我依然热衷于在戏台前拥挤的人群中看我们并不太懂的秦腔，在庙上看道士抽签，看众生拜倒在神像前。渐渐地有伙计约上暗恋的女生一路赶庙会，在月色下漫无边际地扯着话题，十几里地是多么难得的机会，平日里稍微走近都怕引起老师和同学的怀疑。做贼一样寻找着靠近的机会，偶尔交个作业与暗恋的女生本子放在一起，心中都狂跳不已，而相约一起逛庙会，又是一个多么堂皇而难得的机会！对他们而言，那十五里是转眼即到的距离，而那晚迷人的月色将成为青春记忆里永恒的回忆！

高三那年的十月十五，我依旧来到黑龙潭边，月色澄明，圆月在潭水中微微摇荡，水面的雾气，四周明灭的香烛，愈发增添了龙潭的神秘。平生从未与自然走得如此之近，一时间物我两忘，心中不知道想些什么，或许什么也没想。此时，庙上的钟声响了，钟声贴着水面传来，直击心扉，忽然间百感交集，失落与无助交织而来，为荒芜的青春，也为茫然的未来！突然间读懂了千年前张继在姑苏城外的心情，那寒山寺的钟声那么熟悉，让人感到彻骨的冷。

那晚上我独自一人走了回去，过往的岁月在自己寂寞的脚步声中，点点涌上心头，抬头看那月亮却是一路相随。初冬萧索的树林，在如水的月色下显得格外庄严肃穆，一切热闹都结束了，我明天也许该起早背一下那放得太久的课本了。

一年后的十月十五，我已远在他乡的大学校园，那夜我靠在校园高台的栏杆上，一轮圆月从东边升起，陌生而又熟悉，回头望了望陌生的校园，倍感孤单。我想此时黑龙庙前的大戏一定又是热闹非凡了吧，只是当年我们一起翻院墙踏月赶庙会的伙伴们都已天各一方了！那被道士卜卦说"黄豆年年黄"的一对，终究也劳燕分飞各奔前程了，青春年少的感情虽美好，却终败给了现实。那场毕业，我们甚至连一张毕业照都没有，挥挥手散了，来不及说再见！后来各自散落在城市的各个角落，我想今夜的此时，他们也一定像我一样怀念那热闹的庙会、那辣心的萝卜和甜糯的柿饼。那样的月色，一定是青春里最美的风景！

毕业后，我又回到了家乡的小镇工作，我依旧还会去庙会赶热闹，只是大多时候是白天去的，当年那样的月下漫步再也没有过了。当年那条泥泞的土路如今已变成宽阔平坦的柏油路了，而来往的人们都开车或坐车，当年在路上那些脖子上挂红缎子满脸欣喜的人群再也遇不到了。我曾期望着在庙会上能遇到当年一起月下漫步的伙伴，可多少年过去了，终究没有遇到。我们一起听过的朴树的那首《那些花儿》，也许是对那段青春最伤感的注脚，"今天我们已经离去在人海茫茫，他们都老了吧，他们在哪里呀，我们就这样各自奔天涯……"

后来有一次，一个月亮很好的夜晚，也是逢庙会时节，我一个人想趁着月色顺着年少时走过多少遍的路再走一次。但没走多远，就遇到熟人停下车问"坐车不"，我解释说想走一下，对方很是疑惑地走了。没多久又遇到几个熟人，几次三番之后，我也不再解释，坐上车走了。我明白，那晚的月色，再也回不去了！

到了庙上，人依旧还是多，戏台上不再是单纯的秦腔，还有流行的现代歌舞。黑龙潭边，还是和当年一样，很多虔诚的人在月光下向神灵喃喃自语着人生的诸多心愿。记得当年上高中的一天，父亲从外面回来，神秘而喜悦地告诉我："我到庙上去了，你要好好念书！"好像神灵已告诉他隐秘而光明的未来，让他顿时充满了力量，我心底里暗笑父亲的迂。时过经年，我已为人父，也终于读懂了父亲的虔诚，父亲的艰难与不易。人事消磨，无奈地发现世事终究不是年轻的意气风发，在不断地妥协与放弃中走向了所谓的成熟。生活实是不易，真如前人所言：不如意者十八九，万事只求半称心！

又是十五的今夜，我独自一人行走在从前的路上，只是天阴没有月亮，毕竟十五了，道路还是看得分明。往事遗落在昨夜的月色里，从少年到中年，仿佛就是从学校到黑龙庙的距离。隐约间鞭炮声又次第响起，似乎又闻到了那熟悉的芬芳的味道，从前的时光，现在的生活，在这迷离的夜色中变得不甚分明。远望去，在绚烂的烟花中，从前那轮明月又升起在澄澈的潭水中。

2020年农历十月十五

# 写在秋天的祝福

再过几天，就是岳母八十岁的生日了。古人言"人生七十古来稀"，岳母八十高龄仍可生活自理，且时常关心我们的生活，实在是岳母之幸、我们之福。

我与岳母相见是二十六年前，五十多岁的岳母头发已花白。岳父长年在外工作，家中仅靠岳母一人操持。岳母患有胃病，常呕吐不止，吃遍了各种中西药和游方郎中的偏方，都未见好转，直到十几年后做手术才好一些。岳母虽身体不好，但待人极其厚道热诚。老家油坊梁原是在大路边，每逢前坡人到杨地赶集回来经过的时候，岳母都热情地留下泡茶做饭招待。次数多了，亲邻们不忍叨扰执意要走，岳母却追老远拉转回来。在那个物资并不丰盈的年代，岳母待客人总是拿出最好的招待，自己总是将就着过活。

想起我初上门时，也只是以妻子同学的身份到访，岳母却是酒菜款待，关怀备至。后知我母亲早逝，怜我孤弱，分外照顾，年年给我做一双千层底布鞋，针脚细密，模样周正。用心之专，实在让我无比感念。

母亲去世早，我对母亲并没有多少印象，早年成长的经历中，总是在故作坚强地表现得和大家一样。当遇到岳母之后，她对我无微不至的关怀，唤醒了自己心底埋藏多年的对母爱的渴求。在后来与岳母相处的岁月里，是她的关怀给我温暖与坚强，我才走出年少的孤独与荒寒，勇敢地去迎接生活的未知与挑战。

自己上门提亲时，初出校门，一介书生。背负外债，也无显业安身立命，三间瓦房已残破难蔽风雨，家中境况让众亲友寒心。岳母不嫌我贫寒，全力支持妻子下嫁与我，彩礼分文未取。因老屋破败，我们在学校职工宿舍举行简单的婚礼，几年后才盖房生孩子，这在当时乡间传为佳话。岳母的厚德大义让我终生感激，而妻子不离不弃，让我感受到婚姻的温暖与爱情的甜蜜。

婚后的多少年里，岳母视我如己出，嘘寒问暖关怀备至。早年她在老家油坊梁时，我周末总喜欢去岳母家，说为探望实为接受岳母的款待。我的儿子出生后，岳母视为珍宝，布鞋从一岁做到十几岁大小，如今儿子长大家里仍存有岳母做的新布鞋。岳母年老之后并无收入，仅有一个月几百元的养老和土地补助金，遇到儿子上门时总喜欢塞给几百元钱，我们不忍心要，但岳母总是坚持装进外孙的兜里。

后来岳母到县城居住，我和妻子与岳母相见日稀，偶尔看望带一点微薄的礼物，岳母总是怪我们乱花钱。在和邻居闲谈时，岳母总是夸赞女儿女婿孝顺，可我们对岳母的照顾不及岳母给我们关怀之万一。寸草春晖，岳母之夸赞实让我们汗颜。

岳母不识字，但她的厚道和善良对我们影响至深。岳母历尽艰辛抚养儿女成人，并不求我们常伴左右，只愿儿女努力工作事业有成。我们虽竭尽全力，可终究是个平凡人，也没有达到父母期望的成就。但岳母仍给我们以无私的包容，宽慰我们平安就好，人一辈子也要知足。

我们只顾平日里忙碌，总觉得岳母并不太老。可岁月日催，恍然间岳母已八十高寿，昨日难追，只求在以后的日子里，对岳母多些陪伴，略尽孝心。中寿已至，我们不奢望岳母百岁遐龄，但求老人家在有生之年喜乐安康，尽享天伦。

2022年10月25日

# 怀念岳叔父李明德

又是暮春时节，花渐凋零，算来岳叔父李明德过世已三年矣！

按农村习俗人过世三年是要做一场法事的，以此祭奠亡灵，了却牵挂，西往极乐。前几日，因此事拜访婶娘，又谈及叔父生前诸般的好，忆及叔父从前对我的深情与厚爱，为之感念而泪下。

我早年见叔父是在白中求学之际，那时只觉得他是位慈爱宽厚的老师。当年李老师的侄女也就是我现在的妻子求学时居住其家，叔父视若己出，生活学习关照无微不至。大学毕业后，我又任教于白中，有幸和李老师成了同事，工作不久我与李老师的侄女订婚，李老师就成了我的岳叔父。

早年家贫，又是初入职场，多有孟浪。每逢烦忧之际必到叔父房中久坐，叔父总是百般宽慰开导，使我得以安心工作。当年工资太低，加之自己不善生计，又爱出入酒场张狂，每到月底必身无余资，而每逢青黄不接之际叔父多有接济。2002年放寒假回家过年之际，开销完各项开支，身上已不足百元之资，不仅无法给年迈的奶奶和父亲体面的生活，连度过这个年关都成问题。看着别人都高高兴兴收拾过年，自己心中无限悲凉，所谓的梦想在这个寒冷的年底变成了一个笑话，心里顿生去意。我去叔父房中诉说了自己的烦忧及打算，叔父沉默良久，眼眶发红，给我找了一千元钱，说："先好好回家过年！"在今天看来一千元钱并不算多，但在当年却是我两个月的工资。那天，我强忍着泪水离开叔父的房间，因母亲去世早，父亲一人供我姐弟俩求学，幼年的坎坷经历多感世情凉薄，那一刻万般滋味齐上心头，既为斯文无计的悲怆，也为叔父在我人生穷途之际让我感到人情的温度。

二年春，心中仍进退维谷，每逢焦虑之际总爱诉与叔父，而叔父总是以长者的经历，为我设身处地地设想开导，让我每每在绝望之际看见星光。一日周末，叔父忽电话唤我进城，我问何事，叔父只是不说缘由，我便飞快赶到，却是到一农家乐玩！我仔细思量，今日不年不节，也非叔父生日，到底所为何事？忽然记起前两日在叔父房中诉说自己的烦闷，叔父只说道：出去转转会好点儿！想来今日可能就缘于此，平日我爱在酒场上显摆，今天亦有相熟的酒友，叔父之心细如此，实让我铭感五内！那天因为放松，也缘于感动，又喝得不知道怎么回去了。

叔父待人热肠，每有亲朋、熟人至家，必设酒肉以招待。而每遇此机，叔父必邀我作陪，多年来，我竟把叔父家的亲朋故旧都认识熟络了。说是陪客，大多数时候是客人把我陪醉了，这只不过是叔父对我疼爱的一种委婉表达罢了。

我婚后不久，再遇艰难，2004年一场大雨，我那三间苟延残喘多年的老屋成了危房，年迈的奶奶和父亲已无安身之所，盖房已成当务之急。而此时的自己，内无存款，外有欠账，十几万元的建房款，对我而言难如登天！叔父见我艰难，又给我筹措了一万元钱，并帮我详细计划如何分步实施。在叔父的鼓励下，我终于动工，并在众亲朋的帮助下艰难地盖起了两层小楼，终于让操劳一生的奶奶和父亲在雨天不再操心屋漏的事情。雨天屋漏，几乎是我从小到大挥之不去的噩梦！叔父对我的帮助与鼓励，实在让我感念一生！

叔父平素节俭，对自己向来苛刻，从不多花一毛钱，但对别人慷慨，经常在亲朋近邻急难之时予以接济。当时叔父给我筹措到一万元钱，我心中无比震撼，叔父工资并不高，临退休才是中学一级教师职称，给我筹钱时资不足千，这得多长时间才能攒够呀！自此之后，我不谋生计、大手花钱的毛病多有收敛。

叔父平日为人谦和，不论在学校作为领导还是在家作为人父，遇别人犯错，从不怒形于色，一直轻言细语、动情晓理，春风化雨，俨然有古君子之风。自己遇到烦心之事，总装在心底，独自承受，这个品质也许为叔父后来患病埋下祸根。叔父临退休前几年，小女婚事多有不顺，为此费尽周折，却总是失望。那几年，叔父总是沉默寡言，遇同事谈论儿女之事，竟忍不住独自落泪。

2014年春，我到叔父房中闲坐，叔父叹了口气说："近来吞咽困难，怕是病得不轻！"我内心震惊不已，只有宽慰道："可能不至于，也许只是一般发炎所致。"几日后，叔父去西安检查，此后直至退休叔父再也未回过校园。一周后，我从内弟处得知我最不愿意知道的消息：癌症！闻此消息如晴天霹雳，泪下无语！常言道"好人一生平安"，为何天道反轮回？

叔父为不拖累家人，坚决不肯手术，婶娘与内弟失声痛哭，最终拗不过，手术定在唐都医院。手术那晚，我与内弟守在手术室门外，一夜不眠，回顾叔父的一生，也实是艰难，幼年丧父，少年当家确属不易，中年婶娘又做过胃癌手术，而今又遭逢此劫。忆及这十几年来叔父对我的接济与鼓励，每次总给我以阳光与力量，实不知叔父内心遭受多大的煎熬！

手术很成功，但此后的三四年间，反复的化疗、放疗让一生善良敦厚的叔父受尽了磨折，渐渐至形销骨立。后来叔父退休在家，我不几日便过去坐坐，而叔父见我时依然笑容满面，嘘寒问暖，每逢此时我常常内心酸楚不能自已。

2017年春，叔父的病复发，医院已是无能为力，只好在县医院保守治疗。我再去看时，叔父已吃不下东西，我只带了明前的象园茶，想让叔父尝尝新。那天叔父说话已很艰难，但依然认出了我，对我艰难地微笑，并示意婶娘给我泡茶。看到一生坚强仁厚的叔父这个样子，我泪如雨下，只恨苍天不厚道呀！

三天后，叔父在弥留之际坚决要回家，刚到家安顿好，叔父艰难地望了一眼身边的亲人，咽下了最后一缕气息！按习俗要穿老衣，我帮忙抱叔父在怀里，渐渐感到生命的远去，那一刻，我内心出奇地平静，这也是叔父受尽折磨后的解脱！生命，也许是换一种方式存在，感觉叔父并不曾远离！

事后我一直很奇怪，我自小离娘，一直怕鬼，不愿意同逝去的人接近。

那天，我的内心却没有一丝害怕，好像叔父在怀里睡着了一般，这也是我平生第一次与逝去的人近距离接触。而后来，许多次的梦里总能出现叔父对我温言细语、谆谆教导的场景。

叔父生前对邻里向来厚道，葬礼办得简朴而隆重，前来吊唁的亲朋近邻尽皆垂泪，出殡时，悲声动天。叔父的表兄在挽联上书：上天错收一君子，人间痛失一完人！这也是对叔父一生最好的诠释！

叔父一生虑事周全，不愿麻烦别人。料想身后之事，内弟常年工作在外，家中事多有不详，婶娘一人操持艰难，在临终前三年便将丧事所需器具一并置办周全。办丧事时，前来帮忙的邻居见很多事宜安排得如此细致，无不落泪。

叔父身后葬在东坡的自留地里，生前叔父在那已修好了墓穴。今日，东风呜咽，红花尽落，三年前栽下的柏树今已粗可盈寸。

叔啊，东坡向阳而土厚，愿永安您的灵魂！

2020年3月6日

# 时令——雨水

雨水至，万物生。今天是雨水节气，我和妻子又一次来到了熟悉的油坊梁院子。尽管岳父母已经离开这个院子进城五六年了，但我和妻子隔一段时间总喜欢到这儿转一下，看一看那熟悉的院落，走一走那丈量过无数遍的小路。对我而言，这里曾留下了青春里最快乐的时光；对妻子而言，这里是生养她的地方，是一生魂牵梦绕的家园。

今年正月这个院子格局发生了变化，小叔的几间瓦房拆了，因为去年大雨造成滑坡变形。和其并排存在的岳父母的四间大瓦房似乎显得格外零落，尽管过年也贴了春联，但仍难掩落寞与冷清，久无人住的老房子就是这样，会在岁月里加速衰朽。以前那个两两相对的院子，忽然空出一方来，让人突然间不习惯。趁着正月空闲，小叔准备拆旧盖新。本来小叔的儿子已在省城买房，极力反对在老家盖房，但上一辈人总觉得，老家没有房子如同无根的浮萍，心里总不是那回事。加之都市的快节奏生活，终不是一个农人养老的地方，即使眼下能挣到钱，但日渐衰老的身体，让他们对未来的恐惧挥之不去。可能回归老家的土地，才能找回心底那一丝踏实，尽管在土地里目前仍难以维持生计。

二叔已经七十五岁了，但他仍将门前屋后打理得井井有条。老人家不太多说话，天气好的时候总有干不完的活。小儿子一家正月初五离家的，去了城里打工的地方，如无其他事宜，下一次相聚将在今年年底。大儿子上完大学后在南方安家，暑假有时回来待一段时间，几十年如一日，重复着同样的故事。这也是时下大多数农村家庭的缩影，无所谓好与不好，日子便这么过着。人们并不太喜欢去追问未来，到哪儿算哪儿，车到山前必有路，这也许是他们最朴素的哲学。

倒是三叔家热闹一些，因为儿子还没有出门，一家五口三代人其乐融融。家里生着炉子很暖和，按点吃饭，但三叔一直忧心着儿子开春到哪儿去打工的问题。院子里三叔三岁的小孙子和小叔两岁的小孙女，两个为抢扭扭车忙得不亦乐乎。因为两个小家伙的闹腾，让这个寂寞的院落显出了久违的热闹。

屋西头的梯田被叔父们冬里翻过，霜冻之后，在春天里面乎乎的，在温暖的阳光下，似乎能长出无限的希望。菜地边那棵带给我无限甜蜜和回忆的大樱桃树老了，枝丫枯落得只剩主干，但在正月的春风里努力地长出了一条细枝，还净是花蕾，在其迟暮的岁月里，尽可能地绽放生命的芳华。

黄昏时分，我们告别回家，亲戚们到梁头送我们。回头作别，夕阳下他们和梁头那棵老树，构成了一幅温暖而又略显忧伤的画面。守望和期待，我终是个过客，找不到他们梦中的田野。

2022年2月19日

# 龙潭月色

十月十四日夜，皓月当空，我依稀又看见了黑龙潭上空绚烂的烟花。记忆当中，似乎唯有那晚的月色，庄重肃穆而让人心安。

农历的十月十五是黑龙洞庙会，这对于米粮人来说似乎是一个约定的仪式，如过年一样。大约从高中时起，我就喜欢和同学们一起去赶庙会，从学校到黑龙洞有十几里地，从前是泥路，现在都成柏油路了。在那个荒芜的年月，我们也没有许什么愿，大概前途渺茫的自己都不好意思麻烦黑龙爷。只是觉得在那样的月色下走着聊天，对自己无助而迷茫的青春是一种最好的慰藉！

而在后来，遇到了心仪的女孩，再去赶庙会其实就成了同心上人一同月下漫步的借口了。就那样，年复一年我们走过了自己的青春，又走进了婚姻，到后来成家立业我也一直没有离开过曾经的母校。而后的很多年里，我也一次次和爱人走在和记忆里一样皎洁的月色里，回想走过的青春，品味生活中历尽的艰难。尽管生活并不能尽如人意，但每次望着潭中的明月，心中还是无限感激。感恩上苍的眷顾，尽管辛苦，但我们都彼此安好。

我一次次站在潭边看龙潭之上水汽氤氲，月华满天，钟声从半空传来直击心扉，世界一片寂静。有时在想，人生各有际遇，我们拼尽全力，也只做了个普通人。我们苦苦追寻，到底想要什么，儒也，道也？时代的变革总让我们应接不暇，阵痛和焦虑相伴，我们终究是平凡人，我们的声音在时代的洪流中没有任何回响。也许这就是真正的人生，能遇到今夜的明月，才是最美的风景。

多少次的月圆之夜，我站在潭水边，看烛光如火、红布绕林。我总喜欢点燃一个烟花，看着一团火焰腾空而起，之后在空中绽放出最美的花朵，与当空的明月组成夜色中绝美的风景！而此时心中的所有块垒都随之烟消云散，算是与往事做一个华丽的告别吧！潭水汩汩，洞穿千年而不语；抬头而望，明月依旧，难言的心事，无尽的希望。

今夜十四，月圆依旧，只是我已离开了工作二十余年的母校。新的单位虽相距不远，但却和爱人相隔两地，临窗而立，月色下的操场一片空旷。想起从前的这个时节，总是一起漫步在去黑龙洞的月色里。而今夜，月色如旧，人已两地，虽早已过了相思的年纪，但毕竟冷清。聚散终是无常，有时离开也是为了更好地相聚吧！

月到中天，皎洁如银，此时的黑龙潭边怕是一片热闹了吧，空气中似乎又飘来了熟悉的燃放鞭炮的芳香。

2021年11月18日

# 远去的油坊梁

二婶走了，在这个初冬阴冷的黄昏。

二婶是猝然离世的，才67岁。当时正和二叔用新打的黄豆磨豆腐，锅快开时突感不适，就上床睡了，等豆腐锅开，二叔去看时，已没了声息。二婶育有二子一女，大哥远在江南的无锡，二哥住在千里之外的宝鸡，大姐嫁到塞北的银川。

在得知二婶的死讯时，我心里一愣，上周在油坊梁院子二婶还在数落二叔的不是，下午临走时，二婶硬要给小儿100元钱，我坚持不让，二婶心里很不过意。二婶是信神的，她找人算过命，说能活79岁，前几天还感叹："哎，还有十几年哪，难磨得很呀！"谁料竟是这样。

大姐、二哥第二天上午赶到家的，大哥晚上9点才赶到屋，进门踉踉跄跄地扑到二婶冰冷的身上，哭声撕心裂肺："我妈不要我了，都说养儿能防老，我妈养我有什么用呀！"一屋人为之泪下。下葬的日子定在三天后，二嫂说要用冰棺放几天再进材，这样可以让大家多看几眼。想想也是，大姐是年前回来的，大哥、二哥快两年没回来了。

二婶一生节俭，衣服总捡大姐和二嫂旧的穿，大姐以前回来也给她买新衣服，却总不见她穿，死后进材时，二叔打开箱子还有两身新衣服、一双新鞋，是大姐两年前买的。二叔愣了半天，默默地装进了棺材，也许，二婶到那边能用上吧！

丧事办得热闹而隆重，凄凉的唢呐声中，全队的人都来送二婶最后一程。唱了三夜孝歌，唱孝歌的那哀婉而凄凉的唱腔，唱尽了二婶的前世今生，伤心处引得大哥等一众子女一次次哭倒在灵前。因为吊孝，我青年时期的诸多伙伴多年来第一次聚齐了，李东、老长、李焕、李香……当年和我一起下河游泳的毛孩子，如今都已二十好几，等待成家了，几个女子除李雪待婚外，其余都已为人母。因为丧事，也就无暇相聚相叙，大伙一脸的悲哀与沉重，众多亲朋送了很多花圈，在道场围了一大圈。花圈这种以前在城里流行或是乡村里有声望的人故去的殊遇，如今在农村也变得寻常，大家似乎在用这种超高的规格给二婶清贫而孤寂的一生最后的体面。

那晚，我心情沉重地问上师大中文系的大哥写祭文了没，大哥一脸的疲惫："忙昏了，我心里很乱，你写吧！"其实在得知死讯的当晚，我就悲不自胜，第二天5点醒来就写了一份：

> 寒秋九月，慈母离世，西风悲号，愁云低垂。
>
> 慈母一生劳苦，育我兄妹三人，幼年家贫，慈母亦不计生计艰难，送我等入学，渐明事理。长大成人，长年在外，聚少离多，而每逢换季天寒，慈母总殷殷致电：吃饱加衣。渐至年老，我兄妹多次相请，以尽儿女之孝，慈母固辞，不忍相扰。而今离世，没尽汤药之力，未尽床前之孝，深恩难报，呜呼，痛哉！树欲静而风不止，子欲养而亲不待，呜呼，哀哉！
>
> 我等兄妹，奔波生计，亲邻门上，大凡小事，未尽绵力，而今慈母驾鹤，亲邻先于我等奔到门前，花钱出力、熬更守夜，高恩厚德，万语千言，寸草三春。
>
> 凄风苦雨，叫娘三声，愿母亲在天堂永安灵魂！

写毕之后，我又用自己拙笨的毛笔将祭文写在了墙上，亲邻看后，凄然不语。

第三天下午，终于将二婶送上了山，入土之后，大伙回来齐聚在曾经长大的油坊梁院子，突然间觉得空落落的。妻弟提议："大家合个影吧，这么多年难得聚齐。"大伙像突然醒悟了似的,齐声道:"对,对!"大家站齐了,可是没有照相机,就用李香的手机照,她的手机像素高些。照了几张,其时已是黄昏,四野渐暗,照出来麻乎乎的,但也依稀可辨,大家脸上都努力地显现出团聚时喜悦的神色。晚上,各位邻居都已散去,只留下众亲戚,多年不见的兄弟姐妹齐聚在一起,等7点天黑之后去给二婶化灵,地址选在二婶生前耕种过的地里,二叔、二婶一生勤劳,地耕得软乎乎的。众人环四周而站,给二婶站岗,以防孤魂野鬼抢了二婶的纸钱、占了二婶的地基。一阵炮响之后,火光冲天而起,灵房在几分钟内化为灰烬,看到空中跳跃的火苗、纷飞的纸钱,妻子念叨:"二婶,到那边别再省了,放心地花吧!"

我是在当天晚上离开的,因耽误了几天,第二天要开会。大嫂、二嫂第二天也要走的,大哥、二哥、大姐因二叔一时安顿不好逗留了几日,李东、老长、李雪第二天就奔赴西安了。二叔本不想到宝鸡,但看到大哥、二哥长吁短叹、眼泪汪汪的,不得不改变主意,等头七之后,到宝鸡小住,七七再回来,二七到五七之间让妻弟与妻烧纸。我开车走到对面的公路上时回望,二婶的灵房还残留着最后一点火光,不远处油坊梁院子里的人影匆匆走动,大抵是在收拾第二天的行李了。

曾经的油坊梁上,四户人家相对坐落,院中一棵大樱桃树,月亮很好的晚上,四家的大人坐在院中慢慢地拉着家常,小孩在道场中嬉闹。我总爱坐在丈人的屋檐下看月亮,偶尔拿一长笛,笛声悠远而苍凉。夏日的正午,小孩都围在大树底下打扑克,大人站在小孩身后紧张地指挥着,若看到河里人多,想是有人闹鱼了,便一涌下了河……

岁月不再,当年的大人都已年老,孩子都已长大,或许他们终将回来,但宁静而美丽的油坊梁再也容不下他们年少而炽热的心。再见了;油坊梁!公路两边稀疏的灯火从车窗外迅速闪过,到家时抬头,一弯上弦月挂在西天角,月下,是崭新而冷清的乡村。

2013年12月

辑五

· · · · ·

周家凹的春天

# 周家凹的春天

　　从我记事时起，老屋就一直在漏雨。尽管我已经离开老家很多年了，可多少次的梦中我依然住在周家凹那墙体斑驳屋瓦参差的老屋，一次次被夜半风雨屋瓦滴漏惊了睡梦。

　　说起老屋其实并不古老，盖于20世纪80年代，当年也曾是父亲的骄傲。改革开放之初，父亲是最早分家出来另起庄园的人，只可惜那个贫穷的年代，不知是匠人用心不周还是地势走形的原因，不到四年的光景，老屋就墙体开裂、屋顶变形，导致屋瓦之间多裂缝。晴天的正午，在屋内能看到很多光柱从墙上缓缓移走，在那些斜斜的光柱里能看到许多尘埃在飞舞。有时看见划过半空的蛛网，能看见蜘蛛发亮的屁股，而蜘蛛忽然变得惊慌失措，年少不更事的自己，却总能从这种景象里发现乐趣。到了雨天，屋内淅淅沥沥地漏雨，奶奶便用盆盆罐罐到处接，地上、柜上摆满了能接水的家什。最苦恼莫过于夏天的夜晚，半夜忽然被滴在脸上的泥水弄醒，屋又漏了！

　　由于母亲过世较早，父亲一人出门操劳供我和姐姐上学，那三间漏雨的瓦屋只能一直破败下去，伴我走完了童年再到青年。等到漏得用家具实在接不过来时，父亲便上房用瓦片插插补补，但也管不了多长时间，每到大雨滂沱时，一向要强的父亲，呈现出少有的沉默与颓唐。之后，一直到老屋倒掉，父亲也未能再盖新房甚至彻底修茸过。

　　在整个少年时代我一直有两件事非常担忧：一是担心年迈的奶奶会突然离开人世；二是日渐衰朽的老屋会突然倒掉！少年的我曾经有一个天真的梦

想，想着有一种点石成金的魔法将我那斑驳歪斜的老屋瞬间石化，变得周正而坚固，不再让人担心，雨天也不再遭受淋雨之苦，可这毕竟是梦！后来外出求学，每逢雨天，我总是担心那衰朽的老屋漏成什么模样，年迈的奶奶在家又是什么光景？

等到我毕业时，老屋终于在一场暴雨之后和我们说再见了！那天大雨如注，接到村干部电话，我飞赶回家：屋里漏成一片，几无干处，看到满身泥点狼狈不堪的奶奶和父亲，我无言以对！记不清那天是怎样离开的，只是在那场雨后我带着奶奶与父亲彻底告别了老屋，到公路边租房住。离开那天，我家那只养了十年的花猫死活不肯走，弄得我几欲泪下！

之后的一年，我借遍亲朋、举债银行，历尽千辛万苦终于在公路边盖起四间两层的小楼。搬家那天，父亲高兴得无所适从，我看着高兴的家人和道贺的亲朋，内心一片苍茫！折磨了我二十多年的梦想，今朝成真，心情却这么无以言表！第二年的春天，老屋在歪歪斜斜中坚持了二十七年之后，终于倒了。我站在遍地瓦砾和斜支的屋梁旁，内心无比眷恋与感伤！

回想起来老屋带给自己的也并不都是担忧与不安，记得那些晴天夏日的夜晚，我静静地坐在老屋的檐下，看斗转星移，院场上的萤火虫在高高低低地飞，蛐蛐在菜园里歌唱……甚至在那个安静的暑假，我将《唐诗三百首》《宋词三百首》全都背过，每到月华满天的时节，总能从诗词中联想到先贤们描写的美好景象！我所有古诗词的积累好像都来源于在老屋那段安静的岁月！眼前，所有的揪心与美好都成为一堆废墟，站在早春的风里，深深浅浅的记忆忽近忽远！虽然离开老屋很久了，可梦中还经常出现在老屋，看见奶奶在那个屋漏成线的雨天那无助的眼神！很多年过去了，我好像从来不曾离开！就如同毕业都多少年了，我还经常一次次梦见在高考的考场里为那道解不开的题而大汗淋漓！当我转身离去的时候却意外地发现，屋后那棵一直不曾开花的山桃树，也许是因老屋的倒掉再无遮蔽吧，此时竟然花开满树在春风中肆意烂漫！我为之一怔，陡生人面桃花的沧桑，它也许会入梦吧，成为老屋最后留守的风景！

我原以为新屋盖成以后，了却半生大事，以后的日子会波澜不惊，可往往大多时候我们被时代和周围的人群裹挟着一路向前，变得身不由己。十年之后，我当年辛苦盖起的两层小楼已淹没在成片洋气的居民点中，村里和我同龄的青年已走得所剩无几，或在县城或在省城西安，只是在过年或村里老人过世时才偶尔见一面。静下来回头一看，我历尽艰辛走出周家凹，原以为可得半生安闲。可世事总不由人，故乡——在以我意想不到的速度"沦陷"，这也是眼下大多数中国乡村的缩影，村中多是留守妇女与老人，放眼望去无尽的孤单与苍凉！

无比眷恋，却又不得不离开故乡。中年之后又要背起行囊，买房又成了一个最不想面对又绕不开的难题。和上一次盖房一样，依旧没钱，但有过上一次艰难的经历，内心就没有了上一次畏惧，想想也是，人生从来没有白过的经历，只是这次有点身不由己。所有买房人的经历大抵相同，选择、装修、买家具，思前想后，样样掂量，大都让人精疲力尽。回头一看，也并非考虑不全，只是钱少事难办！终于费尽周章，历时三月，入住了在县城之隅的新房，我依然像在梦中一般，这次妻子和儿子似乎特别开心，儿子手舞足蹈！细细想来，这也算是对跟我从周家凹那个破败的老屋一路走来——半生辛劳的妻子一个交代吧！儿子更不用说，他儿时的玩伴有不少进城求学，也让儿子念叨着他啥时候才能进城！尽管自己对故乡的眷恋深入心底，可又怎能抵挡外面的繁华对孩童的诱惑？

搬家那天，安顿好客人收拾停当已是午夜，我躺在新房松软的床上辗转难眠，望着楼下光怪的霓虹和川流的汽车尾灯，熟悉又陌生……

迷糊中不知何时入眠，在夜半的梦里，又不争气地回到了老屋，奶奶越发老了，在后墙边晒着太阳，屋后那棵山桃树依旧肆意烂漫在春风中！

2020年1月10日

# 我的老师黄振成

　　我和黄老师分别已经近三十年了，年届不惑后很多从前的人事风物都已逐渐模糊，但我的老师黄振成似乎镌刻在我的童年记忆里，让我终生挂怀。也许是母亲去世太早的缘故吧，每忆及小学时和黄老师一起生活的点滴，温暖与感动油然而生，久久难以平复。

　　人看似平凡的一生，很多际遇实是机缘巧合。我上小学时母校叫作米粮乡红卫小学，现在叫米粮小学，在20世纪80年代中期那个贫穷而荒芜的年代，实在乏善可陈，只记得学校有两排低矮的瓦房，一排教室，一排教师宿舍。操场中央是盖房筑墙取土后留下的大坑，夏天的雨后，一池子的蛙鸣。后来校长让全体同学利用早操和体育课到学校两三里外的河里搬石头填，愣是忙活了一学期才将操场填平。我一年级的班主任是李老师，商县人，高个子，四十多岁，面色黝黑，络腮胡一年四季剃得精光，脸泛青色，面相自带威严。也许是离家太远的缘故，李老师总喜欢靠在门框上，眼睛望着远方一根接一根地抽烟。一口的关中口音，"王""汪"不分，我姓"王"，而李老师总喊成姓"汪"，同学们一下课就学。那年头教师的收入也实在是不高，李老师一年四季抽的是不带把的"大雁塔"，四毛钱一包。李老师喜欢让我跑腿买烟。领了差事，我飞快地跑到村里唯一的代销店，一溜烟买回来交给李老师，李老师对我很是赞许。有时工资不继，李老师亦让我跑腿赊欠，后来听老师们闲谈，当时他们的工资大约每月四十五元的样子，和农村给人打短工一个待遇。

　　当时夜里批改作业还用油灯，早晨偶尔会发现李老师夜里被油灯熏黑的鼻孔。李老师面相天生严厉，很多学生怕他，而李老师对我颇为喜欢。到二年级的春天开学时，李老师却没有按时来，又过了几日，通过乡里唯一一部电话传来消息：李老师去世了！那时在我们幼小的心灵里造成了很大震撼：那么高大而严厉的李老师怎么就没了呢？

随后，黄老师就成了我们的班主任，带数学。黄老师中等个子，短发，一脸的慈祥。不知是我在班里看着格外寒酸，还是父亲找过黄老师说过我的情况，黄老师对我很是照顾，看我时眼里净是怜惜，我仿佛又看到了母亲那久违的慈祥的眼神。

我小时候长得矮，老坐第一排，在讲桌下的机会居多。黄老师讲课极其认真，一节课要写密密麻麻两黑板板书，导致我们班的板擦不够用。学校一学期只发一个，别的班一个用一学期，我们的刚到期中板擦就只剩木板了。没办法，我就从家里把父亲做篾活产生的篾瓤子带来学校，这东西絮状软和耐磨，能顶板擦用，黄老师见后很是高兴。黄老师极其节俭，粉笔用得只剩黄豆大小，实在捏不住了才罢手，却并不扔掉，仍集中在一个粉笔盒子里，归置整齐，我一直想不通那还有啥用。

因坐第一排，黄老师讲到入神处，眉飞色舞，唾沫星竟飞到我脸上，有时黄老师发觉了冲我一笑，我也憨憨地回之一笑。我那时上课回答问题积极，作业也完成得快，黄老师很是满意。午自习时我总是第一个完成作业，黄老师当面批阅，如有错处，黄老师也并不指责只是详细讲解。每次作业发下来，同学们做错的题，黄老师都会在旁批注详细步骤。

也许是对黄老师心生亲近的缘故，我那时数学学得很好，考试满分居多，如若有失黄老师总帮我查找原因。大多数午自习时黄老师在讲台上批改前一天的家庭作业，我们在下面静静地写作业。有好几次黄老师改着改着，竟左手支着头右手捏着红笔睡着了，如一尊雕像！我们当时幼小的心里也明白黄老师工作的辛苦，丈夫靠摆小摊为生，那年头并不景气，两个孩子，大女儿与我们年纪相仿，小儿子还在怀里，因夜里哭闹，黄老师睡得并不好。所以黄老师在讲桌上睡着时，大家出奇得安静，生怕打扰了黄老师难得的休息。

那年头穷，孩子们穿得旧且不结实，下课没有可玩的器材，只是爱疯闹，黄老师微笑着看我们在土操场上追逐，只要不出格也并不制止，一时间院子里尘土飞扬。时有学生疯闹扯了衣服，弄得进不了教室，黄老师总是叫到房子细心地用针线缝好。一年冬天，我的手冻得裂了很多口子，红肿结痂而变黑，黄老师发现后把我叫到房子，眼眶红红的，拿出那年头珍贵的蛤蜊油说："娃，来给你抹上！"当黄老师的双手滑过我的手背时，一股暖流瞬间传遍我全身，泪水顿时不由自主地流了下来。母亲去世早，父亲多在外，姐姐在异地读书，只有我和奶奶相依为命，一直在孤独与寂寞中长大。那一刻，黄老师用自己的双手让我感到了凉薄的人世里久违的温暖！在我长大以后的很多年里，每当我遇到艰难与痛苦时，记起黄老师那双温暖的手，心里总能重新燃起希望与力量！

五年级元旦时，同学之间已经时兴送贺年卡了，一毛钱一张。可我没钱，我只向父亲要了两毛钱，想去买一张年画送给敬爱的黄老师，记得画上是一个胖娃娃抱了条鲤鱼，下面用圆珠笔写着"祝黄老师新年快乐！"八个稚嫩的字。去给老师送的时候，既激动又紧张，不知道如何对黄老师表达自己的感谢，在老师门外走了好几个来回，硬着头皮喊了声"报告"，却只是黄老师的女儿在家，我羞得满脸通红，丢下画飞也似的逃离了，这是四年里我送给黄老师唯一的礼物！

由于数学学得好，加之自认为黄老师疼爱，就有点飘，觉得学习很简单。小学毕业前的那个冬天特别冷，把隔壁供销社鱼池子里的鱼都冻死了，我和同桌发现后特别地开心，趴在护栏上一个人拽着另一个人的腿，猴子捞月亮般的够下去用手捞了两条死鱼，半尺来长，我们从没见过这么大的鱼。那天自习，我俩忍不住激动，在课桌下面把那条死鱼抢来抢去玩得正开心，门突然开了，我把鱼正举在手上，而周围的同学正在静悄悄地做作业。我呆住了！只见黄老师快步走到我座位前，把死鱼重重地摔在我作业上，脸色通红，眼神严厉，厉声说："站出去！"我吓坏了，从没见过黄老师发这么大的火。在教室外，黄老师沉重而痛心地对我说："你从小没娘，你爸每天四五点起来送你上学，你就是这样念的？"我无言以对，泪落如珠，心中痛悔万分，除了愧对父亲之外，又是多么让黄老师失望啊！

那天放学后，饭也吃不下，奶奶问我怎么了，我也不多说。第二天，我惴惴不安地上学去了，见了黄老师只想躲开。黄老师似乎也明白我的怯懦，过来摸了摸我的头说："娃，好好念，快要毕业了！"自那以后，我再也不敢懈怠，毕业时以数学满分考入初中。在以后的很多岁月里，每当我心生懈怠之时，眼前总会浮现出黄老师那严厉的眼神，便打起精神坚持下去。

毕业那天，虽然有对中学的向往，可心里更多是对黄老师的不舍！我想找黄老师郑重地道别，但万千的言语又不知如何说出口。我磨蹭着在黄老师的窗外走了几个来回，希望可以遇到黄老师，让她再次摸摸我的头，再次聆听老师的教诲，可终究没遇到。那天黄昏，我在无奈与不舍中，告别了我的小学，我的黄老师！

在惴惴不安中，我去了河对岸的中学，由于自己的放任与散漫，学习成绩一直差强人意。每次回家看到小学时获得的满墙的奖状，心里满是愧疚，自那以后我很害怕见到我思念的黄老师。记得有一次看到黄老师向我走来，我竟紧张地躲开了，害怕老师问起我的学习时无言以对。很快初中毕业了，结果可想而知，毫无悬念地没考上中专。只因同班里也没几个考上的，所以父亲也没有过多地迁怒于我。在镇上上高中，前两年依然过着混天黑的日子，到高三想发奋努力时才发现，很多失去的时光已无从找寻，落下太多的知识，补起来那么吃力。好多次在夜半加班苦读时，脑海中又浮现出黄老师那严厉的眼神，心中的悔恨如老屋后面满山的落花，随风飘零一地。

高三补习一年，终于考上了一个师范院校，毕业后又回到生活了二十多年的小镇教书。这十余年，我一直没见黄老师，后来黄老师的小儿子在我任教的学校上初三，当年中考以全县第四的成绩考入县中，我想这也是对为学生操劳一生的黄老师莫大的慰藉。

生活平淡如水，我依然没去见黄老师，也没想好怎么去见黄老师。当年她钟爱的学生，终究没长成当初想象的样子，对黄老师而言，该是多么失望！

再后来，黄老师从她工作了一生的红卫小学退休了，退休时学校已更名为米粮小学！而老师的两个孩子亦很成器，都考上了985大学，毕业后都在深圳安家落户。再到后来，听说黄老师将老家的房子转手，举家去了深圳，我和一直没见到的黄老师真正地天各一方了！

去年，我的一篇散文《又是五月麦黄时》发在公众号，点击量颇高，一日翻看，惊异地发现了黄老师的留言："小平，文章很感人，听说你工作干得不错，好样的！"一种久违的感动涌上心头，我与近三十年不见的黄老师，在万水千山、茫茫人海中以这种方式重逢！回想起当年黄老师在班上让大家谈自己的理想，我说长大要当工程师，黄老师眼里满是赞许。岁月经年，却最终活成今天这个样子，实在不难读出黄老师这么多年对我的关切与理解。已为人师，更能理解黄老师当年对我的关心和期望，自己平凡如斯，实让恩师失望，看着留言里亲切的字眼，不知如何回复。

随后加了黄老师的微信，得知黄老师在深圳身体康健、一切安好，心下颇为安慰。回想起童年与黄老师一起走过的点滴，黄老师一生善良，在我们心中就是慈悲的母亲！

2020年9月

# 正月桃花开

从前的正月里，最美好的事莫过于走舅家。带着过年的欣喜，穿着新衣裳，满怀希冀地奔向舅家。外婆温暖的抚摸，舅舅的红包和丰盛的饭菜，想想都开心。在通往舅家的河边，有许多山桃花在正月的春风里恣意地开放，成了走舅家喜悦心情最好的衬托，看到烂漫的桃花，愈发感觉到"春来江水绿如蓝"的美好来。

在童年的记忆中，每当正月初一吃完饺子，心中就生出年将过完的遗憾来，但走亲戚的喜悦又把这种遗憾补回来了。走亲戚也分先后，人常言：娘亲有舅，舅家为大。在诸多亲戚中，走舅家无疑是排在最先的，大年初二背上礼去给舅舅拜年，似乎是约定俗成的仪式。

母亲去世得早，所以我在走舅家的路上除了喜悦，还多了一分沉重。多少次，总努力地在几个舅舅的眉宇间搜寻母亲的模样，走舅家似乎又是对母亲怀念的一种寄托，但对年少的自己而言，喜悦还是多于忧伤的。每年正月初二一大早，我和父亲就背着礼物出发，我有五个舅舅，在今天看来是很盛大的事情。那年头穷，所带的礼物极其微薄，就是几把机器面（我们当时叫洋面），而父亲是挂面匠，所以带的是手工挂面，另外再加一瓶罐头、一斤糖和一瓶自家酿的苞谷酒。而装酒的瓶子五花八门，有用医院挂液体的葡萄糖瓶装的，那种还好有橡胶塞；还有用啤酒瓶装的，直接用一截苞谷芯当塞子塞住瓶口。这在今天看来极其寒酸，甚至不值当跑一趟，但在当时的人们看来很有必要。正月拜年是一种礼节、一种尊重，用今天的话说就是仪式大于内容。

去舅家的路并不近，有十三四里的样子，那年头全靠步行，但因为开心却并不觉得难走。一路上看到沿河盛开的桃花，让人有一种对春天的向往，甚至觉得冬季那寒山瘦水也愈发明媚起来。在去舅家的路上要经过一段峡谷，峡谷的河里有一种黄黑相间的水鸟，站在卵石上看我们，忽然往水里扎个猛子，钻出来后身上还滚着光亮的水珠。鸟儿欢快地在卵石间跳跃着，忽然鸣叫着飞向远方，那清脆的鸣叫声在峡谷中久久回荡。这让年少的自己心中有一种神秘的向往，那黄黑色的精灵到底飞向了何方？年迈的外婆估摸着我们到达的时间，站在道场边远远地张望，终于看到我们走近时，激动地喊着我的小名，热切地迎上前来，抚摸着我的头念叨着："哎呀，我的孙儿又长高了！"说着竟是满眼的泪花。我也和外婆一起想起了过世的母亲，心里一阵难过。但过不了一会儿，我就没心没肺地被大舅给的橘子和花生吸引了，兀自地开心起来。

记忆中大舅是五个舅舅中最会做菜的，因为大舅年轻时在地质队工作，过年时总能带回一些稀奇的东西。橘子和沙琪玛也只有在大舅家才能吃到，沙琪玛那吃到嘴里无与伦比的绵软和甘甜让我终生难忘，直到成年之后我才知道它的名字，只是再也没有大舅家的好吃。大舅家门前有个鱼塘，靠东边长着几丛芦苇，别有一番景致。大舅很擅长做鱼，一般都是现捞现杀，做的鱼鲜美无比，没有一丝腥味。大舅待人很是热情，每到正月去舅家后，大舅总是忙前忙后，一会儿杀鱼，一会儿杀鸡，想着法给我做好吃的。大舅每次杀完鸡，鸡血从不浪费，总是爱用鸡血喂鱼，我蹲在鱼塘边看鱼儿来回地游分外开心。不只是吃，单是看大舅做菜的过程也是十分开心的事。我们在火炉边烤火的当儿，大舅又用钢罐子在火炉上炖羊肉，随着汤汁煮沸，羊肉那种特有的鲜香弥漫了整个屋子，让人生动而具体地感觉到年味的醇厚与香甜。而自己年少时吃羊肉的机会，也只有正月到大舅家时才有，那弥漫在记忆中羊肉特有的鲜香，成了童年时走舅家最温暖的底色。

虽然走舅家让人开心，但并不能久住，因为父亲还有其他事，过不了几天就要出门，我也不能独自在舅家玩。走的时候我很不情愿，但也无奈，舅舅们都来送，还没来得及管饭的舅舅很是遗憾地念说一番。舅舅们照例要打发些好东西给我，大舅有工作给的是钱，而其他几个舅舅在家务农，一年到头鲜见钱钞，给我的是一些吃的或是袜子手巾，也是那年头时兴的回礼物品。离开舅家，外婆不舍地送了很远，在父亲的再三劝阻下才停下来，又忍不住抹眼泪。

从舅家往回走，路似乎变得特别长，很长时间都走不到。我和父亲都不太言语，就连再看到河边盛开的桃花，也不如来时鲜艳和明媚。

就在那样年复一年对正月的希冀与不舍中，自己的年少岁月走完了，到后来外出求学再到工作，正月走舅家似乎成了一种奢侈的向往。在正月里看到大路上小孩背着礼物兴高采烈的样子，心中又浮现出自己走舅家的情景。甜蜜与遗憾交织而来，让人心生感慨，而外婆和我的舅舅们正日渐衰老下去。

当我儿子出生以后，正月里又开始走舅家了，只不过换了个方向。儿子的舅家也在大河边，是在大河以东，与我的舅家方向正好相反。正月里我和妻子抱着儿子沿大河向东，河岸边的山桃花在新春的风中开得一片烂漫，让人看了心生欢喜。到了儿子舅家，他的外婆很是稀罕地抱着哄着他，而今的生活已不同往昔，物质极大丰富，各种零食和水果品类繁多。只是儿子还小，并不能吃多少，但并不影响外婆拿出各种好吃的哄他。儿子渐渐长大，大河以东那个叫油坊梁的地方成了他童年的乐土。正月里和表兄弟尽情地燃放烟花炮仗，开心地拿着长辈给的红包，挨家吃着满桌子满碗的饭菜。看到儿子走舅家时开心而急切的样子，我似乎又看到了童年的自己，也想起了大河以西年迈的舅舅们。也许生命就是这样，在世代交替中如一条大河流向远方，虽有遗憾但终将欢喜。

当儿子快上中学的时候，正月走舅家这件事又换成了新的模式，因为他的外公外婆随着城镇化大军去了城里。那个热闹而温暖的油坊梁院子，因为岳父岳母的离开忽然变得冷清，不再是儿子向往的乐土。尽管我也带儿子去城里给岳父母拜年，但车来车往，少了从前的跋涉，走舅家似乎再也没了从前的味道。没了玩伴和鞭炮的正月对儿子已没有吸引力，在城里外婆家待了一顿饭的光景，儿子就催促离开，从前的正月正离我们远去……

又是新春正月，太阳暖暖地照着，大路上走舅家的人们热闹起来。而我的舅舅们正在光阴的角落里日渐老去，外婆几年前去世了，去世时94岁高龄。我的那些老表们为了前程天各一方，已经好多年没见面了。儿子的外婆在城里，就个方便的日子去坐一下也行。那个温暖而让人怀恋的油坊梁院子，除了依旧年年挂灯笼贴对联，正月里并没有多少人，儿子也不再像从前一样吵着去油坊梁，这个正月初二自己无所适从。也许生活就是这样，我们在一路向往与失去中走到今天，这便是生活本来的样子，怀念与否都终将一路向前。

看着别人的热闹，自己沿河而走，那岸边的山桃花又开了，一如当年走舅家时一片烂漫欢喜的样子。

2022年2月9日

# 最是难忘二月二

在这个意外延长的假期里，日子可过得真快，不觉间过完了年，也过罢了正月。今天二月二了，是龙抬头的日子。人们都喜欢在这一天理发，以求新的一年讨个好彩头，可因为疫情，理发店大多没有开门，人们的愿望无处寄托因而格外郁闷。

记忆中二月二理发是后来兴起的，给我最深刻的记忆是二月二要"蝥虫虫儿"。每到这天，家里的主妇要天麻麻儿亮就起床，收拾利落"蝥虫虫儿"。说起"蝥虫虫儿"，其实就是用草木灰和沙子拌着苞谷炒爆米花，炒完之后用草木灰在灶台四周撒一周灰线，说这样一年虫蚁就不会爬上灶台。至于虫蚁会不会爬灶台我并不关心，只是这天的苞谷花香味让我难忘。当然那种炒苞谷花儿和今天的爆米花不是一个模样，因无高压，苞谷熟后不膨胀，略煳而显黑瘦，吃起来带着煳碱味。但在那个贫瘠的岁月亦是我们难得的零食。腊月有走家串户打爆米花的，用一个像鱼雷一样的密封铁罐子，支起来下面烧苞谷芯子火，用手摇的鼓风吹，等温度差不多了，取下来只听"嘭"的一声，爆米花四溅，香飘几里远。这曾经是多少人年少时挥之不去的味道！只是到了二月，各家里的自制零食早已被孩子们搜腾干净，连老鼠都找不到了，这样自家铁锅炒的苞谷花儿就显得难得了。

20世纪80年代，学生上学带的零食千奇百怪，炒面、烧红薯、炒苞谷花儿——但到了二月二这天，似乎特别统一，清一色的苞谷花儿，而班里两位家里稍宽裕的同学，他们带的苞谷花儿里夹有黄豆，那时能吃上一把炒黄豆简直是无上的美味！那天一进教室满屋的苞谷花儿味，让人上课都心神不宁，有同学趁老师在黑板上写字的工夫给嘴里偷塞几颗苞谷花儿，不敢明目张胆地咬，只有放在嘴里使暗劲用牙床压碎。最搞笑的是五年级时班里一位杨姓同学上课时竟给嘴里偷塞一把炒面，刚塞完老师转过身来让大家回答黑板上的问题，大家都把目光转向吃了一嘴炒面的杨姓同学，他满脸通红，自然被老师叫了起来，他憋住不敢张嘴，大伙忍不住"哄"的一声笑了起来，他竟没忍住"噗"地笑了出来，只见一股白烟从他嘴里喷薄而出，前排的同学顿时灰头土脸，老师当时蒙了，后来反应过来，一顿胖揍呀！

杨同学那天可能运气真的不好，放学老师检查背诵课文《北大荒》，他又没背过，被老师留下来在教室背，老师做饭去了。那个清苦的年代，老师生活也很艰苦，说是做饭却并没有灶房，只是在屋檐底下用旧铁桶上架一口锅烧火做饭，寒暑晴雨皆是如此，更谈不上切菜的案板了。杨同学背着背着觉得饿了，就把兜里的苞谷花儿掏出来全堆在桌子上，边吃边背，等老师烟熏火燎地把饭做好，觉得他可能背过了，端着碗来看时，竟见他悠闲地吃着苞谷花儿，那个气呀！语文老师一书扇去，苞谷花儿撒了一地，杨同学顿时哭了，一是由于害怕，二是心疼苞谷花儿。那时的教室地面坑洼不平，想再收拢很是艰难。老师走后，杨同学眼泪还挂在腮帮子上，就蹲在地上将撒落的苞谷花儿用手归拢，吹了吹灰又放在桌子上。我在旁边又好笑又难过，好笑于他此时的样子，难过于他是我的好伙伴，是班上为数不多的肯将苞谷花儿给我吃的伙伴，而且他家的苞谷花儿里是夹有黄豆的。因母亲去世得早，奶奶又年迈，每到二月二这天，我是班里唯一兜里没装炒苞谷花儿的人。下课时大家都在夸张地吃着苞谷花儿，有的同学一颗颗抛起，随后用嘴准确地接住，而我则静静地待在一旁的角落看着他们自咽口水。杨同学知道我的家境，大概发现了我的落寞，走过来递给我一把苞谷花儿，我心里高兴极了，也可以和大家一样自豪地吃着苞谷花儿了。我把那几粒黄豆留在最后，放在嘴里咯嘣一声，那个酥香终生难忘。自那以后，我对杨同学心存感激，他连同那把苞谷花儿一同留在了我记忆的深处。

那个二月二的苞谷花儿香，一直伴随着我走完了少年时代。许多年后，人们早已不炒苞谷花儿了，"二月二、蝥虫虫儿"也只是在和同窗怀旧时谈起，杨同学偶尔还能遇见，只是人到中年，生活早已收割了他年少时的淘气。后来，零食的品类之多超乎我当初的想象，可每到二月二时似乎又闻到了来自记忆深处的苞谷花儿香。至于二月二不炒苞谷花儿会有虫蚁上灶台到底是真是假并不重要，只是再也找不到人们从前对生活的仪式感而倍觉失落。

我们也许都太忙碌，忙忘了许多我们不以为意的节日，忙忘了很多本该在意的人，当我们历尽辛苦，到达了向往的山顶，才发现远山起伏、身后风凉！记得第一次拿工资时进超市，大约是年少时零食缺怕了的缘故，看到那么多好吃的，不停地拣呀拣，几大包拿回家望了一眼，却没一点胃口，我敢保证，它一定比当年的苞谷花儿好吃，只是再也找不到当初的味道。

窗前的海棠花含苞待放，春天，在二月二这天如期到来。我虽然怀念从前，但我依然讴歌远方，只愿经此一疫，人们别走得太过匆忙！

2020年农历二月初二

# 故乡的樱桃树

我在少年时期非常羡慕谁家门前有果树，记得那时程家门前有一架葡萄、徐家门前有一树杏，每次经过树下抬头看那或青或黄的果实，都忍不住口舌生津。最诱人的莫过于徐家门前那树杏，一到五月黄澄澄的无比惹人。看到一群小孩围在树下张望，那位满头银发的老奶奶拿网兜摘些给每人发一个，但孩子们却还望着不走，如同咸亨酒店盯着孔乙己茴香豆的孩子一样。老奶奶告诉他们："树上已经不多了，这是我给孙娃子留的！"大伙只有无奈地散去了。

而我的门前是没有成器的果树的，大约父亲种过一棵桃树、梨树和苹果树。不知是背阴还是种子的缘故，苹果树压根就没开过花，奶奶说这可能是公的；梨树花倒也开得一片灿烂，可惜从没挂住过果子；桃是开花又结果的，可那毛桃苦涩难以入口，还爱长虫。后来唯一长成器的就是那棵樱桃树了，俗语云"樱桃好吃树难栽"，但在我的印象中樱桃树似乎并不难栽。老家周家凹的那棵樱桃树苗好像是奶奶从娘家带回来的，就随便栽在那里，不经意间就长大结果了。当那树刚能撑得住人的时候，我和堂弟只要樱桃刚开始泛黄，就整天趴在树上，从来没有等到一颗樱桃真正成熟。那老树种樱桃泛黄就可以吃了，颗大而晶莹剔透，入口即破，润滑而多汁，那酸甜可口的果汁顺着喉咙流下，真是妙不可言，真觉得樱桃是世界上最好吃的水果了。

我们一放学就上树，将那些发亮的樱桃放入口中，整个农历三月里是我们一年中最幸福的时光。直到樱桃树一片绿荫，已经看不到果实了，我们还不甘心地在树叶间扒拉着，有时还真能发现几颗漏网的。已经红得透亮，如一颗红玛瑙，放在手心把玩好久才小心地放进嘴里，味道很甜，似乎少了当初的酸爽。

这棵樱桃树和奶奶有缘，树苗是奶奶带回的，而奶奶的生日是农历三月十八，在我的记忆中每年奶奶过完生日樱桃就开始成熟了。印象中奶奶就是给我们带来幸福和吉祥的人，跟着奶奶过生日吃一顿好的，接着就在樱桃树上度过半个月酸甜幸福的生活，这是童年里最美好的向往和念想。

当樱桃树枝繁叶茂的时候，我已经到远方求学，但每到奶奶生日来临的时候，我还是想念那一树晶莹剔透的樱桃。奶奶一定也在树下念叨："樱桃都红了，孙儿咋还不回来！"只是她并不像徐家奶奶那样说给孙儿留着，因为樱桃根本留不住。不到几天，满树红得透亮的樱桃就会被麻野雀干完，奶奶在树下好一阵遗憾。

后来我搬了新家，到了公路边，新建的房屋前后并无一棵树。暮春时节，我还是到老家去看看那棵樱桃树，那一树的红玛瑙，是从前没有过的热闹与丰收。只是我已成年，堂弟也已走远，已没有孩童围在树下垂涎欲滴。就连从前奶奶老赶不走的麻野雀，站在枝头吃樱桃也是不紧不慢，如人们嗑瓜子般悠闲。而奶奶正一天天老去。

2007年的冬天，奶奶去了，就安葬在老屋后边，和樱桃树遥遥相望。在第二年的三月里，我再次来到樱桃树下，意外的是樱桃树却并没有结果。想到奶奶在世时那些在樱桃树下的幸福时光，禁不住黯然神伤。而在那个夏天里，一场暴风雨将大樱桃树连根拔起，那棵带给我无限欢乐和美好的樱桃树倒了。我想樱桃树和奶奶大概是心意相通的吧，奶奶从娘家带来，在奶奶去世后不堪零落，也随奶奶去了另一个世界。

之后，我家门前好长一段时间再也没有樱桃树。

到了儿子三岁那年，开始在外婆家尝试爬樱桃树的时候，他竟要求从那里带一棵樱桃树苗，说是要植树。在那个春天里，我帮儿子将樱桃树栽在新房的门前。儿子小的时候，只觉得长得慢，可不觉间儿子栽下的樱桃树竟然开花了，虽然只有拇指粗细。我越发觉得樱桃树很好栽，尽管开花不多，但儿子却欢呼雀跃了，因为他感到自己的劳动见了成果。我也为他感到高兴，希望樱桃树也能给他如我童年一样的甜蜜。

樱桃树长得比人快得多，儿子小学毕业的时候，已长得如胳膊粗细绿树成荫了。儿子可以自如地爬到树枝间，我再也不用担心他压断树枝掉下来了。相对于摘好放在盘子里的樱桃，儿子还是喜欢自己爬树，坐在树枝间一颗颗摘下樱桃，豪气地整把扔进嘴里吃，一脸的甘甜和得意。看着他开心的样子，我似乎又看到了自己童年的影子，想起了老家门前的樱桃树和慈祥的奶奶，一阵欢喜一阵忧伤。

生命是一条河，从奶奶的樱桃树到儿子的小树苗，变幻的是记忆，生命永远奔流不息。愿那棵小樱桃树能带给儿子美好与甜蜜。

渐渐地，儿子上了中学，已去了离家百里之外的县城，每当樱桃成熟的季节，父亲还是给我打电话问儿子能回来不。我能想象，父亲也和邻家老奶奶一样护着树上的樱桃，给眼馋的孩童说："这是留给我孙儿的！"

随着学习越发紧张，儿子也不是每个春天都能回去品尝自己种植的果实。但今年春上，儿子却一直念叨要回去吃樱桃，我说应该可以的。父亲听说后很开心，可以想象的场面：儿子骑在樱桃树上，整把往嘴里扔樱桃，父亲站在树下望着孙子，一脸的慈祥。

也许在多年以后，儿子也将远行，他栽的樱桃树将长成一树浓荫。也会年年开花结果，等他在春天里归来，如儿时一样骑在树上，扔一把樱桃入口，一脸的开心。

2023年4月23日

# 春游的往事

听到屋檐下的燕语呢喃，忽然间发现，春天已经很深了。四周的山野一片新绿，道旁的红樱花已开得一片烂漫。

这个春天总是忙碌，竟然没有如往常一样去户外走走，信步踏出院门，空气中弥漫着野刺玫的芬芳，这个季节里，野刺玫应开成了花的瀑布吧！周末去接孩子时路过老家，听到对面的钻天岭上鞭炮声此起彼伏，细算日子已是农历二月十八，原来是钻天岭的庙会日子到了。远望钻天岭下的山坡上，杂花生树，层峦滴翠，在一片烟气氤氲中，那古老的石寨格外令人神往。忽然间，童年时到钻天岭春游的往事，又从记忆的长河里逐渐清晰。

在今天的孩子们听来，"春游"是一个陌生的词汇。但对于成长于20世纪八九十年代的我们来说，春游却是我们生活中的一个仪式，年年春天都要经历的，也是那个艰苦的求学岁月里最温暖的回忆。我们所上的小学叫红卫小学，现已更名为米粮完小。它是地处米粮川正中央的一个村小，有一百多人，但也是村小中规模最大的学校了。在那个衣陋食简的求学岁月，最美好的事情除了六一儿童节，就是春游了。一旦通知了春游的日子，我们要高兴好一阵子，而那时对于安全也没有今天如此严格，学生每年还要安排劳动，要专门放忙假回家帮父母劳作，所以安排春游也是自然了。

春游大多要选一些风景名胜，可我们家乡并没有声名远播的景点，在我们当地人心中，钻天岭和百神洞当属久远的古迹了。所以，我们春游的首选地当然是百神洞和钻天岭了，小学期间我们的春游地点就在钻天岭和百神洞之间变换。虽然在后来，我们对这两个地方已经很熟悉了，但我们的心情一点也不受影响。我们就如同放飞蓝天的小鸟，在春风中愉快地飞翔。

先说百神洞吧，那是在钻天岭背面半山石壁上的一个天然石洞，虽距离公路不远，大约两里地的样子，但山势陡峭，路险而难行。放在今天，断然不会有人带学生上去的，而那个年月孩子们大多很匪。虽然吃得不好，有发育不良的现象，但手脚灵活，攀岩爬树、下水摸鱼都是无师自通，所以老师心中也自有分寸。到了春游那天，我们终于有机会向家长要五毛钱了，而那天家长大多都比较慷慨，我们终于可以喝上五毛钱的汽水了。出发前排好队，校长照例要讲很多注意事项，但我们都急不可耐，只想快点出发，并没有在意校长讲了什么。终于等到了出发，校长领头，老师断后，班主任夹在各班的队伍之中，我们一路欢喜地出发了。一出校门天地豁然开朗，平旷的田野里麦苗在阳光下欢快地生长，路旁的蒲公英开满了黄花，也有些已结成绒球。有调皮的男生摘下来一吹，小伞随风飞舞，有的落在女同学的头发上，大家一片哄笑。老师也并不责怪，就连向来严厉的校长，今天也满脸笑容在逗前排高年级同学玩。各色的花远远近近开得一片热闹，空气中满是欢喜的味道。

到了山脚下，百神洞的路委实难走，山坡陡峭，并无通畅的道路可行。只是踩着前人留下的隐隐约约的小道，大多数地方我们都是手脚并用才可前进，险要处老师们托着我们的屁股才能爬上去。但我们并不觉得艰难，一路上欢声笑语。努力地到了洞口，入口不大，里面却很是开阔，别有洞天。洞里面有石臼，还有灶台的遗迹，听老辈人讲，新中国成立前这里曾是米粮人民跑反躲匪之地。洞很深，可容纳百人生活，因洞外地势险要易守难攻，乡民们曾借此洞多次躲避兵祸。进洞口十几米后已无光亮，老师就拿旧扫帚点做火把，可照亮亦可知道洞深处是否缺氧。高年级的同学随老师前行了，我们就在洞口看热闹，没见到神，也没见到神像，只见到洞深处的蝙蝠被人们惊飞，从我们头顶掠过。我们班上一个胆大的同学竟然逮住了一只，我第一次近距离地见到这种既像老鼠又像鸟的动物，大为惊异。

在回去的路上，听高年级的同学讲，那里面有许多神像，有观音菩萨，还有孙悟空。我心想，莫非是照《西游记》刻的，想着以后一定约伙伴去看个究竟，心里一直挂念着，那里面到底刻着什么神仙。

第二年照例是要去钻天岭的，名字叫钻天岭，其实并不太高，只是路难走而已。20世纪50年代以前，米粮到熨斗的公路没修通之前，它却是米粮通往熨斗和湖北的唯一通道。山势陡峭，岭上有一座娘娘庙，四周有石头砌成的寨子，东西皆有拱形的石门，大有一夫当关万夫莫开之势。听奶奶讲，娘娘庙从前香火鼎盛，曾经有尼姑常住，"文革"时损毁严重，趋于空寂，经乡民几次重修，又聚人气。

其实到钻天岭的路要远一些，这也正合我们心意，可以多玩一段时间。山路虽陡，但比起百神洞来说却并不险，我们一路开心说笑。山上遍布的紫荆花开成一片紫红的云，树梢上都是鹅黄的新绿，与远近各色的花错落有致。我们当时心中只是觉得很美丽，却又不知怎么形容，一路开心以至于忘掉了早上吃糊汤的不快。除了美景，大家都很留意路边一种叫杈杷果的灌木，它结一种像玛瑙一样的果实，入口酸甜，我们俗称"琉璃布袋"。它是这个季节最早成熟的果子，若是谁能抢先发现，那定是比捡了钱还开心。

不觉间到了山顶，登上寨子，整个米粮川尽收眼底，春风拂面，花香阵阵。心中忽然冒出昨天语文老师教的"心旷神怡"四个字，似乎很能形容此时的心情。这时，我们的校长张国武竟然拿出几包冰糖，给我们每人发了一粒。我们攥在手心里，无比珍惜，终于放进嘴里，只觉得那种甘甜沁人心脾。那可能是我童年里吃的最甜的糖了，每当我回忆从前时，心里总能泛起阵阵甜蜜。

许多年后，当我成为教师时，学校早已不举行春游了。但我还是在一个春日的午后，带着孩子们，上了学校附近的红岩山。这是学校附近一个最高的山，山陡路远极其难走，但因是初中生了，倒也不必太担心。我依然像当年我春游时我的老师一样，走在队伍的最后面，一路叮嘱他们小心。他们一路欢声笑语，也并不把我的话往心里去，看他们欢喜和开心的样子，自己童年的记忆又涌上心头，甜蜜与苦涩交织而来。

人心情愉悦时大多不觉得路远，不经意间也已登顶，忽然间觉得平日里看着那么高远的大山，今日就在脚下，一股自豪感油然而生。从山顶往下看，云雾缭绕，整个小镇及自己曾经的母校也是如今的工作单位，也变得不甚分明。远望去，平日里高不可及的大山，现在似乎近在眼前。我一个人静静地站在山顶的巨石之上，心中顿生无限孤寂与苍茫。孩子们在欢快地歌唱与呐喊着，几个女生正在练一首正流行的歌曲《丁香花》："你说你最爱丁香花，因为你的名字就是它，多么忧郁的花，多愁善感的人啊！……飘啊摇啊的一生，多少美丽编织的梦啊！就这样匆匆你走啦，留给我一生牵挂……"曲调凄婉动人，尽管她们唱得并不熟，但我听了心下仍是感伤，走出大山又回到大山，自己的青春又何尝不是那一树丁香花？

我回过神来看孩子们，她们开心地打闹着，并没有注意到我的落寞。山顶上有一座房屋，屋瓦残缺，墙皮斑驳，早已没有人住的样子，只是屋旁一树梨花肆意地开放着。树下一个女生仰面静静地望着梨花，似乎欲解花语的样子。这时旁边蹦出一个男生，一脚蹬在梨树上，顿时下起了花瓣雨，在大伙的哄笑声中，女孩也随之收起了心事，浅浅地一笑。我想，这就是他们的青春吧！

转眼间已是暮色四合，我们在离夕阳最近的地方和夕阳告别了。回去的路上，孩子们兴犹未尽，谈论不休。我依然静静地走在队伍后面，看着欢快的孩子们，我想这可能是他们中学生涯里唯一一次，也是最后一次春游了吧！

后来直到今天，我再也没有带孩子们春游过，也再没有上过红岩山了。

2021年4月12日

# 春天深处的悲伤

年少时的春天，第一次读到"小楼一夜听春雨，深巷明朝卖杏花"这句诗时，发自内心地佩服陆游，不愧是伟大的诗人，将春天描绘得何其传神：一夜春雨，次日清晨杏花带雨，惹人怜爱，好像整个春天扑面而来，好一个杏花春雨的江南！

年岁渐长，后来才知道这首诗名叫《临安春雨初霁》，全诗八句：

### 临安春雨初霁

世味年来薄似纱，谁令骑马客京华。

小楼一夜听春雨，深巷明朝卖杏花。

矮纸斜行闲作草，晴窗细乳戏分茶。

素衣莫起风尘叹，犹及清明可到家。

再次重读，才真正明白当初真是少年不懂中年的悲伤！陆游作此诗时已是62岁，在家乡绍兴赋闲了五年，诗人年少时的意气风发和中年时的裘马轻狂，都已被雨打风吹去。他和岳飞一样，有一个收复中原的梦想，岳将军含冤风波亭，而诗人在朝廷一直建言光复亦不被朝廷见容，以致赋闲在家。而在这一年的春天，诗人再次被朝廷起用为严州知府，赴任前先到临安（今天的杭州）去觐见皇帝，住在西湖边的客栈听候召见，但什么时候能见没有准信，诗人在百无聊赖之时写下了这首千古名作。

毕生追求，半生幻灭，一次次的失败，其实诗人这次进京也没有抱多大希望，只是不死心罢了。这一生经历了太多的浮浮沉沉，早已看透了世态凉薄、人情似纸。诗人曾经反问自己，为何又骑马到京城来呢，只是因为不甘！

"小楼一夜听春雨，深巷明朝卖杏花"，诗人独自一人在楼上彻夜听着春雨淅沥，次日清晨，幽深的巷子里传来了叫卖杏花的声音，明白地告诉人们，已是春深时节。年少时只觉得这是一幅明艳的春光图，后来寻味"一夜春雨"况味悠长。杜甫曾言春雨"润物细无声"，春雨本不惊乍，诗人何以一夜不眠？听春雨淅淅沥沥入耳，内心又是何等地翻江倒海！国事家愁，伴着淅淅沥沥的雨声齐上眉间心头。记得明末辽东守将袁崇焕被冤杀，临刑前口占一绝：

> 一生事业总成空，半世功名在梦中。
> 死后不愁无勇将，忠魂依旧守辽东。

千年后再读，依旧愤慨透于纸背。也许陆游的心境与此颇有些相似，但又有些不同，诗人此时已没有豪唱，也没有悲鸣，亦无愤慨，只是愁肠难解，一声轻叹！

年少时，只看到了明媚的春光，却没读懂诗人一夜听雨的况味，再明白，已是中年！

无聊地等待，只能练字品茶，"矮纸斜行闲作草，晴窗细乳戏分茶"。尽管有太多的不甘，但努力又能改变什么？"素衣莫起风尘叹，犹及清明可到家"，别再抱怨京中的污浊，清明不远，不如早日还家。

后来这首诗传入宫中，为孝宗所赞赏，但最终也未能改变什么，诗人还是回去了。壮志未酬的不甘，伴其一生，六年后这种追求依然在梦中出现，"夜阑卧听风吹雨，铁马冰河入梦来"（《十一月四日风雨大作》）。再后来连梦也做不成，在和这个世界告别之际，只有寄希望于来生：

## 示 儿

死去元知万事空，但悲不见九州同。

王师北定中原日，家祭无忘告乃翁。

今生等不到收复失地了，假如真有那么一天，让儿孙们上坟时别忘了告诉自己。内心有多么不甘，才情愿相信这世上有鬼！

昨夜雨声淅沥，园里杏花依旧开放，春雨还是那场春雨，只是再读时，悲伤扑面而来！

2020年2月27日

# 东风不来

　　"东风不来，三月的柳絮不飞，你的心如小小的寂寞的城。恰若青石的街道向晚，跫音不响，三月的春帷不揭……"

　　故乡的山桃花该开了吧，东风依旧未送来令人开心的消息。朋友圈里零星地晒着关于情人节的信息，可再也没有鲜花与约会，整个山河一片寂静！

　　一场疫情，生活改变得让人始料不及。记得在2000年作文竞赛中有一篇很火的文章这样畅想未来：到了2020年，老师和学生们都不用去学校了，在家里就能上课！可当它突然变成现实时，人们才发现，这和作文里说的不一样啊！

　　当真正到了开学季而开不了学时，家长们集体抓狂！先是担忧学习问题，但随后网课走进了千家万户，全民抖音一夜之间变成了全民钉钉，也不得不佩服钉钉开发者的细致与贴心，打卡、上传、在线统计，天网恢恢呀，让你无处可逃！孩子们名正言顺地拿回了久违的手机，家长崩溃了，有一家长和我连线："老师，你要求一下，娃拿手机啥时候开始啥时候结束，他一天到黑拿着手机不给我呀！"家长的话让我啼笑皆非，这也真是一个问题。

　　本来为解决在家学习问题的网课为何会招来如此大的热议？一是陪学自是不易，二是相处日长也。其实自从孩子踏入校门那天起，就从未与父母一起待过这么长时间。夫妻亦是如此，久别初见慰相思，但相处久了就会发现彼此的不好，渐渐觉得身边人这么不如人意，生活的琐屑也容易引发矛盾！也许我们平日里走得太快了，很少聆听内心的声音，总是习惯于对外人和颜悦色，对自己人斤斤计较！总觉得自己被很多人需要着，唯独遗忘了身边人，现而今所有的社交都停止时，才发现世间二物须珍惜：身边人，手边书。

黄昏时分，竟飘起漫天的雪，这个本该浪漫热闹的节日，显得格外冷寂。记得大学时与女同学也是在这样的一个夜晚走在街上，遇到一卖玫瑰花的小女孩，孩子说："叔叔，给阿姨买枝花吧，阿姨这么漂亮。"我竟随口回道："有这钱还不如吃盘炒面呢！"女同学也这样附和着。现在回想起来，当年女同学的语气有多么勉强与不自然，真是无知年少时！转眼间已过二十年，耳边响起20世纪80年代的那首歌："再过二十年，我们来相会，那时的天噢那时的地，那时的祖国一定美……"是的，祖国之美早已超出我们当初的想象，只是我们的青春在往事里凋零一地！

今夜，窗外的月亮还没有升起，明月装饰不了你的窗子，不知你是否装饰了别人的梦？想与不想，你都在家里，我依然没有等到让人开心的消息。

"你的心如小小的窗扉紧掩 /我达达的马蹄是个美丽的错误 /我不是归人，是个过客……"

夜深了，雪依然在下，我努力地期盼着春回大地。到那时，抗疫战士们，脱去白衣，淡扫蛾眉，月上柳梢，人约黄昏。岁月安好，愿我们与世间万物都被温柔以待！

2020年2月14日

# 忧郁的兰花草

正月十八，已是开学第三天，一场春雨悄然而来。无论是开学还是春雨，都是一件令人开心的事情，可儿子发小的猝然离世让我陷入深沉的悲伤之中，久久难以释怀。闭上眼睛总会浮现出那个每次见到我就亲切地喊"叔叔"，一笑脸上就现出两个酒窝的女孩。

安葬那天，我和邻居们一起扶着棺木入土，看着黄土一点点将其掩埋直至消失，心痛如刀割。十五岁的花季，如一颗流星，灿然而逝。我们习惯于以旁观者的好奇和长者思维去推测她离去的原因，其实她一直在寻找爱和快乐，可能是天国的女儿，人世匆匆走一遭，往生极乐。离开的时候，我看见她的坟前生长着一株兰花，一副盎然的样子。如果有来世，我想这应是她的化身。

得知伙伴离世的消息，儿子悲伤不已。他问我："以后有人给她上坟没？"我一阵心酸，不知如何回答。我情愿让他相信有来世，不至于让他最后一丝希望破灭。可他已不是小孩子了，简单的安慰过于苍白，我顿了一会儿答道："你如果心里难过，可以在清明时节到她的坟前送一束白菊花！"

儿子回道："不，我要送她手办，到时候让她集成一套，让她在二次元的世界里不再孤单！"

我说："可以的。"尽管我不知手办是什么，但我还是应和着。随后我百度了一下才知道，手办是二次元动漫里的人物模型，从几十元到上千元不等；而二次元是想象中的唯美世界。我第一次感到，我和儿子的世界如此遥远。

在自己孤独的童年里，我是相信世上有鬼的，这让我在整个九年的走读生涯里，每次晚上回家经过那片坟地时都无比恐惧。而这种恐惧，一直伴随到我成年。自己求学时期好学的动力，来自贫穷和生存的压力。后来孩子出生，我们总想努力地做好父母，希望孩子避开自己曾经走过的弯路，对于孩子成功的渴望胜过当年对自己。当然，可能要求别人比要求自己容易吧！

我们似乎给予了孩子太多的使命与担当，对他们喜欢的东西很是不屑，玩物丧志的观念让我们无比焦虑。而他们是在互联网背景下成长起来的一代，在他们的认知里，未来和成功很重要，但对生命的体验和感觉也重要。

忽然想起周星驰的《功夫》电影里的一个桥段：

乞丐：哇，不得了啊不得了，你有道灵光从天灵盖喷出来，你知道吗，年纪轻轻的就有一身横练的筋骨，简直百年一见的练武奇才啊，如果有一天让你打通任督二脉，你还不飞龙上天，正所谓我不入地狱，谁入地狱……

乞丐：警恶惩奸，维护世界和平这个任务就交给你了，好吗？

小孩点头说：唔！

乞丐：这本《如来神掌》秘籍是无价之宝，我看与你有缘，收你十块钱，传授给你吧。

现在回头想来，这真是一个好笑而悲伤的隐喻。

女孩的离开是一个比剧本更悲伤的故事。她离开的时候，把一切都安排妥当：写明了送给好友的礼物、剩余的班费、储钱罐的密码和网购给父亲的礼物……

安顿好一切，飘然而去！

依然那么善良和为别人着想，她是天国的女儿，为了爱和快乐，去了自己的二次元世界。

"胭脂泪，相留醉，几时重。自是人生长恨水长东。"当春天来临的时候，我想那坟前应开满了丁香花，那美丽而忧郁的精灵，和那歌声一起怀念她曾经来过。

> 那坟前开满鲜花
> 是你多么渴望的美啊
> 你看啊漫山遍野
> 你还觉得孤单吗
> ……

相信孩子是那株茂盛的兰花草，在鲜花丛中绽放自己的欢乐与牵挂。

2023年2月8日

# 童年偶记

　　小时候只是顽皮，一群孩子满山架岭跑个不停，大概是受了样板戏的影响吧，小孩们喜欢编顺口溜骂人或取笑别人。现在回想起来，大抵是不好的，当年却是很以为得意。

　　小孩子之间的友谊纯真而简单，有时候玩得好好的，却因为一件小事翻脸，要么厮打，要么编顺口溜骂对方的父母。记得有一伙伴的父亲是秃头，我们俗称"秃子光"，一日里和另一伙伴玩恼了，对方便唱开了："秃子光，光上梁，梁上闪电，把秃子吆去坐法院；梁上打雷，把秃子吆到回！"大伙笑个不停，那伙伴气坏了，满坡追着打，却追不上，边撵边哭。

　　伙伴里有一个赖姓的，最擅长编顺口溜，在今天看来都有说相声的潜质。每天一到下午放学，大伙就满院场疯闹，那年月放学早，3点半就回家了。其中有一李姓伙伴，其父亲叫李某先，个性孤僻一点，容易跟人急。有一天和伙伴闹翻了，那个赖姓伙伴就开唱了："村里有个李某先，顿顿吃饭把门关，有一天没关门，后山来了个蒙面人，吃他饭，砸他锅，把他气得钻鸡窝。鸡放屁，他着气，鸡拉胡胡（二胡）他唱戏！"大伙笑倒了一片，那个李姓伙伴直接给气结巴了，连追打都忘了！第二天，他直接到老师那儿告状，结果赖姓伙伴在教室外面站了一节课。现在想来，其实这段顺口溜也是对那段饥饿岁月里食物短缺管不起外人饭的曲折反映。

　　孩子们这种爱编顺口溜的习气多少和大人有些关系，记得20世纪80年代初很多地方没通电，我们村里因为早修了个小水电站，成为最早通电的一批，临近村都羡慕得不得了。但小水电站电压不稳，特别到了冬季枯水季节，电更是没有保障，家里安的那个15瓦的灯泡，灯光时明时暗，有时灯泡里的钨丝竟成了一道红线线，所以家里还需常备煤油以防停电。我们队上有一个人称杨老大的在电站上班，所以大家都怪杨老大发电不行，便有了"老大发电，灯泡红蛋，电费是要掏，煤油还要灌"段子！看来家乡人民的幽默天分一点不亚于铁岭人。

而那些嘴笨一点的伙伴，骂人最没有技术含量，和别人玩恼了，就直接喊对方父亲的名字，这似乎让对方感到了极大的侮辱，最容易干仗。现在想来，直到今天直呼长辈名字都是一件很不礼貌的事，又何况是自尊心极强的小孩。

时过境迁，那帮一起疯闹的伙伴们，都已奔波他乡，成年之后偶尔见面，都过成了中年的闰土。而那位擅长编顺口溜的伙计，刚到中年，打工时在一场意外事故中没了性命，让人唏嘘不已。生活也许就是这样，看似简单，实则不易。如同写书，看别人的书觉得不过如此，而轮到我们自己写时，却往往写不好一篇作文。

2021年1月6日

# 正月里来正月正

少年时只盼着过年，可过年总是很短暂的，三十、初一刚过，忽然间就觉得年过完了一样。现在回想起来，过年的美好在于冬腊月间一天天期盼的过程，只觉得那个美好而热闹的日子一天天近了，一次次地置办着年货等待年三十来临。心里计算着还有哪些置办不周的地方，到了过年那天，无论一年的收成如何，都是辞旧迎新满心欢喜。其实，人生中很多事情莫不如此。

记得儿时，吃过大年初一的饺子，虽然热闹的烟花逐渐散去，但还有一件事让我们很是期盼，那就是走亲戚。大人们要在家里待客或是赶地里活，走亲戚的美差就交给了我们。正月里走亲戚很有讲究，正月初一走舅家是约定俗成的规矩，常言道"娘亲有舅，舅家为大"。谚语云"外甥是舅门上的狗，不吃就不走"，而外甥在舅家也是最放得开。舅舅见外甥上门也是尽好地招待，很多人年少时对美食的记忆都是从舅家开始的。我有五个舅舅，在我的记忆里大舅最能干。他能给我做红烧鱼、炖羊肉，这些都是我在年画里见到的东西。记得家里过年时喜欢在堂屋贴一个胖娃娃抱条大鲤鱼，似乎是"年年有余"之意。

而舅舅每次给我拿出的零食，也是别家少见的瓜子和橘子，这些东西在那个年代是我们眼中少有的珍奇。别的亲戚家多是核桃、柿饼、糖板等，当然在今天看来也是绿色有机的。也是缘于大舅有工作吧，有时还能收到大舅给的压岁钱，我曾收到一张"大团结"，这在当时属于最大面额的钱，真是无比开心，只是这钱最后不知以什么原因让父亲收走了。因为这些美味和压岁钱的诱惑，自己走舅家劲头格外大，十几里路，个把小时不觉就到了，甚至沿河两岸峡谷的寒山瘦水也觉得亲切。可从舅家往回走的时候，路又变得漫长起来。

在走过舅家之后，便是姑家和姨家，再到其他表亲。一般在初六七之前便走完了，再晚了一是不礼貌，二是家里过年准备的菜蔬也不全乎了。人们常说："过了初四五，有肉没豆腐。"那个年月没有冰箱，即使有也不是那个味了。

当年的正月初二，我和堂姐弟们就到姑婆家。父亲兄弟三人没有姐妹，父辈的姑姑我们叫姑婆，我们几个是替父辈拜望姑姑。姑婆住在滑水河下游一个叫锅场的地方，是镇安和山阳交界，距离我们十四五里地。我们起个大早，兄弟姐妹几个高高兴兴地出发了。因是河的下游，那里的春天似乎比米粮川早一些，正月里我们门前屋后还未解冻，滑水河岸边却有一些山桃花零星地开了，这在冬意萧瑟的田野里格外让人欣喜。尤其是在黑龙洞电站上面有一个深潭，岸边突兀的几块巨石旁有几簇茂密的山桃树，在正月的轻风里一树花蕾，一副含苞待放的样子，夹着几朵早开的花朵，让人感到充满无限的希望。桃花下边一潭碧水，波澜不兴，忽然想起李白的"桃花潭水深千尺，不及汪伦送我情"，大概就是这个样子吧。当年背诵白居易的《忆江南》说春来江水绿如蓝，很是不解，江水怎么能是蓝的呢？再看着清澈的潭水，绿中真的泛着蓝。

到了姑婆家，虽说隔了辈，但见了娘家人姑婆很是亲热。可劲地拿出好吃的招待我们，柿饼、糖板、花生等尽数拿出，极大地满足了年少的我们好吃的天性和作为客人的虚荣。黄昏往回走时，姑婆还打发我们一双袜子或手巾，再装些柿饼、红苕干等，让我们漫长的返回途中有了盼头。

现在回想起来，当年送礼也实在没有什么像样的礼品。多半是一捆洋面，另加一斤糖、一斤酒和饼干或罐头，称之为"四色礼"。酒多半是自家酿的苞谷酒，装酒的瓶子五花八门。有的用啤酒瓶，用一截苞谷芯充当瓶塞；还有用醋瓶或输液用的葡萄糖玻璃瓶，这种有橡胶塞的葡萄糖瓶属于高配了。糖大抵是在供销社称的散红糖，白糖都是稀罕物，用牛皮纸一包。我们姐弟送礼时走得太远，饿了，还忍不住从糖包里掏一块来吃了，再重新包好，好在亲戚们也并不在意那糖够不够一斤。在那个日子紧巴的年月，人们收到礼品并不会自己享用，要留着转送其他亲戚。一个村或邻村大多都沾亲带故，往往礼品送来送去又回到自己手中也是常事。看到那瓶熟悉的罐头，人们也并不在意它转了几家和是否过期。

其实，走亲戚送礼送的并不是礼品本身，而是给人们找个由头和亲人们相聚一场。俗语云，"生的亲不如走的亲"，正月送礼其实成了维系血缘亲情的一种媒介。农村的日子总是忙碌，忙着干地里活，忙着外出挣钱，大家除了正月或是村里的红白喜事，见一面实在不是件容易的事。通过正月送礼短暂的相聚，也成了彼此牵挂的最好的慰藉。对于年少的我们而言，走亲戚则是将过年的喜悦再延长几天。在那个车马慢节奏更慢的年月，我们走亲戚一天来回几十里也觉得开心。

随着经济的发展，渐渐人们送礼的内容发生变化，已不再局限于当初的"四色礼"了。开始送大米、瓶装酒、烟和一些营养品，从洋面到大米，标志着人们的生活水平上了一个台阶。再到后来人们觉得正月过完，家里余一些米、烟酒似乎很是不便，渐渐地改成直接送红包了。这是一种与时俱进的创举，方便携带不用再背着行李走亲戚。但时间长了人们也觉得无趣，红包没有个性，不足以表达自己的心意。于是，人们想找些个性化的礼品来表达心意，"今年过节不收礼，收礼只收脑白金"，一代家喻户晓的产品，就在这样的背景下横空出世。

当网络和交通极大便捷的时代来临的时候，从前那种背着礼物走亲戚的人愈发稀少。而我已是中年，到了儿子走舅家的时代。我也希望儿子如当年的自己一样，感受一下走亲戚的快乐，他却并不积极。他们生活在物质丰盈的年代，好吃的东西平日常见，过年对他们并没有太大的吸引力，唯一觉得开心的就是过年几天不用写作业，我不知道该为他们庆幸还是惋惜。他们对走亲戚的概念逐渐模糊，正月里只喜欢宅在家里和朋友线上交流或玩游戏，对从前那种走亲访友面对面交流兴趣不大。对他们这独生子女的一代来说，也并没有多少亲戚，像我这样有五个舅舅和两个姨，在今天看来实在是一件稀奇的事情。即使走亲戚也是车来车往，不要一两天工夫亲戚就可走完。有人在抖音上感叹：以前一天只能走一家亲戚，现在走完所有亲戚只要一天！

正月的太阳暖洋洋地照着大地，满地红艳艳的炮皮在暗示着新年不曾走远。马路上的车辆川流而过，奔赴在各自的忙碌中。我到中年以后也很少走亲戚。我年少时走过的亲戚大多物是人非，姑婆早已作古，就连锅场那座房屋也已转卖他人。我的舅舅们都已年迈，大舅已八十高龄，即使去了他想给我做一顿饭也不是件容易的事。多年来，我也是在有事时才去舅家门上一趟，但在每年正月的梦里还出现大舅家门前的鱼塘。

儿子在正月里的生活很是单调，除了写作业就是玩平板，我也鼓励他去走亲戚，只是他的外公外婆几年前已随舅舅进城。开车倒也要不了多长时间，但到城里走亲戚也就是一顿饭的事情，已没有从前那种一路奔波满心期盼的感觉。我鼓励的结果是他和舅舅发了个视频，再发个微信红包。对此，我只能无奈地笑笑。

"正月里来是新年呀，大年初一头一天啊……"不知谁家放出这曲喜庆的二人转，只是街道上已不似从前热闹。路上匆忙的车辆，人们开始踏上外出的征程，米粮川的平野里不见了放洋灯和荡秋千的儿童。在快节奏的当下，一天走一家亲戚成为一个久远的故事。

正月初四的下午，我驱车来到黑龙洞下面的桃花林，临水而立。来往的车辆呼啸而过，那片桃花在潭水边寂寞而肆意地开放。

2023年1月30日

# 故乡的麦田

"算黄算割"鸟儿的鸣叫声又一次回荡在五月的田野，空气中似乎弥漫着新麦的气息。故乡的麦田，在从前的记忆里倍感亲切。

记得从前割麦下镰的日子总是从端午开始的，吃过一顿好的，林间的黄鹂鸟鸣叫声格外清脆。我和父亲来到一片金灿灿的麦田间，只见父亲双手叉腰，看着沉甸甸的麦穗，一脸的志得意满，如沙场点兵的将军。我闻到淡淡的麦香夹杂着地边黄澄澄的杏子清香，加之受父亲的感染，心中也充满了丰收的喜悦。

对于父亲而言，夏收的第一次下镰，无异于一场虔诚的仪式。父亲先在麦田的四周转一圈，再用自己并不太熟悉的皇历比对哪一方大利，才开始庄重地割下第一镰。所有的讲究，其实都是希望来年五谷丰登，这似乎是千百年来中国农民共同的心愿。

父亲面对金灿灿的麦田，似乎有使不完的劲，汗水浸透了后背再晒干，衣服上出现了一道道盐渍，但父亲却一直不停歇。偶尔直起身来，脸上挂满了晶莹的汗珠，却是满脸的笑意。五月的天说变就变，赶快将小麦收回家，心里才真正踏实。但对于我而言，这种丰收的喜悦并没有持续太久。给父亲打下手捆麦把子，毒毒的日头晒得脊背生疼，麦芒扎得手上一条条红血道，汗落如雨，辣得眼睛也睁不开。我心中甚至对丰收生出抱怨，如果长势差一点，也许就能早点回家。

这还不是最痛苦的，从前收麦没有机械，在荆棘丛生的小路上，我和父亲将小麦一捆一捆地往回背，一天过后肩膀疼得挨不得。但无论如何也要坚持到底，有时甚至要晚上加班收。因为从前都是大型脱粒机，需要一个院落好几家合作才能完成打麦脱粒环节，我们必须赶上大家的节奏。小麦从下镰收回，到晒场再到脱粒归仓，对我而言是一个漫长而严酷的过程。这也成了年少的自己逃离土地、努力学习的原生动力。

自从我上大学以后，就彻底告别了麦田，而父亲仍然劳作在他一生热爱的土地上。我工作以后，随着父亲日渐年迈，曾极力主张父亲不再种麦了，可父亲依然在坚持。此时父亲种麦并不是因为生计，而是出于骨子里对土地近乎虔诚的热爱。到后来，父亲终于无奈地发现，自己的体力已不能支撑收麦这种高强度的劳作。在父亲无奈的叹息声中，我家的地里再也没有种过小麦，而父亲仍然种一季土豆或玉米。父亲实在不忍心和自己相伴一生的土地荒芜，无论种一点什么庄稼，也是对自己不甘老去的心理一点安慰。彼时，我家乡的麦田正在大面积消失，和父亲一样的老一辈正在老去，而年轻一代或他乡求学立业或外出谋生，已经没有几个人种小麦了。偶尔见一小块麦田，倒让人生出意外的欢喜来。而这也是喜欢酿酒的人们，需要麦糠拌酒糟才种下的。小麦这种东西，几乎离世代农耕的人们越来越远。故乡的麦田，似乎成了记忆深处渐行渐远的画面。

二十年后，当我离开家乡到异地工作，别样的山水，稀疏的乡音。这时才发现，我所向往的远方，并不一定能成为阳明悟道的龙场，而大多是白居易在浔阳江头的那一场送别。种过地的自己，深知在山区种地的艰难。如果说年少的经历教会我什么的话，肯定是五季抢麦和伏天薅草，我想世上再辛苦的活，出其右者少。也正缘于此，我在后来生活中遇到艰难时，每想到此，便心下淡然。

又是五月，在他乡也见不到几块麦田，但布谷鸟的鸣叫声如期而来，依然是那熟悉的声音。故乡的麦田又浮起在深深浅浅的记忆里，那熟悉的麦香和熟透的杏子的清香似乎扑面而来，让人陶醉在五月的清风里。

2022年6月1日

# 故乡的柿子树

故乡的秋天，那一棵棵挂满果实的柿子树，绝对是一道亮丽的风景。

地处陕南的故乡，霜降过后，树叶尽落，柿子树上只剩下那红彤彤的果实挂满枝头，远望去如同挂满了一树的红灯笼，让人心生欢喜。门前屋后，田间地头，那一树树火红的柿子，也让这肃杀的深秋季节，显出一片丰收和喜悦的气息来。

记得年少时，家乡的柿子树不仅仅是风景，更是我们的口粮。20世纪七八十年代，我们上学时所有的活动，似乎都是围绕吃展开的。家乡的水果好像有很多种，但成气候的少，唯有柿子给了我们那个饥馑的岁月里最长久的陪伴。

农历的四月间，柿子长得有跳棋子大小，我们摘下来，用一截篾签插个把，就成了一个小陀螺。一下课，一大伙孩子围在一起，比看谁的陀螺转的时间长，这成了那个年月记忆里最好的玩具。等柿子长到鸡蛋大小时，依然青涩不堪，但难不倒心急的我们，就摘下一些来，埋在上学途中那条小溪的沙子中。一周之后，褪去涩味，竟也能吃出清脆和甘甜来。有心急的同学，刚埋下两三天，忍不住扒出来，咬一口涩得不行，又埋入沙子中，我们称之为"暖柿子"。当然真正的暖柿子还是要等到农历九月间，柿子快成熟时，放在热水中暖，脆香甘甜，风味甚美。这自然要靠家长完成，我们大部分没有这个口福，只有自己动手丰衣足食了。

等到了农历七月间开学的季节，柿子虽然还是青的，但有一些长了虫子的就变红了，我们称之为"秋红蛋"，软了也能吃，但水多却并不太甜。而且吃的时候一定要小心，中间有虫子的，要细心地摘出来，但这仍然成为我们争抢的对象。放学后来到树下，看谁眼尖手快，要么上树，要么野枝丫上的就用石块砸下来，以至于偶有学生从树上摔下骨折的事发生。所以，我们班主任在教室门后面手写的《小学生守则》上加了一条：不准爬树！

家乡有谚语云"七月枣，八月梨，九月柿子红了皮"，柿子的真正黄金季节是农历九月。那时节满树的柿子都红了，但并不是都能吃，只有那些红得透亮的柿子才软糯甘甜。我们此时最大的乐趣就是骑在柿子树上，找红柿子，开心地吃个饱！记得我上中学时，学校门外有好长一排柿子树。一下课，大伙一涌都去抢着爬树摘柿子，手脚麻利地上了树顶，慢一点的在中间，胆小的就站在树下仰望。如果看有同学收获颇丰，就喊"扔一个"！遇到大方的同学，在自己吃两个后就摘下几个扔给下面的同学，下面的同学接得出奇准。当时同学中有一个叫卢荣平的，这家伙手脚麻利，每次上树总能占据制高点。因为光照好，上面红柿子多，我们在下面喊"扔一个"，他吃了两个后，可能看剩得不多了，又吃了两个，却并不给我们扔。上课铃响时，他才一手拿一个从树上下来，我们几个围着不走，等他下来抢了算了。这家伙快到树底时，看到情况不妙，竟然在两个柿子顶端各咬了一口！我们直接蒙了，无奈怅恨而去，一节课内心里都是对他的愤恨。

我们真正地收摘柿子，要等到霜降后。父辈告诉我们，只有经过风霜的柿子才真正醇厚甘甜！也许这和人生一样，只有经历了很多风雨，才能真正活得通透。那年月家里收摘柿子，实在算得上一件隆重的事情。挑一个晴朗的中午，一家大小背着背篓挎着挎篮来到树下，满心的喜悦。我们站在树下向上仰望，红红的柿子在蔚蓝天空的映衬下熠熠闪光，心里高兴得恨不得身生双翼！大人上树在上面把柿子收在篮子里，再用绳子把装满柿子的篮子放下来，小孩在下面接，小心地将柿子收归背篓。遇到软柿子，大人直接就用夹杆递下来，让我们吃了。那种红得透亮的，我们轻轻地捧在手心里，用嘴在顶端一吸，甘甜爽滑，如喝蜂蜜一般；那种刚软的，用手掰开，糯糯的能拉出丝，又面又甜，有糖炒栗子的味道。直到实在吃不动时，我们就把软柿子小心放在草丛里，生怕碰坏了。每年收摘柿子时，每棵树并不都摘完，总要留七八个在树顶上，大人说是要"看树"。用而不尽，其实这也是父辈们对自然馈赠的一种最纯朴的感恩；享而不独，这也是给过冬的鸟儿留一口吃食，表达了他们心底最简单的慈悲！

那些"看树"的柿子在树上留了很久，一直都到冬天了，树顶上还有几个柿子，红得透亮，在冬日的阳光下，格外诱人。每次放学我经过树下，都忍不住仰望，我在想：这一定是这棵树上最甜的柿子了！

一般当天收完的柿子，当晚就要去皮晾干做成柿饼，否则就会变软不便储存。我想柿饼一定是先辈们为了储存柿子不得已的发明，但也造就了柿子特殊的风味。收完柿子的当晚，大人们就忙着用龙须草将刮去皮的柿子串成串，不知道忙到几点钟，我们入睡时他们依然在忙碌。等到第二天放学回家时，只见屋檐下挂起了一长排一串串的柿饼，像串起的红灯笼，又像过年的炮仗，看起来让人无比开心。等到软柿子吃完时，我们就盼着这柿饼能快点变软变甜。冬天暖暖的太阳晒着，干硬的北风吹着，渐渐地柿饼表皮收缩，颜色变深，经过岁月的发酵后逐渐褪去了涩味。每次放学回家，饭没有好时，忍不住用竹竿捅几个下来果腹。香甜软糯，竟是软柿子从未有过的醇厚与回甘。但可气的是，有喜鹊总趁人们不注意时偷吃顶端的柿饼，看到上面被吃得残缺不全的柿饼，心中很是遗憾。不过这也不太影响我的心情，每次放学远远望见屋檐下一串串红红的柿饼，总让人心生欢喜。那一串串柿饼，成了那段艰苦岁月的冬天里最美好的念想。

等到下雪的时候，就到了收柿饼的时节。那时柿饼已八分干，将柿饼收回用柿皮一捂，一周的时间，柿饼就完成了华丽变身。回潮之后，柿饼的糖分析出，在柿饼的表面形成一层白霜，用舌尖一舔，一股甘甜直入心脾。在那个物质并不丰腴的岁月里，甜味总能最直接俘获人的味蕾。而这之后，柿饼就成了珍贵的东西，大人们只有在过年或来客人时才舍得拿出来。那时节高规格的待客是一碗甜酒和四个干盘子——柿饼、核桃以及自己做的糖板和种的花生，人们发现把核桃仁塞进柿饼里吃，真是美味！

后来我去了远方求学，再也没有吃过家乡的柿子，但每当秋风乍起的时候，我还是会想念门前那棵大柿树上一片火红的热闹。虽然后来我又回到了家乡工作，但不经意间，故乡变成了我陌生的样子。

物质极大丰富的今天，孩子们再也不会如我们当年那样，对柿子甘之如饴了，而我再也没有爬过树去吃柿子。故乡的柿树如同一个失宠的孩子一样，落寞而逐渐退隐。到了秋天，田野里再也看不到那一片火红的景象，我曾经的母校米粮中学以及门前那排带给我们无限甜蜜的柿子树，在一场溃坝事故中，一起被深埋于地下，一切都无迹可寻。当年和我一起爬树的伙伴们都在各地奔忙，说是约一次，其实大多时候相见无期。从前上学路上那些熟悉的柿子树，有的老去，有的可能因没了孩子的喧闹，独自伶仃地湮没于荒草中，再也不结果子了。

在一个周末的午后，我再次沿着当年上学的路来到老家的门前。曾经热闹的院落人们早已搬走，有的去了省城，有的去了集镇，只剩下老屋的房顶上那些无语的瓦片。院门前那棵带给年少的自己无尽希望与慰藉的大柿树，如今枯落得只剩下两人合抱粗的主干了，树下当年被我们兄弟踩得溜光的泥地，如今荒草萋萋，四野里一片寂静。

我站在树下，再次抬头仰望天空，只见枯落的大柿树东边还斜生出一个小胳膊粗细的新枝，竟然还结了十几个柿子，在阳光下闪现出久违的温暖，它似乎在倔强地昭示着曾经的荣光。天空依旧如从前一样瓦蓝瓦蓝，枝头上站着一只喜鹊，看着我一脸的不解。

2021年11月3日

# 五月枇杷香

在五月的田野里，尽管已看不见多少麦田，但我依然闻到了麦熟的气息。虽然这种气息不免引出曾经收麦时的苦难回忆，但与之相伴的也有关于丰收的莫名喜悦。

童年收麦时日晒雨淋的经历终生难忘，但伴随着麦黄时的瓜熟果香亦让人心生欢喜，这也是那段艰难岁月里难得的一抹亮色。每当五月的布谷鸟和"算黄算割"鸟儿的叫声一天紧似一天，我就在心中默算着杏黄和枇杷熟的日子，尤其一想到那甘甜的枇杷，禁不住口舌生津。在那个年月我对水果的认知，也仅限于左邻右舍门前屋后的物种，相比于家乡那个小味酸的桃子和苹果，那带着芳香甘甜多汁的枇杷实在是无上的美味，它几乎满足了我对水果最美好的想象。

只不过遗憾的是，我家门前并没有枇杷树，甚至我们村里也少见。我与枇杷最初的邂逅是随奶奶回娘家时，白塔湾舅爷家屋后有一棵好大的枇杷树，树干约一人合抱粗，枝叶茂盛几乎遮盖了整个房屋。那年月时兴五季（农村的收麦时节）送馍，在那个饥馑的岁月，人们可能是想把刚打下来的新麦蒸成酵面馒头，送给最亲的人。一是尝个新，二是也算共庆丰收的意思。那又大又暄的白面馒头，老酵母的乳酸和着新麦的甜香，在当年实在是一种美味珍馐。人们往往还会在又大又白的蒸馍上，用颜料点上红绿相间的花，顿时有了喜庆的味道。奶奶当年给舅爷送馍时都带上我，舅爷是一位非常慈祥的老人，拉着我的小手，满眼的爱怜。也就是在那时，我平生第一次见到了有一种叫枇杷的果实。那一簇簇金黄的果子，去皮后果肉莹润多汁，入口微酸而甘甜，我想《西游记》里猪八戒吃的人参果大概就是这个味儿吧！那次回家舅爷还给我装了许多果子，让我欢喜了好几天，吃完后连核儿也舍不得扔掉，种在屋西头的菜地里，希望以后也能长成像舅爷家一样的枇杷树。

后来好多次我到七里峡赶集，经过舅爷屋后面时，看到枝繁叶茂的枇杷树，心中都会生出一股温暖和甘甜。记得有一年正月，我到舅爷家玩，舅爷变戏法似的从麦糠里扒出一捧枇杷来，这可能是最古老的保鲜方法了。枇杷虽不如五月丰腴，果皮有些皱，如舅爷饱经风霜的脸，但入口依旧甘甜，甚至没了五月的酸味。在童年里，我一直对麦黄的五月心怀期望，盼望着麦黄时节，再次和奶奶一起去舅爷家吃上甘甜的枇杷。

可年迈的舅爷和奶奶在岁月里迅速老去，记不清是第几年的五月，舅爷到我家送馍，而我家距离舅爷家有十里之遥，对于全靠步行而又年近八旬的老人实是不易。记得那天黄昏，舅爷看日头已搭上了山边儿，就要往回赶，奶奶知道舅爷不在别处过夜的，就颠着小脚一路送了好远。一直送到我家东边的山梁上时，舅爷站住了说："妹子呀，回去吧，送到这儿行了！"奶奶站住，舅爷依依不舍地几次回头挥手，颤巍巍地向东边的白塔湾走去了。奶奶又忍不住向前远远地跟了一段，舅爷又一次回头见奶奶还在梁头上送行，忍不住回转过来，握住奶奶的手，忽然间泪流满面，哽咽道："兰妹子呀，我们都老了，今儿回去后不知道还能见着面不？"年过七旬的奶奶紧握住舅爷的手，浑身战栗，泣不成声。年幼的自己，在旁边呆呆地站着，只见夕阳的余晖，将后面的阴坡山染得一片血红。

这可能是在我的记忆里留下的最早的离别场面了，从此我年幼的心里有了对死亡隐隐的恐惧。而那次离别，也确实成了舅爷与奶奶兄妹俩生前的诀别，还没等到第二年枇杷黄的时候，舅爷去世了。舅爷的家人送信来时，奶奶正在做饭，闻讯后奶奶顿时泪落如雨，一把拉住我深一脚浅一脚地赶往白塔湾。到了舅爷家，奶奶伏倒在灵前，哭得肝肠寸断。我甚至担心，年高而伤心欲绝的奶奶会随着舅爷去了。看着奶奶如雪一般的白发，又想起舅爷生前对我的种种好，我站在奶奶的身后无声地流泪。

舅爷上山之后，我扶着伤心过度的奶奶往回走，忍不住再次回头看了看曾给我无限甘甜的枇杷树。已是四月底的天气，往常应快到了枇杷成熟的时节，可此时的枇杷树，虽然枝叶依然茂盛，但是果实稀落，树上只见零零碎碎的青涩。我想，今年再也吃不到那味如琼浆的枇杷了，脑海里又浮现出舅爷那慈祥的脸，心中无限感伤。

自那以后，我再也没有吃过舅爷家的枇杷了。因为那棵大树与年迈的奶奶一样一天天老去，先是很少挂果，后来枝叶也日渐稀疏。好几次从米粮到七里峡赶集路过舅爷的屋后面，看到日渐凋零的枇杷树，心中尽是失落。我甚至认为，这枇杷树是有灵魂的，它随着慈祥的舅爷去了天国，所以才委顿成这个样子。后来令我意外的是，当初从舅爷家带回种在屋西头的枇杷种子，竟然长出了几株幼苗。奶奶很是欣慰，悉心地照料着，仿佛是将对舅爷的思念全部寄托在树上。可遗憾的是，这几株倾注了我和奶奶希望的小枇杷树，在一个很冷的冬天里冻死了，这让奶奶好一阵伤心。

在后来的好多年里，每当五月我和父亲在麦田里黑水汗流地收割小麦时，听到"算黄算割"鸟儿急促的鸣叫声，似乎又闻到了枇杷那清冽而甘甜的芳香。但因为烈日下辛苦的劳作，童年时听起来十分悦耳的布谷鸟叫，现在听来却扰得人烦躁不安。在夜晚如水的月色里，我躺在道场的麦垛上，又想起舅爷家那棵满树金黄的枇杷树，心中泛起阵阵甜蜜。真的，我好久没吃过那样酸甜可口的枇杷了。

直到我18岁那年第一次到爱人家去，那是一个叫油坊梁的小地方。我惊喜地发现，她家的屋西头有一棵碗口粗的枇杷树。我去时正值初夏时节，枇杷才泛黄，我欢喜地爬上树，摘下那并未全熟的枇杷，用手擦去绒毛，也不剥皮，囫囵入口。那种久违的甘甜，迅速唤醒了我对枇杷的所有回忆。那天我坐在树枝上放开了吃，几乎把我这么多年的念想全部吃了回来。那一颗颗圆润甘甜的枇杷，几乎满足了我对儿时的回忆和青年时对爱情的全部想象。那天我几乎吃了个半饱，直到当时还是姑娘的爱人和几个未成年的弟弟嘲笑我是个"吃货"

时，才不好意思地从树上下来。

之后很多年，每到五月我总是如期而至，油坊梁那甘甜圆润的枇杷成了我青春年华里最美好的回忆，包括爱情。再到后来，儿子出生了，我依然带他到油坊梁的外婆家吃枇杷。儿子渐渐长大，直到有一天他都能自己上树摘了，看他坐在树枝上神气地边摘边吃，我心中半是酸涩半是甜蜜，如同当年第一次到油坊梁吃的那颗半熟枇杷的滋味。

令我意外的是，在我后来的新房东边，不知何时长出一棵枇杷树苗，细寻思大约是奶奶去世那一年，其实也是儿子出生那一年。奶奶高寿，在87岁的那个冬天无疾而终，也算是上天对她老人家善良而多舛的一生最好的眷顾。我甚至弄不明白，这棵枇杷树的种子到底来自白塔湾还是油坊梁，总之不经意间长大了，已是枝繁叶茂亭亭如盖。去年已开始挂果了，虽是不多的几簇果子，但那醉人的金黄如同儿时失落的珍宝。遗憾的是，儿子已上初中住校，无法和我分享这意外之喜。

油坊梁上的那树枇杷，依然年年果实累累。只是岳父、岳母已在三年前随着城镇化的脚步进了城，曾经热闹的油坊梁上四户人家相对而居的小院，如今只有三叔一家人留守。又是五月天气，空气中弥漫着麦熟的气息，我再次来到油坊梁那棵枇杷树前，久无人居的瓦房尽显斑驳，可那棵枇杷树却愈发茂盛，枝叶竟覆盖了西边的半间屋。一簇簇金黄的枇杷，散发着这个季节特有的芳香，只是树下杂草丛生，少有人迹的样子。我静静地伫立在树下，那一树金黄的枇杷，仿佛一扫落寞的神态，泛出喜悦的亮光，如同在渡口等待经年的女郎，终于看到心上人时那一脸欢喜的模样。

我挑了一颗最大的枇杷，入口闭上眼任那甘甜的汁液滑进心里。白塔湾、油坊梁、米粮川，那一树树枇杷与往事一起酿成了陈年的酒，让万般滋味齐上心头。曾经熟悉的田野，再也不见从前的麦田，"算黄算割"鸟儿的鸣叫声，回荡在五月空旷的田野里，落寞而忧伤。

2021年5月28日

# 写在清明的怀念

大约母亲去世太早的缘故，我与母亲其实是陌生的。母亲没有留下任何照片，也没有在我两岁的记忆里留下太多印象，每每想起母亲，总有一种悲伤无处安放。

我对母亲唯一的记忆，是母亲从医院抬回来的时候睡在担架上，被子盖得严严实实，根据农村的习俗，人死后脸是不能见天的。之后再无记忆，我始终想不起母亲的样子，就如同自己成年之后好多次喝酒断片一样，再努力也回忆不起来之前的细节。许多年后，我所了解的关于母亲点滴的记忆，都是从别人的谈论中得知。

据说母亲下葬那天下大雨，母亲葬在老家屋后的山梁上，道路极其难走。按习俗，要儿子捧着灵幡、头顶着烧过纸钱的灰盆子走在灵前。只是我太小，走路还要人扶，这个差事就由我十二岁的堂哥代替，母亲这一年才二十九岁。这一切还是许多年后听堂哥讲的，听之后心中好一阵难过，为年少的自己，也为年华正好就奔赴黄泉的母亲。

四十年后，我又一次站在老家后面的山顶上，俯瞰生养我的故乡。旁边一个年过八旬的老者，仔细地看了我半天，问道："你是谁的娃？"我报了父亲的名字，老人激动地说道："唉，我知道，你母亲去世得早啊！记得上山那天，我还在场，你小得很，在人群里一直哭，我看着可怜，就拉着你走在抬灵的队伍后面。后来雨大了，一条线地下呀，我只好叫杨女子——也就是你大妈经管你，我赶紧往回跑了！"随后又用手指了指说，"你母亲就在那儿埋着呢！"我顺着他的手看去，就看到母亲的坟茔那里，柏树已是一片郁郁葱葱了。那一刻我内心一片酸楚，我一直努力却总想不起来关于母亲的记忆，会在四十年后，让一个偶遇的老人将当年的细节讲得如此清晰，瞬间唤醒了我对母亲断断续续的记忆。

不知是年代所限还是太穷，家里没能留下任何供我想象出母亲的痕迹，老屋里曾有一对红油漆木箱子，奶奶说那是母亲的嫁妆。对于母亲的怀念，我只能寄托在年三十那一张张纷飞的纸钱上，总把坟前的那一盏灯点得更亮一些，希望能帮母亲驱散另一个世界里那无边的寒冷和黑暗。至少在我成年之前，是不愿走近丧葬场面的，甚至怕听见唢呐声。每次远远地听见别人家过白事时的唢呐声，鼻子都忍不住发酸，不由得想起母亲去世时那模糊的场面。

童年时代走外婆家，应该是人生中最美好的回忆，但对我而言却是那么矛盾。母亲兄妹八人，长大后我发现二姨和小姨长得很像，我就在两个姨之间，努力地描绘着母亲的样子。成年之后，走舅家少，但每次有事经过舅家门前时，看到那熟悉的竹园和瓦房，心中就会隐隐地疼，我想着大约是在天堂的母亲，对儿子的不舍和牵念吧！

弄不明白，每年清明时节总爱下雨，把这个日子渲染得格外忧伤。而我总是在这个日子来到母亲的坟前，按我们老家的习俗挂上一个清明吊子，静静地在坟前坐一会儿。有时候在想，假如母亲还在世，今天会是什么样子？坐在母亲的坟边，能清楚地看到老屋，老屋后来倒了，只有一地废墟。那母亲生前最后待过的地方，如今已无迹可寻，母亲若地下有知，想来也是悲伤的。

当儿子上小学的时候，那一年的清明，我带儿子来到母亲的坟前，让儿子给他从未谋面的奶奶磕头作揖。也许是受了环境感染的缘故吧，年幼的儿子认真而庄重地一下一下磕着头。看着儿子虔诚的样子，我的泪水再也止不住，如雨纷飞。妈妈呀，妈妈！儿子早已长大，孙子都来给您磕头了！

人世间最悲伤的事莫过于生离死别，年少时不懂悲伤，总在故作坚强。当我为人父时，不难想象，年仅二十九岁的母亲告别这个世界时，面对只有两岁的儿子，内心是多么挣扎与不舍呀！

又到了清明时节，仍然下着雨，依如母亲去世时上山的天气。我又来到母亲的坟前，坟地里绿草茵茵，当年坟前父亲亲手栽的柏树都碗口粗了。母亲哟，您那小小离娘、艰难半生的儿子，也努力长成您期望的样子，虽然我还是想不起您的模样。

家人安好，我想母亲应该放心了，愿母亲在厚土中含笑长眠！

2021年4月3日

# 故乡的毛栗树

年少的记忆里，秋天无疑是最美的季节，相比于春天的清新明媚，秋天似乎更多了一份成熟和层次丰富的韵致。而对于孩子而言，秋天那飘香的瓜果更具诱惑力。俗语云"七月枣，八月梨，九月柿子红了皮"，日子交过农历七月，上学路上的那些果子似乎总能接上茬。在上学途中，我们驻足树下总会想尽办法，弄下果子以解口腹之欲。但在众多的瓜果中，最具诱惑力的还是八月的毛栗，一颗颗乌红油亮，散落在记忆的深处久难忘怀。

故乡米粮并不盛产板栗，但地头林间也生长一些毛栗树，不知何人何时遗落的种子。而这些树结的果实不如板栗个头大，大多只有大拇指蛋儿大小，还有的只有跳棋子大小，我们称之为"二栗子"或"油栗子"。这种毛栗虽然个头小，炒熟之后却是少有的软糯和香甜。在我年少时上学的路上，一户李姓人家的屋东头有一树"二栗子"，在整个秋天里，它给我上学路上增添了不少的喜悦与盼头。

每到阴历八月，暑气褪去，暮蝉声歇。天空变得湛蓝而高远，远山上的黄栌自上而下次第变红，如一片绚烂的云霞。那毛栗树上逐渐变黄满身是刺的毛栗包变得愈发可爱起来，每日放学时我总是睁大眼睛寻找开口的毛栗包，那裂开的十字开口，如灿烂的笑脸，让人无比欣喜。一旦发现有了开口，就迅速地跑到树下的红薯地里，寻找那熟透落地的毛栗。突然间发现一颗乌油发亮的栗子，像如获至宝，开心地拿在手心里摩挲，靠近鼻尖嗅一下那特有的清香，心里无比甜美。其实在整个秋天里，收获也并不大，记忆中每次能找的毛栗并不多，每次不甘心还用脚把毛栗树蹬几下，期望把那些开了口的毛栗震下来。但往往是毛栗掉下的不多，倒掉下几个毛栗包，不注意竟砸在头上扎得生疼。但能捡到乌油油的毛栗，疼痛消失也快。在回家的路上，一次次地摸摸兜里的收获，心里如捡了钱一样开心。

一路小跑回到家后，趁着灶洞有火放进去烧熟，刚开始没有经验，没有给毛栗开口，没等烧熟"嘭"的一声炸了。只留下一股糯香味，毛栗在灶洞里已无从寻找，让人心下抱憾不已。接下来有了经验，直接用牙给咬开口，再放进灶洞里烧，看看毛栗膨胀露出金黄的仁，急不可耐地拿出来剥开。清香扑鼻，入口粉糯甘甜，直入心脾。这种甘甜而美好的味道，一直温暖了自己贫寒而孤寂的童年。许多年以后，每当秋风渐起的时候，回想起故乡的毛栗，那种甜美还能从记忆里泛起。

在整个八月里，捡毛栗成了我上学途中最大的乐趣和盼头。这东西在白天太阳晒过之后微微开口，夜里露水重就开裂，油亮的栗子就会掉落，而早晨去捡毛栗收获最大。每天早晨上学我路过那棵毛栗树时，都要到树下小心寻找一番，总能收获三五颗。这种开心能伴随我一上午，上课时还忍不住摸一下兜里的毛栗。因为主人也看得紧，在这棵树下收获一直不多。但有一年我在老屋后面发现了一棵长在花栎树林中的毛栗树，只见松鼠在树下跳跃，这小东西最擅长找毛栗了。只不过这树毛栗果实更小，就是我们常说的"油栗子"。我用脚一蹬，毛栗沙沙地掉落一地，我的收获前所未有的多，竟然捡得全身所有的兜都装满了。我开心地往家里走，并向父亲炫耀，可让我不快的是父亲要求将毛栗全部交出来，他要种在屋后的地里，待出苗后嫁接成板栗。虽然课文里学过小白兔和小灰兔的故事，也知道选萝卜种子比选萝卜有前途得多，但那天还是因为没吃到捡的毛栗不开心了很久。父亲最终还是把毛栗种在了屋后，之后也不知道有多少长成了大树，好像出了几棵，但并没有长成父亲描述中的板栗树林。

后来我外出求学，离开了家乡，但每到秋风起时我还会想不知今年那棵毛栗树结果如何？那些散落在毛栗树下庄稼地里油亮的毛栗，成了我对家乡最温暖的牵挂。

当我再次回到家乡时，是和心爱的姑娘一起来的，来到她的娘家那个叫油坊梁的地方。在那个秋天里，我们惊喜地发现，她家屋后面竟然也有一大树毛栗。我们来到树下，如当年一样快乐地捡着毛栗，那次是前所未有的大丰收，竟然捡了半箩筛。我开心地看着那么多油亮的毛栗，它几乎满足了我童年时对毛栗的所有的渴望，我如同捡了一堆元宝一样，满是开心和幸福。我们把那些毛栗在大锅里炒熟，又吃出了童年时久违的香甜。屋后那满山的黄栌叶红了，将这个秋天装点得格外绚烂。

后来成家立业工作，生活的颇多琐事，竟往往错过了毛栗成熟的季节。好多次从街边看到炒板栗的，才恍然明白：哦，秋天到了！也曾买过好几次来吃，虽然个儿大卖相好，吃起来也面，却再也没了从前的软糯与香甜。在工作了多年后的一个秋天，我心血来潮还去找过童年的那棵毛栗树。可遗憾的是，那棵给了我无限美好与念想的毛栗树，也许是主人家搬走，或是少了孩童寻找与期盼的缘故，满是暮年的沧桑，并没有挂果的痕迹，只有残枝疏叶，在路边落寞地守望着。

后来的很多年里，我再也没有捡过毛栗。走过很多地方，也好多次经过炒板栗的小摊，只是闻了闻那似曾相识的味道，却并没有去品尝。童年里那些毛栗的软糯与香甜，是一个长长的梦，再也不愿惊扰。

在今年中秋过后的一个周末，我和姐姐回到故乡，我们一同又走在我们年少时曾经走过无数遍的小路上，回味着走过的青春与故事。"呀，毛栗！"姐姐开心地喊起来。我也看见，真有几颗乌红的毛栗，在路边的草丛里发着油亮的光。我惊奇地发现，几年前那棵老去的毛栗树竟然结果了，树上好多的毛栗包裂开来，笑得格外灿烂。地上草丛里散落的毛栗，如闪烁的繁星，这是我童年梦里盼望的景象。

曾经落寞的毛栗树，在多年的秋天里如同在村口守望的母亲，终于等到了归来的游子，满脸是喜悦的亮光。我和姐姐、姐夫在地上捡那些油亮的毛栗，如童年时一样开心地装满衣兜。

往回走时已是黄昏，天空湛蓝而高远，远山的黄栌叶红了，与天边的晚霞连成了一片绚烂的云彩。熟悉的村落，收获过后的玉米地，我们一同醉在故乡的梦里。

2022年9月19日

# 赶集是一场热闹

故乡的过年是从赶集开始的，距离我们最近的集市七里峡二五八逢集，每到腊月十五过后集市上的人开始多起来，到二十八为最。早年只有一条老街道的时候，其实长也就百余米，但到腊月二十几要通过实在不是件容易的事。人挨人从街头走到街尾四十分钟可能都不够，那些背着背篓的人在人群中挤来挤去，不是擦了新媳妇的脸就是挂了哪个时髦小伙儿的的确良衣裳，引起一阵喊叫和不满。

在早年交通不便的年月，赶集甚至是一件隆重的事情，需要早早安排吃过早饭，喊上邻居或相好的一路走去。车是不多见，几个骑自行车的见人铃敲得格外响，过去后走路的愤愤地说："骑个车子嚣张啥呢！"距离远的有十几里地，来回一天的行程，但人们仍乐此不疲。人们并没有多少钱，很多人上街挤到下街往往还是空手，买一件小东西认真地货比三家，确认没有更便宜的后才买下。下午太阳偏西往回走，大伙手上大多提的一捆麻花或是一捆莲菜，这也算是平日里少见的吃食，也是对自己辛苦一年的犒劳。但下一场仍然满怀希冀地赶集，直到最后一场赶完还在算计着还有什么没有置办全活。

其实在那个贫穷的年月里人们办年货并无标准，只要把炮仗和对联门画办全，其余全看收成。我曾亲眼见一个近邻赶了一个腊月的集市，最后就买回一挂鞭炮，正月初一一放算是过年了。人们在来年的腊月里仍场场不少地赶集，尽管买不了多少东西，但赶集的过程寄托着人们对美好生活的希冀，饱含着新春对联上写着的"年年有余"的向往。

少年的我们也跟着父母赶集，只是我们的兜里比脸还干净。我们跟着纯粹是喜欢人挤人的热闹，如果大人忽然发善心给买一根热麻花或是一个橘子，那就是意外欢喜，我们会和罢场时提回一捆旱烟叶的老汉一样，能开心整个冬天。

等到我们成为青年的时候，人们已不是那么穷了，青年男女们赶集似乎多了一层自我展示的心思。小伙西装革履，头发锃亮，打着摩丝留着当时流行的三七分头；姑娘们穿着外面流行的时装，或长发披肩，或烫着波浪卷，穿着高跟鞋，一路走来，摇曳生姿。如果在赶集时偶遇同学或是旧相识，一块借办年货之机增进感情，实在是比少年时吃那个橘子还美好的事情。

工作之后似乎不再喜欢热闹，也不再赶集，买的东西直奔主题，即使腊月逢集也要避开高峰期。而今交通的便捷，使得人们赶集的效率提高，早不见了上街问到下街的人。网购的兴起，使得曾经热闹非凡的集市彻底凋零。网购的便捷，使得人们不需要在街上寻找和货比三家，手机一点一目了然。这时候赶集的主力军成了那批花甲和古稀的老人，卖东西的是老人，来赶集的还是老人。卖家也并不指望能卖掉多少东西，若是能遇到几个熟识的，拉拉家常回顾从前也不枉赶一场。卖烟叶的能遇到吃旱烟的，算是伯牙遇到钟子期，发上一锅子点着，亲热地回味陈年过往：那年我挑担烟叶，只身去过郧西！他们都不明白，人都去哪儿了？

后来的日子便是如此，即使到了腊月最后几场逢集，也没了从前的热闹。中年的自己，也不太赶热闹。

今天是腊月二十八，年里的最后一次逢集，在往年应是最热闹的时候。尽管自己不需要买什么，但还是想去看看，忽然期盼从前那种久违的热闹。到了集市，看到那有些拥挤的人群，感到无比亲切。虽然还有些人戴着口罩，但人脸上更多还是轻松和开心。街道那些卖对联和鞭炮的摊子，将新年的气氛迅速点燃了，街市上弥漫着一种快乐的气息。

我也近一年没有赶过七里峡集了，一路看来，上街头邮局对面人们还是把土猪肉摆在路两边的坎上卖，老派出所对面集中着卖春联的人。街头饭店仍然还在门口炸菜盒子，不知道是否还如当初香脆？街道中央空地集中着菜摊子，人们围得严严实实，摊主忙不迭答东家应西家，计算器按得一片响。下街头蒋家酵子馍还是从前的味道，李家炸麻花的锅子前仍然围了好多人……

街道呈现出久违的热闹景象，这也是对冷清太久的集市最好的安慰。不难理解在元旦时，那么多城市的人们突然爱放烟花，这可能是对三年疫情笼罩下的心情最好的释放。

新街丁字路口老同学陈绪平开了家果蔬超市，他的头发还是如当年那样锃亮，只是系了条围裙，忙着招徕顾客没看到我。看到顾客上门，他满面春风，比青年时上街偶遇女同学还开心。尽管到中年后已不太喜欢热闹，可今天热闹的景象还是让人倍感亲切。可能人生就是这样，我们都是赶一场热闹。

回去的时候，我买了两个烟花，三十晚上让绚烂的烟花绽放在故乡的上空。以此，来表达对自己新年最美的祝福！

2023年1月19日

# 从前的冬天

每当天空飘起雪花，心中总能泛起记忆里那一片雪白。从前的冬天很冷，大雪湮没了我老家门前那条弯弯曲曲的上学的小路，木匠沟的那条小溪也一直冰封到第二年开春。

刚上小学时，每到冬天总是赖着不想起床，奶奶便早早起来，将我的棉袄在炕洞里烧火烤热，一遍遍催我："孙儿，快起来，袄热热的！"那种粗布缝制的棉袄刚上身还有点硌人，棉袄棉裤虽厚实，并不贴身，四下漏风，所以竟有同学在腰上缠一根草绳的奇观。我们的土操场，一旦下大雪，一个冬天都很难干，一大早冻得硬邦邦，到中午就化成泥。冬天的早晨，大多数同学都提一个小火炉，烂洋瓷盆、大洋瓷碗、旧洋漆桶，安个提手，样式五花八门，边走边抢，到学校红火得很，大家都凑在一起烤手。但这种自家炕洞煨的炭不耐烧，往往不到一节课就快熄了，所以有同学上课就一直操心火灭没，趁老师在黑板上写字的当儿还趴下吹几口。还有同学烤忘了，烧了棉鞋，教室里一股棉花烧煳的味道，老师也忍不住提醒："谁的棉鞋烧了？"

一到下课，大伙都赶到操场上抢火，呼呼地转如哪吒的风火轮。有时迎面来一同学，正抢圆的火炉猛地一停，红火炭就从空中落到抢火人的脖子里，烧得一阵乱叫。我也一直想要这样一个火炉，但父亲大约怕我上课分心，一直推说没有烂洋瓷盆子，说等我家的洋瓷盆子烂了，就给我做成火炉，所以我就一直盼我家的洋瓷盆子能快点烂几个窟窿，但到我小学都毕业了，盆子还没有烂。记得当年学校大门外有个石灰窑，一到冬天烧石灰，一般糊四五厘米厚一层红泥来封窑，半天过后红泥烧得火红。早上一下课，我们一大群人就围到石灰窑四周烤手，上课了忍不住将封窑的泥皮掰一块拿到位斗里暖手，这东西能持续五六分钟热度。但剥的人太多，结果将石灰窑弄漏气了，那窑石灰烧成了夹生，窑主找到校长，校长把我们训了一顿，也不了了之。

因冬天太冷，下课后大伙的活动也就是滚铁环和挤油，挤油就是一大伙人靠在墙角或门后面，从外往里使劲地挤，里面的人挤得哇哇叫，但身上暖和。有时上课冷得跺脚，结果教室里尘土飞舞，让老师好一顿训。教室是生产队早年建的瓦房，是木框玻璃窗，但大多数时候是没有玻璃的，到冬天我们就用塑料纸堵上，冷风一刮像鼓一样响。但等不到冬天过去，窗户就被调皮的同学用手指捅得满是窟窿，班上大多数同学耳朵和脚上都长了冻包，整个冬天耳朵又厚又红，严重的泛出黑色。一大早冻木了，感觉不明显，到中午太阳一晒，耳朵和脚钻心地痒，一直到第二年春分时节才会消失。我已记不清自己从哪一年开始长的冻包，好像每年一到冬天，无论下雪与否，冻包都按时发作，比节气还准。许多年后，我上大学再到工作，已不再受严寒之苦，但这种症状仍年年如期而至，这种寒冷的记忆如同生命的密码，刻在灵魂的深处终生相随。

上中学以后，冬天大伙几乎不再穿棉袄棉裤，大家知道爱美了，那种穿在身上像企鹅一样的棉衣，自然被淘汰。大家开始流行穿毛衣，有女同学竟然会织毛衣和围巾，有男生还收到过心仪的女同学送的毛线围巾，只是自己没有这种福分。这东西看着时髦，但并不耐寒，个个冻得瑟瑟发抖，一下课就跑到学校大门外的麦地里捡玉米根烧火烤。每到下晚自习回家，大伙总顺手将别人地边放的玉米秆和干红苕蔓拿走，弄到僻静处烧一堆大火，大家烤得兴高采烈。但有一次，一个伙伴烤火的时候离得太近，只顾说笑，烤完发现自己新裤子竟然短了半截，腿杆子都出来了，原来大火将他那条的确良裤子烤得蜷缩成了皱纹状！大伙哈哈大笑，他自己哭笑不得，回家让其母亲好一顿收拾。

上中学途中要过一条大河，每到进九之后，河水就冰冻得严严实实，起黑早上学时远远就能听见"啪啪"冰裂的声音，大抵是太冷，河底的水冻住胀裂了上层的冰。但到了中午放学时，大家开心地在冰面上打闹，有同学屁股下面坐一块石板，别人在后面一推在冰面上能滑出几十米远。但最后还是出事了，一个同学径直滑到了深潭中间，那里冰较薄，那同学一下子掉进了冰窟窿，衣服湿透了挣扎着就是爬不上来，好在几个伙伴都会游泳，几个人趴在冰面上一个拽着一个猴子捞月亮一样才把他捞上来。因衣服湿了，也不敢回家，到学校把教室后面的竹扫帚烧完了才烤干身上的衣服。人常说"大难不死，必有后福"，可惜的是这个伙伴在十几年后却死于一场车祸，而我的母校也在一场溃坝的矿难中消失得了无影踪。有些人，有些风物，我们原本以为他会存在很久，但往往却消失得猝不及防。

工作之后，倒也不再有年少时的饥寒之患，可冬天依旧很冷。2007年的冬天，可能是我工作以来最冷的冬天，大雪十日不绝，客车因道路结冰而停运，有归乡心切的人们竟然从县城走回来了。而就在那年腊月，世上最疼我的奶奶去世了，虽是87岁高龄，已是自然轮回，但那年的冬天我身心俱冷。那年任毕业班班主任，腊月二十了还在补课，雪依然在下着，冰冷的教室里手脚冻伤和感冒的孩子已是不少，真是滴水成冰的天气。班里有一个孩子竟冻得受不了，要请假回家，大家都笑他不够坚强。我没有准假，他便说不念了，我说："不念了也不行！"他家住得山高路远，这大雪封山，回去安全都成问题。我就在讲台上给他们讲：一定要坚强，要能战胜严寒，古有"冬练三九，夏练三伏"之说，苦难是一笔财富，它能让你变得强大，以应对莫测的未来！

那夜我也冻得久难入眠，一直在想，寒冷的磨炼真的能使我们变得更坚强和奋进吗？这句话是当年老师告诉我的，我也是这样告诉学生的，但遗憾的是，当年我的许多伙伴却因为条件的艰苦在求学的这条路上并没有走太远。自己经历饥寒是因为无法逃避，也并非自找的磨炼；我在读书这条路上走得稍远一点，只是挺过了那段岁月，而那段艰难也并未让我的成绩更好一些。很多时候，我们都是时代的一粒沙，你所面对的生活，不会在意你的喜欢与否，而是身不由己。如同苦难，说它是一笔财富，也只是给予身在其中者一个励志的安慰，而并非真相。我想起父亲这一生，多少年的春节都在门上写着"勤劳致富"的对联，而父亲也一直是我心目中最勤劳的人，可他直到年迈也未能致富，是他的时代已经过去还是属于他的时代还没有到来，这似乎是一道历史难题。

2013年的秋天，我有幸到省城学习半月有余，参观了几所顶尖的中学，我才发现有一种冬天，叫不用穿羽绒服。那几所中学从教室到餐厅再到宿舍，都有空调和暖气，不同的场所之间都有走廊相连，即使雨雪天气也不用雨伞。忽然明白汪峰的那首《春天里》，"没有二十四小时热水的家……"那句歌词背后的沉重。再想起当初那些年在寒风凛冽的早晨，我带着学生列队喊口号跑步，自认为庄重不已的仪式是多么苍白！回去的途中，我无奈地发现，我们和省城的距离远不止里程表上的200公里。

又到了飘雪的季节，近日手机里的各方信息不断提醒着寒潮来袭，雪终于没有下来，只是风刮得紧。看着因怕冷而缩手缩脚的孩子们，我笑了笑说：多穿一些吧！

我也曾经给我的孩子和学生讲自己从前的冬天，他们除了好奇，竟还听出了童年的趣味。我明白：这只是我的时代、我的故事，和他们没有太大关系。

脚上的冻包又从一个无法触及的地方痒了起来，真的，从前的冬天刺骨的冷。

2020年12月29日

# 父亲的除夕

题记：在这个漫长的假期，再次翻出十年前的文章，顿觉前尘如梦，但一个人的成长印迹会是一生永恒的梦境。

记忆中的除夕总是那么美好，一直要提着灯笼玩到后半夜，把腊月吵来的新衣裳翻几遍放在身面上，才能入睡。也唯独这一天，父亲不再催促我做功课，即使犯了错也不用挨骂，更不用说挨打了。奶奶一再告诫我不要说丧气话，这征兆来年的运气，假若让你去拿什么东西，即使你知道东西不在了，也不能直说，就说"你不去"。

童年中的除夕总要从前一天忙起。前夜，奶奶总要做好年豆腐，用剩下的浆水洗一洗积了很厚灰尘的木格方形灯笼，晾起，第二天要贴上灯笼纸，然后才炸制果子。炸制果子实际上就是把面片切得小一点，用油炸，通常是猪油，清油是逢年过节才买上一斤的奢侈品，用来调凉菜的，即使这样，也是我记忆中最美味的零食。

大年三十早上，我的差事是拣馍叶子，总是装上一兜果子，便上了山坡，哼着小曲，闻着不远处飘来的鞭炮的芬芳，心中无比惬意，甚至觉得那枯黄的花椒树也显出新年的气象来。

吃过早上的蒸馍，十几年我一直干同一件事情，就是贴窗纸。最早那种木方格窗，我需要把陈旧的窗纸撕光，再贴上新的，往往在四角贴上红纸，现出喜庆气氛，尽管后来别人家都已换上玻璃窗，可我贴窗纸时依然很开心。父亲照例是贴对联、上坟，一直到有一天父亲突然觉得上楼梯发晕时，我才正式接替了贴对联的差事。

父亲一直很节俭，但在这两件事上很舍得，一是过年的鞭炮，二是三十晚上的蜡烛。直到很多年以后，我才明白父亲的心思。对于除夕，父亲最隆重的两件事莫过于点灯笼与放鞭炮，年夜饭前照例是要放炮的，父亲一直要等人到齐，排上八双筷子（实际上我们家只有四个人，姐姐出嫁后只剩下了三个人），才隆重地点上灯笼，放鞭炮。后来的很多年，随着奶奶的日渐年迈，我们的年夜饭越来越迟，饿得我不停到灶上偷吃凉菜。看着我急不可耐的样子，父亲总是安慰我说，年夜饭照例是要晚一些，太早则没有过年的样子。

吃过年夜饭，父亲总要带我去给母亲和爷爷上坟，除此之外的坟白天都上过了，只有这两个要等到天黑之后。在父亲的心中，天黑之后母亲和爷爷才能真正受用纸钱。知道这个原因后，我就越发害怕。其实一直以来，我对母亲的印象是黑夜飘飞的纸钱和那荒草丛中的一盏孤灯。每次都是父亲亲手点上精心糊制的灯笼。那灯笼是用一根竹子划开一端制成的，装上蜡烛，其中留有很长的柄，插在地上，远远就能看见。小时候，我让父亲给我也制一个，结果挨了一巴掌。然后，我跪在地上烧纸钱。父亲一直念叨着，看呀，娃长大了。我忍不住不停地回头，老觉得背后有一双眼睛在盯我。烧过纸钱就放炮，点燃之后，我飞也似的逃离了，远远望去，那盏灯在年夜的风中摇曳。

之后再去给爷爷上坟，路很远，距家有五六里地。据说，爷爷曾经是保长，新中国成立前就去世了，当时父亲才五岁。由于是保长，再加之父亲兄弟年幼，爷爷死后，人们嫌麻烦，就地掩埋，现在已无迹可寻，早没了坟堆。父亲只是按记忆中从地边那棵柿子树的前七步算起大概就是，多年以来，我和父亲及堂兄弟们就对着那棵柿子树烧纸磕头。

回来的路上，父亲一直沉默。一直到能看着我老家周家凹院子时，父亲环顾四周之后重复着多年的话语："娃呀，你看这么多灯笼，就咱们家的亮些！"我答道："嗯。"其实心中早不以为然。你用那么粗的蜡烛能不亮吗？过了一会儿父亲又说："娃呀，坟地这么多灯，就你妈坟上的灯亮些！"我又答道："嗯。"我才明白，父亲为什么把妈坟上的灯弄那么亮。父亲又说道："这过年的灯呀，很重要，灯亮就预兆来年的运气好。"我还是"嗯"。到后来，别人家都不用蜡烛点灯笼，而换上了装电灯泡的大红灯笼。我们家的灯笼再也不具优势了，父亲还说："唉，这过年的灯笼呀，要一年一换，而且要蜡烛，蜡烛能结灯花，结的灯花越多，来年的运气越好。"我依旧"嗯"的一声，但心中甚为不然，我们年年在门前的红椿树上贴对"对主生财"，可一直也没有发财。和父亲对话的当中，我一直在挂念那正演的春节晚会。

去年的除夕，我们终于搬了新房，那幢四间两层小楼了却了父亲的一桩心病。年夜，还走在那个山坡上，只是与往常不同，我们在老屋后给妈妈上坟后向公路边的新房走，父亲依旧环视四周，想说什么，又觉得不对，又回头望了一下妈妈坟前的灯，没有说什么。此时，我才真正明白，父亲为何一直对过年的灯笼、鞭炮如此钟情。父亲一生劳苦，但终未能致富，年复一年地期待来年的好运，而寄希望于大年三十的灯火与初一的炮仗。一年劳苦，乏善可陈，唯一可胜人莫过于灯火与炮仗，这东西似乎成了父亲一生的希冀、一生的梦想。

除夕那天，父亲很开心，哼着小曲，我一直忙得昏天黑地，上坟是父亲完成的，午夜饭很早，天还没黑，父亲却没有再说照例应天黑再吃饭。

今年的初一准备了很多炮仗，父亲照例隆重地摆上香案，方向朝西北，父亲看了皇历说今年利西北。我一看西北方很暗，就朝东南吧，父亲也没有再坚持。炮放完之后，父亲照旧让每人抱一捆柴回去，说是象征新的一年四季发财。二十几年我早厌了，本不想抱却还是抱了，父亲一直很高兴。唯一的遗憾是，新房门前没有栽树，没地方贴"对主生财"。

2009年1月

# 故乡的腌菜

每当秋风渐紧的时候，心中总浮现出故乡那一地的莲花白。用它和大葱、鲜红椒、蒜瓣制成腌菜，散发着这个季节特有的清香，那种独特的咸鲜脆爽让人唇齿生津。而关于腌菜的记忆，伴随了我整个年少时光，也正是它给予那些荒寒岁月里的冬天安慰与希望。

现在回想起来，腌菜实在是先民们生存智慧的结晶。在那些饥寒的岁月里，为了解决冬季菜蔬短缺的困难，大家直接把卷心菜腌几大缸，再窝些萝卜缨子酸菜，整个冬天就靠这些菜哄那些粗粝的饭食入口。自从人们发现盐分可以保存食物的作用后，万物皆可腌，除了常见的莲花白之外，萝卜缨子、辣椒、萝卜等也能制作成腌菜。立冬过后，在菜地里还存在着的菜蔬皆可入坛。早些年人们还用红苔叶窝成酸菜过冬，也正是这些生存的智慧造就了独特的风味，如生命密码一样嵌入人们的味蕾，成了生命深处永难忘怀的记忆。

在年少的日子里，每到霜降过后，奶奶就来到菜地里，望着满地长得蓬勃硕大的莲花白满心欢喜。还特意弯下身用手压一下莲花白，看卷得瓷实不，一试很瓷实嘴里说声"成了"。之后挑一个晴朗的日子，将莲花白掰回来洗净在竹席上晾干，一同晾出的还有大葱、蒜瓣、鲜红椒，整个院子呈现出丰收的红火景象来。虽然还未开腌，我们似乎已闻到了酸爽可口的腌菜香。对当时的人们而言，腌菜不仅是一种可口的下饭菜，更是一个冬天的依靠和指望，也使得那些寡淡的日子有了别样的滋味。

腌菜对于奶奶而言，是一件极其重要的事。咸淡成败关乎一家人在严冬的生活，丝毫马虎不得。莲花白洗过后晾干水分，不干则影响口感，而且不能久存。然后切成粗细合适的菱形状，这样既方便食用也不浪费食材。接下来蒜切片、葱切段，葱一定要选优质大葱的葱白，这是腌菜的灵魂伴侣，决定腌菜的香味。新鲜的红辣椒切成粗丝，既装点颜值，也使得腌菜具有酸辣的口感，迎合了陕南人喜辣的口味。腌菜的配方极其简单，但调料配比却极其讲究，这也使得各家腌菜的味道各有千秋。俗语云"好厨子一把盐"，腌菜太咸则味道发苦，太淡容易发酸，而且开春天气稍暖就坏掉了，既浪费东西，也接不上地里的菜蔬长成。而这一切都全凭奶奶一生的经验，多少菜放几把盐，都是那么自然。夜里切好菜拌匀，腌一夜莲花白出水，第二天装坛压实，用干净的鹅卵石压好坛口。之后一切都交给时光，发酵十天左右，坛口出现很多气泡，乳酸菌的发酵使得腌菜华丽变身。这时已不只是刚腌好时的咸鲜，菜心变黄，更多了一份咸鲜之外的酸脆爽口，创造了这个季节独有的味道，入口让人心中无比熨帖。

在我初高中求学的日子里，到了秋冬季节，每周从家里带一罐头瓶子腌菜成了上学的标配。那咸鲜爽口的腌菜，是我们能下咽学校顿顿糊汤的理由。也正是那一罐罐的腌菜，让那寡淡的糊汤有了滋味，伴我们走过了艰难的求学岁月。毕业后好多人把糊汤吃伤了，见了糊汤不仅没有食欲，更勾起对那段艰难岁月的回忆。但对于腌菜却情有独钟，成了记忆深处最难忘怀的味道。

后来，奶奶故去了。父亲就接过奶奶的任务，到了秋天仍旧腌菜，只是父亲刚开始几年腌的不是咸了就是淡了。吃着父亲的腌菜，心下黯然，一样的配方父亲却再也腌不出奶奶那样的味道。看似简单的配方，不同人手法各异，是独特的亲情密码，也是亲情世代相传的独特滋味。

到了今天，在冬天里吃到鲜菜已不是什么难事，而父亲仍年年还在腌菜。近年里，父亲种地都成了象征性的，但父亲把屋后的菜园种得极其精细，一块莲花白，几行葱，一块辣椒，一看就是腌菜的标准配置。每到了霜降过后，父亲如奶奶当年一样，庄重而认真地腌菜。好在经过几年实验之后，父亲的腌菜手艺渐入佳境，只是不同于奶奶的独特味道。每次腌好后，给我和姐姐一人送一坛，不为解决吃菜的困难，只是对在外奔波的儿女一种温暖的挂念。

这几年里，父亲做的腌菜并没有吃完过，开春把很多剩余的腌菜晒干，放在那里积了好多。但父亲还是年复一年庄重而认真地腌菜，或许没有目的。秋收，冬藏，只是父亲生命里的自然轮回。那一坛坛腌菜，是父亲心中的一季安稳、半世安详。

西晋人季鹰见秋风起而起莼鲈之思，自己实在没有什么出息，想起的却是故乡的腌菜。上学时的罐头瓶，老家的腌菜坛，奶奶的手艺，父亲的尝试。那些湮没在平凡烟火里的独特滋味，让人终生挂怀。

2022年11月10日

# 腊月的记忆

从前的新年，总是在一河两岸此起彼伏的猪叫声中一天天地近了，坐在教室里看着黑板，但眼前浮现出来的却是那热气腾腾的杀猪菜，隐隐地似乎又闻到了槽头肉炖萝卜那勾人肺腑的香味。

那个年代家家都喂猪，杀年猪似乎是办年货最实质的内容，因为它不仅是新年饭桌上最丰盛的菜肴，更重要的是它还是来年一整年油脂和肉类的来源。如果谁家过年连猪都不杀，那一定是将日子过塌火了，乡邻们背后议论时都是同情的口气。

乡亲们杀年猪在今天看来似乎是很平常的事情，但在当时很类似于一场庄重的祭祀，还是要看日子的。差不多进九之后，人们便开始陆陆续续杀年猪，因为这个季节温度低，猪肉便于腌制保存，以确保未来的一年不会变质。准备杀猪前主家一定会翻皇历查看哪一天大吉，选好日子先要和杀猪匠预约确定匠人哪天一定能到场，因为大家用的皇历是同一版本，看的好日子都差不多。确定好日子后，便欢喜地告诉近邻们，约好那天来帮忙，邻居们都很开心地应承。给我的感觉，人们杀年猪的喜悦不亚于娶媳妇或嫁女儿。记忆里杀年猪的场面绝对喜庆，那个衣食并不丰足的年月，人们也是借杀年猪的机会款待一下好友亲邻们，一是增进友谊，二是共贺年岁丰稔。

杀猪匠的登场是极其拉风的，斜披着油得明光光的衣裳，迈着阔步，一手叉腰，一手扶着肩上一根约中指粗、丈余长的铁制听掌，上面挑着杀猪篮，篮子里是长短宽窄不一的刀。尤其是那杀猪的红刀，长尺余，利可断发，发着幽光，望之令人凛然生寒，这造型很符合年少的自己对武侠小说里大侠的想象。当初自己曾有两个梦想：一是养两头牛给人犁地，这在当时属于高收入；二是当个杀猪匠，那年月虽不收费，但一天三顿肉，整个冬天里衣服和嘴唇都是油光光的，这对于天天吃糊汤的我们绝对是不小的诱惑！杀猪虽不收费，但每家临了要送杀猪匠一块肉，一个冬天攒下来，杀猪匠家里的肉比谁家都多。后来，在书上看到一句"仗义每多屠狗辈"，我想屠猪也差不多吧，这就更坚定了我当杀猪匠的梦想！

整个杀猪的过程很有仪式感，几个壮汉跳进猪圈，拽住那个胖家伙的耳朵和尾巴往案子上拉，那家伙可能也明白大事不妙，四蹄蹬地，死活不向前走，没命地嚎叫。这画面很像我一个逃学的伙伴，一日里他爹把他往学校拽，他使劲地蹬腿往回奔，让人不禁莞尔。将猪摁倒在案子上以后，杀猪匠转一圈看一下，拍拍猪脖子，找准位置，左手两指堵住猪的鼻孔，右手握刀，如古龙笔下的西北刀客，先一动不动，忽然刀光一闪，一刀封喉，只见血注半盆，刚才还挣扎嚎叫的家伙顿时奔拉在案子上。接好的猪血要迅速端回用沸水煮过使其凝固，酸菜炒猪血也只是在杀猪时才独有的美味，沙沙的口感，配上自制的浆水酸菜，味道鲜美无比。只是在童年时大人不让我们吃，说是孩子不满十二岁不敢吃，吃了灾星大。所以，我们只有干看着大人吃眼馋，只盼着自己快点长过十二岁。

接过猪血后，杀猪匠要拔些猪鬃，这东西能卖钱。之后在猪的前爪开一小口，用称之为听掌的铁棍从切口沿胯下和两侧把四肢都捅到位，在皮下形成气道，以便于把猪吹圆。吹猪在现在看来颇有几分滑稽，只见杀猪匠扎下马步，用手抓着猪前爪，嘴对着切口，两腮鼓圆，双眼瞪红，几吹几捶之间，刚才还软塌塌的猪迅速滚圆起来。我当时认为杀猪匠似乎有金庸笔下欧阳锋的蛤蟆功，让我大为佩服。之后把猪在大腰盆的沸水中滚几滚，几个人齐上手，先刮后磨，不一会儿刚才那个浑身硬毛黑乎乎的家伙，一身滚圆雪白，想来猪洗一次热水澡实在是一件悲催的事。

把猪收拾干净之后，有一个庄重的仪式，杀猪匠用一把薄刃快刀在猪脖子迅速旋一周，却并不割掉，让猪端正地趴在案上，再用刀在脊背开一条缝，俗称为"开边"，深可见骨。猪的背缝里冒着热气，露出肥膘，杀猪匠迅速将手掌伸入背缝中量一下，看几指厚的膘。手向上一扬比画：四指！刚才还因不忍见杀猪，躲在墙后抹泪的主妇，顿时露出自豪的笑容，厚膘意味着自己一年的辛苦大有成就，如果膘太薄是要被人笑话的。那年月，人们一年的饭菜主要靠猪油，膘厚就能炼出更多的油脂，来年的日子就有油水了。这时主家隆重登场，用一块红布盖在干净的猪身上，前面点一炉香，烧些黄裱，然后再放一挂鞭炮，祭祀土地神。感谢神灵护佑猪在这一年顺利长大，让来年的日子滋味丰腴。我每次看到这个画面就想笑，那猪头上盖红布的样子，像极了《西游记》中戴盖头的八戒。

随后迅速进入主题，也是我们盼望的环节，杀猪匠扭下猪头，将靠近头那一圈肥瘦相间、滑嫩无骨的槽头肉，割下来交给主妇，她们用水冲净之后，将还带着温热的猪肉下入锅中。待猪肉半熟后下入冬青萝卜，猪肉的浓香伴着萝卜的清香，飘得几里路都让人垂涎。这时，村里的狗都躁动不安。

大人们依旧在忙碌着后面的内容，割肉块过秤，这当中我还学会了打肉码，也就是用一种特殊的符号，在肉块上标上斤两，现在想来都可成为非物质文化遗产了。收拾猪下水时，孩子们喜欢抢猪尿泡吹，吹圆了当皮球玩，只是我们没有杀猪匠的功夫，吹得大多不理想，还弄得满嘴油。等大人们收拾停当之后，杀猪饭正式上桌了，虽是农家土菜，也都是满桌子满碗。小孩们都是本着有肉不吃豆腐的原则，眼里只盯着那几盘肉菜。红萝卜芹菜炒瘦肉，细嫩弹牙异香扑鼻；腌菜炒肥肉片，滑嫩酸爽无比下饭。那种略带酸味的猪肉香，成为一种特殊的味道，一直飘在家乡的腊月里，也成为飘在童年的故乡里挥之不去的记忆。

异香扑鼻的酸菜炒猪血，最终成为我童年中最美味的想象，因为等我十二岁的时候，家里因奶奶年事高，已经不再喂猪了，我只能在腊月里听到别人家的猪叫唤时，想到那种美味口舌生津。等到我真正吃到炒猪血时已二十多岁，是在妻子家，当时还是女朋友。岳父兄弟四人，四户人家在一个院落里两两相对而居，那是一个叫油坊梁的小地方，三面环山中间一块平地。地处阳坡，冬季的阳光和煦而温暖，一片岁月静好的样子。岳母和几个婶娘待人厚道，每年腊月杀猪时必喊我去吃杀猪饭。当我第一次真正吃到炒猪血时，那种介乎荤素之间特有的清香，迅速唤醒了我对童年的所有美好回忆！而在每家吃完杀猪饭后，他们还送一块肉，岳母送的尤多。大约他们认为我爱做饭，还把猪肚子、猪小肠送我，当我年前在各家吃完杀猪饭回家时，拿走的肉比他们各家剩的还多。

　　然而故乡却以我猝不及防的速度没落，我工作后没几年，岳父院子的亲戚们也都不喂猪了，我再也收不到喊我吃猪肉时那令人激动的电话。周围的人们大抵如此，有些举家出门了，即使家里留有人的，也嫌喂猪麻烦不自由。临近过年了，从外面赶回来，草草地在集市的肉案子上买几斤凑合，只是这肉早已不是当初的味道。现在人们注重保养了，不爱吃肥肉，而猪也随之改良，变成了瘦肉猪，肥肉只有一指厚一层，看似瘦肉多，炒着吃腥而柴，早已没了当初猪肉的灵魂。我也许久不吃猪肉了，当初曾经寄托着关于来年好日子全部希望的猪圈，再也没人贴"槽头兴旺，日长千斤"的对联了，只剩下一堆乱石，凌乱在腊月的风中。

　　记得最后一次到油坊梁去吃杀猪饭，儿子已经上幼儿园。儿子看着洗得白生生的猪，无比好奇，一个劲儿地要给大人帮忙，弄得一身泥，还激动地要我用手机给他和猪照了张合影。唉，现在的孩子真应了那句老话：吃过猪肉，没见过猪走路！还记得小时候，各村都有小学，在那个衣食不太丰足的年月里，乡亲们总喜欢借杀年猪的机会，招待一下辛苦的老师们。于是到了腊月里，孩子们轮流请老师到自己家里吃杀猪饭，有时日子好，几家同时杀猪，没请到老师的孩子竟委屈得哭鼻子。时过境迁，现在的腊月却再也听不到猪叫唤了。

　　已近腊月半了，集市上零星的几个肉案子，买的人并不甚多，不论你喜不喜欢，猪肉已经涨到了一个让你心跳的价格，今年你赶几头猪上街，人们投来的目光，绝不亚于你开一辆宝马！手机上不断收到关于新冠疫情的消息，让人们非必要不返乡，建议就地过年，这让本已不如从前热闹的乡村格外寂静。

突如其来的变化，让我和友人已经约好的聚会成了泡影，这个腊月注定不同寻常！前一日，我路过曾经走过无数次的油坊梁院子，特意去坐了一会儿。岳父那几间熟悉的瓦房大门紧闭，岳父母因年迈几年前去了县城。我静静地站在院子里，阳光柔和地照在身上，依然还是从前的温暖！

2021年1月22日

# 霜降的故事

九月初七，霜降，宜出行。

窗外肃杀的风吹得满地落叶唰唰地响，又是霜降时节。只记得老屋的道场边那棵泡桐树，霜降的第二天早晨，原本碧绿阔大的树叶突然就奄奄零落一地，我用脚一踩还嚓嚓地响。心中并不以为意，反而对玉米秆堆上的那一抹白霜欣喜不已，用舌尖高兴地尝一下，却并无味道。

记忆中的霜降节气总是忙碌，奶奶会让我在天黑之前将地里的红苔蔓收割回来，否则一夜霜打之后这东西将再无用处。于是，我拿上镰刀来到屋后面山顶上的地里，有一下没一下地割着红苔蔓，看着四周满山红透的黄栌木，湛蓝的天空上淡淡的几丝云彩，心中无比惬意。但赶天黑前我还是要将红苔蔓割完的，那是我家圈里的猪一冬的口粮，我还幻想着过年的猪肉香，不尽力是不行的。

父亲在菜园里收割最后一茬辣椒，青红相间，红的用来腌菜，在当年物资匮乏的年代，霜降后的腌菜几乎是整个冬天的下饭菜，腌菜面和腌菜炒肉的味道可能是终生难以忘怀的记忆。尽管今天有人说，研究表明吃腌菜有种种坏处，但至今每到霜降时节，我还是无比思念新腌菜的那种清香与酸爽。味道最美莫过于辣椒秆割回来后摘下来的大小不一的嫩辣椒，经历了风雨的洗礼，早已没了夏季的爆辣劲儿，清香与微甜中夹杂着淡淡的辣味。若拌着腊肉炒，那种特殊的香味直入肺腑；若是和季末的秋茄子合炒，那种清香与绵软让人不禁叫绝，作家池莉将这道菜称为"绝代双娇"，细品起来，一点儿也不为过。

我少年时期一直对霜降这个节气充满了期待,更多是因为吃。一过霜降,树上的柿子红得愈发诱人,入口绵软甘甜;山上的沙梨变得清脆酸甜,不再酸涩难以入口。放学路上踏着地上斑斓的落叶,望着高而远的天空,心情如那只在天空飞翔的雄鹰般畅快,四周的山野在这个季节五彩斑斓,甚是好看。成年之后我一直在想,假如春天是一个豆蔻少女,那么秋天就是一位阅尽世事、独具风韵的少妇,仪态万方!

"蒹葭苍苍,白露为霜,所谓伊人,在水一方。"《诗经》里简洁的文字,将这个季节的美表现得含蓄而蕴藉。可能秋天真是一个思念的季节,河边那个青年为心上的姑娘望穿秋水——"溯游从之,宛在水中央!"思而不得,那种惆怅跨越千年,扑面而来!

人生如四季,多年之后,霜降的早晨遍地落叶上的那一抹雪白,已成为记忆深处的风景。生活的劳碌让我们已不太留意节气的变幻,还是那片田野,可我们都不曾留意风景。只是在静静的今夜,听窗外的风一阵阵吹过,走出门外,满天星斗,遍地霜华。

2020年10月22日

# 篾匠王顺荣

王顺荣是一个篾匠，他是月明村附近十里八乡手艺最好的篾匠。从前是，现在依然是，这是他一生引以为自豪的事情。

在包产到户初期，因为手艺好他受到乡亲的欢迎和尊重，人们会上门请他到家里编各种篾器家具，一年四季少有闲时。手艺的收入使得他家里的光景要好于周边人，这也是作为篾匠的王顺荣人生的高光时刻。

王顺荣的篾器编得极好，大到干农活用的背篓、挎篮、竹筐，小到家用的筛子、竹箩、菜篮、爪篱等他都无不精通。他做篾活极其认真专注，很受乡亲们欢迎。人们请到家里编篾器活，出于对手艺人的尊重敬如上宾，往往烟酒待承。即便如此，请王顺荣干活也要提前预约，在那个人们种地热情高涨的年代，对篾器家具需求量很大，王顺荣的紧俏就是自然。而他也是村里最早打了水泥地坪和刷了白灰墙的人，成了人们羡慕的对象。

王顺荣深爱着他的手艺，坚硬易折的竹子，经他手划开、拉细、抛光之后，就成了绕指柔。竹子经去黄刮青之后，根据器具需要拉成粗细合适的竹篾，反复拉磨，光滑可鉴。变成器具拿在手中温润如玉，实为竹器中的精品。他编的农具背篓、挎篮等模样周正、结实耐用；那些家用的竹箩、果篮等细腻精巧。人常言"竹篮打水一场空"，可王顺荣用自己的手艺打破了这个说法。在早年半山上需要挑水吃的年月，取水地很远，人们挑着水桶一路摇摆，到家洒去少半。人们想着背水既能省力气，也可少洒一些，只是没有合适的家具。王顺荣发挥了自己的特长，编了一个浅口的背篓，再用划得极薄光滑的竹黄编了一个里衬，达到严丝合缝的程度，竟然滴水不漏，成为背水的最佳工具。这种手艺达到了篾匠的顶峰，一时传为佳话。

王顺荣的神活日子到了20世纪90年代迅速发生了变化，人们大量涌入城市打工，渐渐没有几个人在家种地了。大家对篾器家具的需求减少，市场经济的发展，人们可以在市场上随便买到想要的家具，已不再把匠人请到家里做家具了，也省去了招待的麻烦。篾匠是个细致活儿，看似简单的一把筛子，编好几乎需要一天多，这样算工钱其实是高于市场价的。在追求效率和金钱的当下，渐渐地，王顺荣和所有的匠人一样，已不再有人请到家里干活了。这让忙碌半生的王顺荣感到无比落寞，一生勤劳热爱做篾活的王顺荣无可奈何地清闲了下来。

村里的青壮年都去了城市或矿山打工，在那里的收入是作为篾匠收入的几倍。当了半辈子篾匠的王顺荣，不仅少有人请，也逐渐被人们淡忘。

王顺荣依然爱着自己的手艺，虽然已经没有人再请去做篾活，但在天气好的时候，他依然在家编着各种篾器家具。尽管市场萎缩，但王顺荣做的器具越发精细，还开始转型做镂花果盘等艺术品。每到二、五、八七里峡逢集，他都开着三轮拉上自己的作品，如开艺术展一样把自己编的各种器具一字摆开。每次摆好之后，王顺荣站在那里得意地看着自己的心血，满眼的自豪，如同老父亲看自己成器的儿子。

但集市上却并没有几个人买他的家具，偶尔来几个老年人，摸摸家具由衷地感叹："这家具编得真好！"也问问价钱，却并不买，只是把价钱作今昔对比，感叹时代变迁，他们脸上表现出和王顺荣一样的怅然若失。而每每遇到老人的夸赞，王顺荣脸上露出得意的神色。随着中午赶集的人逐渐散去，王顺荣无奈地将展览了半天的作品又装上车回家了。

村里那些出去打工的人，逐渐都盖起了两层小楼，而王顺荣那三间早年曾经光堂的瓦房就显得古旧了。他用一生的勤劳和精湛的手艺，并没有使自己富起来，这也是上一代手艺人共同的尴尬。篾匠是有师承的，但年过古稀的王顺荣却并没有徒弟。年轻人也看他的器具，有人却问他那些常见的器具叫什么名字，这让王顺荣很是不平，直感叹世事难料。

王顺荣依然场场不少地赶集，依旧认真地摆好自己的作品，尽管并无多少人问津。他每次上街时都带上自己的二胡，在没有生意的时候自拉自唱，摇头晃脑，陶醉其中。渐渐地，二胡声吸引了一些和他年纪相仿的人们，专注地听他拉《二月里来》或是《绣金匾》。再后来，有一老头拿一管竹笛和王顺荣唱和，这成了七里峡上街头一道独特的风景。

我逢集的时候到街上买菜，在经过王顺荣的家具摊时也停下来看他的作品，认真听他拉的曲子，为他的手艺感到惋惜。又一日逢集，他无比沉醉地拉着他们熟悉的《绣金匾》，他的搭档亦用竹笛唱和，王顺荣边拉边唱：

> 正月里闹元宵，金匾绣开了，金匾绣咱毛主席领导的主意高。二月里刮春风，金匾绣的红，金匾上绣的是领袖毛泽东。一绣毛主席，人民的好福气，你一心为我们，我们拥护你。二绣总司令，革命的老英雄，为人民谋生存，能过好光景。三绣周总理，人民的好总理，鞠躬尽瘁为革命，我们热爱你……

唱到周总理，老人眼角含泪，让人鼻子发酸，这对走在时代背影里的组合像极了《笑傲江湖》里的曲洋和刘正风。"沧海一声笑，滔滔两岸潮……"一对组合，一曲绝唱。

这世界有些美好的东西注定要离去，虽然万般不舍，却也无法挽留。

王顺荣很是不甘，他学会了发抖音，发一些自己编篾器的视频。也到县城广场摆摊示范现场编制，虽赚了流量，却并没有生意。

一个属于他的时代结束了，只能在七里峡上街头留下一个落寞的背影。

2023年1月11日

# 姐姐和她的粮站

　　父亲是心疼姐姐的，在她的同龄人大多数只上完小学就回家带弟弟妹妹和打猪草时，姐姐还一直在上学。并且父亲为了姐姐能考上中专，还把姐姐从家乡的米粮中学转到当时他认为教学质量好的岩屋中学，而这个学校离家20多公里，父亲每周都要接送。中考失利后，父亲又送姐姐上了县中。而我却一直在老家的米粮中学上初中，中专没考上又到镇上上完高中，整个中学生涯我连县城也没有去过几回。对此我一直耿耿于怀，父亲对姐姐的重视程度在当时重男轻女的时代，实在是个例外。

　　姐姐在上学时也一直是父亲的骄傲，成绩优秀，积极上进。但运气实在不好，中高考均失利了，细想好像又不是她的原因。初中时父亲好话说尽将她转到岩屋中学，姐姐也不负所望成绩前茅。可在中考前夕，两名男生打架用上了砖头，她刚好从旁边经过，砖头竟然飞到了她头上。住院半月有余，结果可想而知，中专自然是没考上。父亲不甘心，又将姐姐送到县城上高中，姐姐的成绩依然优秀，高中会考时成绩均为A等。按当时的政策可以提前保送到汉中师院的，作为农民的父亲自豪地认为自己的女儿应该是保险的，但遗憾的是姐姐参加面试并没有通过。只能参加高考，如无意外姐姐是能考上好大学的。但意外却又一次降临了，高考前一个月县中召开运动会，姐姐本来在教室看书，临时到操场赶一下热闹。她进到人群不到几分钟的时候，一名男生掷铁饼脱手，铁饼飞向了人群，在大家的一片惊呼声中，铁饼不偏不倚砸中了姐姐的头，顿时血流如注。得到消息，父亲心急如焚，当时已是下午并没有上县的班车，便骑自行车上县，半道遇到一辆拉矿车，又扔下自行车坐矿车走了。等到父亲安顿好姐姐的事情，再回头找自行车时已不知所终，这对父亲而言是个不小的损失。

"福无双至，祸不单行"这句话在姐姐身上得到了很好的印证，铁饼砸中头部，缝了十几针，并造成脑震荡。从医院回来距离高考已经不足月余，老师眼中的优等生高考又毫无意外地失利了。成绩出来与本科无缘，但让人欣慰的是大专上线了，那年月包分配，工作是有着落的。姐姐不甘心还要补习，但父亲实在是无力承担，姐姐只有去上了大专。而和姐姐同班的堂姐也失利了，补习一年后考上了陕西师大，再后来读研，到人大读博，成了我们家族里文凭最高的人。

姐姐在乡亲们眼中也算是考上学了，可是上什么学校让父亲犯了难。一生都坚信读书能改变命运而执着地供子女上学的父亲，到了女儿真正考上时，却不知道该如何改变命运。奶奶和父亲大概是见多了农村妇女辛苦而多舛的命运，一直鼓励姐姐好好念书，不用风吹雨淋扒锅燎灶。至于到底干什么，以父亲的见识却再也看不到远方。在当时他们的心目中，姐姐能当上干部算体面的了，也可以摆脱农村妇女的命运，这也是他们最大的愿望。

在那个没有电视和网络的年月，父亲的唯一信息来源是门背后那个纸喇叭。至于干部县以上的父亲没有见过，乡上的催粮要款工作不好干，在人们的认识里粮站和供销社职工是最神气的，坐等生意上门轻松自在。父亲权衡之下让姐姐选了粮校，希望得到粮站体面的工作，也想以后交公粮时不受作难。

对于交公粮的记忆实在不美好，尽管在文学作品中我们给予农民很高的评价，而在现实生活中农民并没有得到应有的尊重。记得在20世纪八九十年代，交公粮是农民的一项义务，农历五月冒着火红的日头，在地里将麦子抢收完后，迅速晒干上交公粮。那时候交通不便，除了主干道有一条坑洼不平的土路，其他村组根本没有公路。交公粮全靠肩扛背驮，当时有一种叫驼架的工具，其实就是一个小楼梯，一头宽一头窄，用它驮粮食时，人们把头从中间的孔伸出，脑后宽的那头架粮食口袋，前面用双手向下拉。就是利用了简单的杠杆原理，重量并不减轻，只是这样长途背负腰能伸直，感觉好受一点儿。条件好一点的用架子车运送，这在当时算是先进的交通工具了。

乡政府的高音喇叭每天对交公粮完成情况实时播报，稍后几天大喇叭会不断播报没交粮的人姓名，让限期完成。而我家里全靠父亲一人在地里劳作，麦子总是村里最后一家收完的，所以父亲的名字就会经常出现在高音喇叭中。有好几次放学路上，听见大喇叭喊父亲的名字，引得同学嘲笑，让我无地自容。回家后我催促父亲，父亲黑着脸一言不发。

交公粮运输过程固然辛苦，但交的过程也让人备受熬煎。大夏天，粮站的院子里挤满了人，一堆堆粮食口袋上印着醒目的"尿素""碳酸氢铵"字样。个个伸长脖子一脸油汗，盼着快点轮到自己验粮，顺利交完之后回家。夏忙的天说变就变，就趁天气好将回茬苞谷种上。而负责验粮的人，忽然有了众星捧月的感觉，大约是因为天气热，横披着衣服，一只手叉在裤兜里，一只手指挥着拥挤的人群，大声道："排队，排队，挤得验不成了！"

人群迅速安静下来，费力地挪着麦口袋，排成不太端正的队伍。轮到验粮的人，一脸的祈求，笑着说："我这麦晒了几个太阳，干得很！"验粮的人却并不为意，先一手插入口袋中间一翻，看一下小麦中掺杂的沙土多少，多了就让去重新筛一遍。但这种情况很少发生，人们为了能顺利交上粮，都挑颗粒饱满的小麦，用风扇吹筛子筛，收拾得干干净净唯恐被挑出毛病。验粮的人看小麦干净后，又在口袋面上随便抓半把扔几颗到嘴里用牙咬，嘎嘣脆说明干透，如果不脆说明没有干好，就会让交粮的人重新晒，这是最原始的测小麦水分的方法。每到这时，交粮的人心提到嗓子眼上，因为这个脆的程度交粮的和验粮的标准不一。当验粮的把自家的麦子扔进嘴里的时候，交粮的人半张着嘴眼巴巴地望着，如求签一样。听到验粮的人说一声"过了"，就欢天喜地地扛起口袋去过秤，交完粮之后一身轻松地回家了。而如果验粮人反复扔麦粒到嘴里咬，交粮的人就会很紧张。如果来了句"没干好，重晒"，交粮的人说尽好话，验粮的人也不理会，只喊"下一个"，那交粮的人只能垂头丧气地拖着自己的麦口袋，到院子的水泥地上去晒，今晚注定要在院子过夜了。

　　父亲大概是经历了太多的作难，以自己的高瞻远瞩让姐姐上了粮食学校，毕业后到粮站工作。这可能是父亲眼中最光鲜的职业了，还想着以后交粮再也不受作难了。可父亲这种自豪感并没有持续多久，20世纪90年代中期以后改革开放的深入，市场经济兴起，粮食再也不靠计划供应。人们出外打工成为潮流，交公粮也彻底成为历史，粮站从热门单位变成了无人问津的地方。姐姐毕业后如愿地分到了镇上粮站，可此时的粮站已没有了往日的喧闹，不具有任何权力了，成为了纯粹的粮油门市部，已是日薄西山。

　　其实粮站所处的地理位置并不好，和街道隔着一条河，只有一条供行人通行的宽不足米的水泥板桥，没有护栏，有人骑自行车曾掉下去过。拉粮食的车要从河里蹚过去，好多次拉粮车在水里窝火，喊好多人才推上来。后来还到粮站的大多是一些中老年人，更多是怀着对一段旧时光的依恋。粮站在七里峡逢集时出现短暂的热闹，大多数时候一片寂静。但姐姐他们依然能按时领到工资，人多人少好像并不影响。

　　可姐姐和她的同事们安逸的日子很快就结束了，20世纪末国企改革全力推进，粮站的职工一下成了下岗工人。姐姐和姐夫都在粮站上班，我这才明白把鸡蛋不能同时放在一个篮子的道理。这个政策的推行对普通老百姓没有什么影响，他们已经不需要粮站了，甚至对它的消失有庆幸的感觉。商品经济的发展，在哪儿都能买到粮油，人们似乎忘记了粮站的存在。

　　粮站的职工一些是临时工，还有一些是接父母班的，下岗后无非是换个地方找事干，而姐姐作为职工中为数不多的几个大学生之一，处境相当尴尬。可能主管部门也觉得难办，让她选择要么买断工龄，要么用买断工龄的钱入股到县粮库上班。姐姐可能觉得做生意也行，就决定拿买断工龄的钱做粮油生意。偌大的粮站院子迅速搬空，只剩下姐姐、姐夫一家住在那里，因为他们一家人一直住在那里。姐姐就在粮站原来的门市部，做着日渐冷清的粮油生意。

　　这次改革无疑是正确的，老百姓拍手称快，但对于姐姐影响深远，尤其对望女成凤的父亲打击很大。他始终想不明白，自己辛辛苦苦供出来的大学生怎么就成了下岗工人，每次提及都忍不住泪下。在相当长一段时间内，姐姐都成了当地人们读书无用的活教材。

粮油生意并不好做，它需要大量的资金和劳力，而这是姐姐不具有的。姐姐在学校学的市场营销专业并没有让她的生意好起来，后来关门了事。两个女儿相继上学需要人照看，姐姐的人生似乎又回到了原点，成为一名地道的家庭主妇。日子就这么平平淡淡地过着，可父亲却一直耿耿于怀，提及不免激动，我总是宽慰他。

姐姐一家一直住在他们热爱的粮站院子，只是那院落日渐衰败下去，先是漏雨，而后有倾颓之势。粮食局决定卖掉那个院落，这对姐姐影响巨大，心里一下难以接受。我安慰道："那终究是个单位，你住得再久，也不是你安身养老的地方！"后来姐姐一家终于盖起了新房，可能他们深深依恋着这个他们付出青春的单位，新房就盖在粮站的坎下面。

后来大女儿上了高中，姐姐随孩子进了城，成为陪读母亲。她的高中同学曾带她卖过保险，还卖过安利产品，我和妻子是她最早的客户。可遗憾的是，姐姐最终都没有做下去，市场营销专业没有帮她抓住市场。

当小女儿上初中的时候，辅导班很火热，姐姐也办起了一个小辅导班，生活还算可以。我想姐姐学的知识也算找到了用武之地，心下稍许宽慰。可好景不长，"双减"落地，培训班"刹车"，姐姐的小辅导班自是开不下去了。

我一直感叹姐姐的人生际遇，每次时代的转轨，她总是踩在了背点上，时也，运也！都说读书改变命运，可姐姐优秀的成绩却没有给自己的人生带来太多转机，甚至连奶奶和父亲那最朴素的愿望都没有实现。好在年迈的父亲日渐看淡，唯愿平安就好。

让人欣慰的是，姐姐一家终于盖起了新房，就紧挨着她工作了半生的粮站。院子里那白墙灰瓦的粮仓日渐破败，如一幅陈旧的水墨画，推窗就入眼帘，提醒着上过大学的姐姐还曾经有过单位。

2023年4月15日

# 写在腊八的记忆

这本是一个关于美好的日子，可我的记忆却与喜悦无关，因为这天是最爱我的奶奶上山的日子。奶奶是在八十七岁高龄去世的，应该说树高千丈落叶归根，奶奶在这个年龄去世属生命的自然代谢，可奶奶于我而言是生命唯一的依靠和支柱。尽管奶奶走时，我已至而立之年，但仍然哭得像个孩子。

早就想写一点纪念奶奶的文字了，但奶奶走了一年、两年，三周年都过了也没有写。直到今日奶奶去世都十五年了，我提起笔来，心中仍然一片苍凉，似有一种悲伤无法诉说。回想起年少时喜欢写诗歌，悲花伤月，为赋新词强说愁，到今日才体会到，真正的悲伤不愿提及。

母亲很早就去世了，我记事时起就和奶奶一起生活，父亲常年不在家，只是开学前和过年时才偶尔见几面。印象中奶奶一开始就很老了，白发苍苍。奶奶很迷信，爱给我讲一些鬼狐的故事，听得我心里总是很害怕，生怕在某个夜晚鬼会把奶奶带走，再也没有人给我做饭吃。有时半夜醒来，忽然听奶奶没了声息，我急忙把手伸到奶奶鼻子下边，直到感觉呼吸正常才安然睡去。我一直在内心祈祷：老天保佑奶奶多活几年，一定等我长大呀！好在上天见怜，奶奶看似衰老不堪，直到我初中毕业了，还能给我做饭。我又在祈祷奶奶要是能活到我高中毕业多好，就在那样一路祈祷和担心中，奶奶竟然陪我到了大学毕业。那时奶奶已然八十岁高龄，白发雪亮，也许觉得孙儿长大成人差事交卸的缘故，奶奶忧劳一生的皱纹似乎舒展开来。

因为奶奶，对死亡的恐惧一直伴随着我，直到奶奶去世。

　　尽管母亲去世得早，但奶奶却给了我生命初期最温情的陪伴，这让我多年之后回味起孤单的童年时，心中倍感温暖。20世纪80年代初，衣食的供给也仅止于温饱。记得在那些冬天的早晨，天冷得人不想起床，大家都穷得穿个空筒棉袄，不贴身还冰人。奶奶为哄我起床，在炕洞烧火把棉袄烤热，迅速给我穿在身上。三九天里，大家手冻得红肿，好多已经溃烂，奶奶用旧棉布夹上棉花给我做了一个筒状手套，可以将双手放进去，在严寒里免受冻馁之苦。那年刚包产到户不久，虽不太缺粮，但吃得并不好，每天都有一顿糊汤。我放学回家看是糊汤总爱哭闹，奶奶总是好言相劝，有时还另外给我做些细粮。吃细粮也是面条居多，酸菜汤是长久的搭档，奶奶却另外给我煎点猪油葱花放在碗里，简直异香扑鼻，成了我童年记忆里最可口的饭食。由于家贫，过年时家里没有花生和糖果之类的零食，奶奶就把发面擀开切成条状，在猪油里炸成果子。那是自己最喜爱的零食，每天忍住少吃一点，一直吃到正月十五。在那个贫苦的岁月里，奶奶用自己的慈爱和能干，给了一个孩子最大的满足。

　　奶奶原本是大家闺秀，虽到中年后遭遇家道中落，但骨子里的善良和大气对我影响颇深。奶奶信神，说不清是佛还是道，她总是告诫我要相信因果，多与人为善。说吃喝嫖赌是败家之源，还给我讲了祖上发生过的因抽大烟和赌博倾家荡产的故事；做人要懂得分寸，得意不可自满、说话不能口满。那时虽不甚懂，成年之后想起来，这些话却对我影响至深。

　　奶奶对我的爱是无限的包容，即使我犯错奶奶也并不训斥，只是好言相劝。每次父亲回来，要训斥或打我时，奶奶总是扑在身前护着我。有一次可能是犯的错太过，奶奶也没护住，我还是挨了打，我哭，奶奶也心疼地哭。人常说世上只有妈妈好，但对我而言，奶奶是人世间最温暖、最坚强的依靠。冬日天短，下午放学时天色已暗，我走过老家门前那片松树林，心里很是害怕。奶奶就站在屋东头的那棵大槐树下，一声声呼唤我的乳名。我听到呼唤，欢快地答应着，飞也似的向家里奔去。一切恐惧顿时烟消云散，眼里只有奶奶身后那温暖的炊烟。

　　在奶奶眼里，我似乎永远长不大。记得我大学毕业那年正月十几了，奶奶很神秘地向我招手，走近前奶奶很庄重和喜悦地交给我一个纸包。我很奇怪，奶奶这个年纪了还有礼物送给我？我打开一看，竟然是一包鞭炮，净是些奶奶在地上拣的那些卡引了没有爆炸的鞭炮！在奶奶的记忆中，我可能一直是那个正月里满道场拣炮的小孩，拣回来要么剥火药用书本纸重新卷炮，要么用斧头砸着听响。奶奶将纸包交给我时，开心而得意地说："这是我在道场上拣的，一直给你攒着！"这神情和十几年前奶奶走亲戚回来，从怀里给我掏出好吃的神情一模一样，看着奶奶庄重的样子，酸楚和甜蜜齐上心头。

奶奶终究是老了，一天老似一天地走到了岁月的尽头。对奶奶老去的担忧一直从少年伴随到我成年，毕业之后，我的手机一直没有关过机，总担心在某个时刻会响起家里的来电。每次夜里听到电话铃响总是心惊肉跳，一看不是家里的号码才松口气。但这一刻还是来临了，2007年腊月初四凌晨两点，一阵急促的手机铃将我吵醒，我一骨碌爬起来。直觉告诉我，奶奶情况不妙！一看是家里电话号码，不用接也知道啥事，因儿子出世两月不到，我一个人飞奔往回赶，到家时奶奶已是弥留之际。

其实，这个事在一个月前是有征兆的。奶奶在最后几年一直挂念着抱重孙，儿子这年冬天十月间出生，满月那天，奶奶拄着拐杖艰难地从一楼上二楼来看。妻子抱着儿子正在阳台晒太阳，奶奶目不转睛地看着重孙，满脸欢喜地说道："好排场娃哟，银盆大脸，这下我放心了！"说完竟是满眼的泪水。看到奶奶神情，我心里一阵酸楚，也有一丝担忧。

我赶到家时，奶奶尚还清醒，见我回来拉住我的手说："我的贴心人回来了！"我清楚地感觉到奶奶的手无力地垂了下去，又渐渐变得温凉。我平生第一次面对生命离我而去，奶奶走了，她觉得自己一生牵挂的孙儿再也不用操心时，放心地去了！

那一刻，我的世界一片寂静！门外忽然下起了雪，2007年腊月那场雪是我人生记忆里最大的一场雪，天寒地冻，路断人稀！

按照习俗，我和父亲以及二叔给奶奶穿上寿衣，看着我那一生操劳的奶奶静静地躺在那里，我甚至觉得奶奶并没有走，只是休息了而已。安葬的日子定在腊月初八，之前的三天要唱孝歌，我和兄弟姐妹们守灵，三天三夜没有合眼。按照道士和歌师的仪式，我庄重地与养我半生的奶奶做最后的告别。

因为奶奶，我之前很忌讳听唢呐和孝歌的。但在那三天三夜里，我用心地听着凄凉的唢呐和苍凉的孝歌，那腔调和唱词是我难以言表的悲伤，一次次禁不住泪雨纷飞。

腊月初八那天奶奶上山，雪深没膝，一步三滑，乡亲们费尽气力才将奶奶的灵柩抬上山。奶奶安葬在老家屋后的山林里，曾经很多次我和奶奶到那里拾过柴火，最后成了奶奶安息的地方。合好坟茔，众人散去，我一个人静静地跪在奶奶的坟前，雪水浸湿了膝盖，但并不觉得冷。我半生依靠的奶奶，却并未享到孙儿几天清福，磕一个长头，去赎我不孝的罪愆！

那天夜里，我久难入眠，后半夜的梦里又响起了唢呐和孝歌声。朦胧间又听见奶奶唤我的乳名，循声望去，只见奶奶落寞地望着我，急忙上前，奶奶却消失了。梦里惊醒，泪水再次打湿了枕头，奶奶终究是离我而去了。以后，再也没有人拉着我的手问："娃冷不，想吃啥不？"那个世上最爱我的人走了。

第二天依然下着雪，按习俗夜里要煨火，怕奶奶孤单，给予奶奶离开人世时最后的陪伴；也是要赶走孤魂野鬼，让奶奶免受侵扰。那天夜里，我给奶奶烧了很厚一捆纸钱，愿一生贫寒节俭的奶奶在那边不再受穷，也愿一生慈爱的奶奶永享安宁！

2022年1月10日

# 新春的对联

　　农历的年底毕竟最像年底，不论是在家的人们还是在外奔波的游子，都满怀欣喜地忙碌着置办各种年货。尽管多少次正月过完年后人们发现，过年并消耗不了年前置办的那么多东西，但这并不影响来年人们依旧忙碌的热情。从以前那饥丰不由人的岁月到物质丰富的今天，年货的内容似乎千变万化，但有一种东西似乎从未改变，那就是新春的对联，它几乎是新年这个举国欢庆的节日最实质的内容，也是从前那段艰苦岁月中节日里最温暖的亮色。

　　在童年的记忆里，过年写对联是和杀年猪一样庄重的事情，那年头没有今天这种印刷体的对联，每到年底都要请村里有文化且毛笔字写得好的人执笔。虔诚地将写对联的人请到家里，买好红纸现场写就，至于内容全凭写对联的人自由发挥。尽管那个年月物质和文化都极度匮乏，但乡亲们仍然觉得对联用草书写好看且上档次。往往很多字主家都不认识，需写对联的人给念出来，而且一定要弄清上下联，万不可弄反闹出笑话。当年就出现过由于贴对联的人不识字，将写给老父亲炕头的"健康长寿"与写给牛圈的"水草长青"贴错地方的笑话，很长一段时间成为人们饭后的谈资。在那个年代，能写对联的人很受人们尊敬，年前会将写对联的人请到家里，酒菜招待，最不济也是四个干果盘、鸡蛋醪糟。二叔是我童年记忆里一直给我家写对联的人。爷爷去世得早，但奶奶一人还是历尽艰辛供应二叔上完初中。那时叫农中，在很远的隔壁区公所，这在当时属于高学历，所以二叔是我们上一辈里最有文化的人。当年和他一起上学的人，很多都成了干部，二叔却并没有受到命运的垂青，只干到大队会计，最终也未能离开土地，这成了二叔一生的遗憾。

一到腊月半后，二叔就忙着给邻居们写对联，通常写到二十八九晚上，才抽空到我家给我家写对联。先裁好红纸，二叔写得极其认真，一般写完都夜深了，我和奶奶庄重地将写好的对联牵平放置在地面晾干。丝毫不敢有褶皱和流墨的瑕疵，似乎对联寄托着我们来年美好生活的全部希望。其实对于我们家来说，对联确实是新年里最亮丽的风景了。母亲去世早，父亲一人支撑家业，年头到年尾刨去开支所剩无几，就连我童年里最在意的新衣服也并非年年都能实现。父亲亲手盖起的三间瓦房因年久失修而破败斑驳，每年过年贴对联时很是费糨糊。但贴好对联挂起红灯笼之后，那三间破旧的瓦房也显出久违的新气象来。父亲苦焦的脸上也露出难得的笑容，久久地望着对联，一字一字地念叨着，似乎对来年又充满了无尽的希望。

对联的内容似乎和我们生活的年代相关，衣食不足的年月，对联的内容大多是"风调雨顺"或"五谷丰登"之类，人们也只求老天眷顾能赏一口饭吃。而父亲还奢侈地在门前的红椿树上贴着"对主生财"四个字，这在我看来根本是一个遥不可及的梦。到了90年代初期，改革开放的春风渐渐吹到了农村，人们的日子明显好过多了，再也不用为温饱而忧愁。村里的人开始出外做生意，每到年底回来，村里就谈论谁谁又发了，成了人们眼中羡慕的万元户。这时期，过年对联的内容也随之发生变化，以"四季发财"和"财源广进"为多。"财如晓日腾云起，利似春潮带雨来"的对联，经常出现在大门上，朴素而直白，表达了那个年代人们共同的心声。父亲在这波浪潮的影响下也参与到挖矿大军中，生活条件有了一些改观，但由于我们姐弟二人一个高中一个大学，仍旧还是缺钱。我家那三间瓦房越发地破旧斑驳，以至于贴对联更加费劲。父亲依旧做着发财的梦，依然年年不变地在门前的椿树上贴"对主生财"，当年那棵小树如今都一人合抱粗了，父亲却依然没有发财。

这时我已上高中，似乎觉得年年在门上贴"四季发财"有些俗气，但又不知写什么好。我家的对联依然还是二叔写的，只是二叔已不再给别人写了，大家都忙着挣钱，都到集市上买那种印刷体的对联以图省事。而二叔和我依然坚持手写对联，我们固执地认为，只有手写的对联才是真正的对联，那样贴着才有过年的气象。当我大学毕业的时候，二叔已年迈，我也不好意思麻烦二叔了，但二叔依然年年坚持在大门上贴自己手写的对联。这时，几个堂姐弟都已参加工作，二叔每年对联上不再写"招财进宝"之类的词，而写上了"鹏程万里"或"锦绣前程"，表达了对儿女们最真实的期望。

在历尽艰辛之后，我终于告别了那三间歪斜破败的瓦房，在公路边盖起了两层小楼。第一年的春节，我一直想自己拟一副对联，也算对得起自己的艰难和中文专业，但到年底忙得毫无头绪，终于没有拟出来。最后还是让一位擅长书法的同事写了一副："向阳门第春常在，积善人家庆有余"，横批"吉庆有余"。这是一副古老的对联，在很小的时候看父亲贴"吉庆有余"时，心中很是不屑，只觉得父亲的追求太不远大。二十年后自己再亲手贴上这副对联时，心中五味杂陈，"吉庆有余"看似是低到尘埃里的愿望，但不论是对于当年的父亲还是今天的自己，都有着现实的沉重。在那个春节里，父亲和奶奶似乎特别开心，尤其是八十多岁的奶奶，腰已弓了，还背着双手，站在对联前，左右踱步，不住地点头，满脸的笑容在红灯笼的映照下显得格外陶醉和慈祥。

父亲依旧在门前新栽的小树上庄重地贴上"对主生财"的红条幅。这个冬天里，父亲在家开了一个理发店，专门给和他年龄相仿的老人们理平头或光头，一个五元。父亲年老，手脚慢，一天理不了几个，但在收钱时数着一元或五元的零钱，一脸的得意与满足，似乎在暮年终于实现了那个"对主生财"的梦。

二叔今年依旧是自己写的对联，那天很暖和，二叔在为写什么内容犯愁，和我商量，我也不知道二叔内心真正想表达什么，就说："明年牛年，以此为主题就写一些应景的祝福吧！"二叔在手机上查了起来，写完之后很是满意，唯一的不足是今年不能在老家过年。堂姐和堂弟都在省城，因疫情关系不便回来，外甥和侄儿生长于省城，对乡村的年味并无太多印象，并不如我和二叔这般眷恋。二叔只有前往省城，临出发前庄重地将写好的对联贴上，认真地端详了好久，像了却了一桩心事，轻松地随二姐出发了。

　　已真正到年底了，村里飘着酿酒的芬芳和年豆腐的清香，只是村里像二叔一样到省城过年的人亦有不少。要走的人们都提前贴好对联，挂上灯笼，使这个年底的乡村显得热闹而冷清。往出走和往回赶的乡亲，有时会相逢在某个路口，急急地打个招呼，在眷恋与向往的交织中，新年迎面而来！

2020年农历腊月二十七

# 后 记

从高中时开始写日记，到今天已有二十余年矣。所有的青春记忆，都变成两鞋盒日记本，回头再翻看写过的文字，已是满纸云烟。

年少时喜欢写诗，曾对汪国真的诗佩服不已，一直想成为一名诗人。但写过的诗歌静静地躺在日记本里，如同青春期的很多秘密一样从未示人。工作之后才发现，生活的艰辛比诗和远方迫切，但仍喜欢在夜深时用文字记录自己的欢喜和忧伤。我也曾给学生们读自己写的文章，他们可能是我最早的读者。自己之所以坚持，就如一位哲人说的那样：我之所以写作，并不为教化别人，只为安顿自己的灵魂。

很多爱好坚持下来并不容易，工作后的七八年间因为各种的事由，一年也写不了几篇。2020年疫情肆虐，困于家中才静下来回顾自己的半生历程。开始有了自己的公众号"周家凹的春天"，在上面发表了好多自己的诗歌和散文，好友们纷纷点赞转发，也是大家在鼓励着我又重拾旧梦。

当真正要出一本书的时候，为书名又犯难了，曾经的梦想和自己近在咫尺的时候，总有些不真实的感觉。就如同当初孩子出生后一直想起个别致的名字，结果想了一年也没拿定主意，最后还是让妻子选择决定的。思前想后还是决定用公众号的名字作为书名，周家凹是我的老家，自己也是在一个春天和老家告别的。尽管那个地方给我的记忆是贫穷和艰难，但它仍旧给了我生命最初的温暖。我在那个地方出生，它也养育了我，那里有拼力养家的父亲，还有给我无限慈爱的奶奶。多少个夏天的夜晚，我坐在老屋的阶前，看流萤飞舞、繁星满天，吟诵着喜欢的唐诗宋词，也是在这里给心中最早种下了文学的种子。虽然后来我在公路边盖了新房，再后来在城里买了房，但很多次梦里，自己依然还在灰瓦泥墙的老屋。

在家乡工作二十余年后，调到了百公里之外的达仁工作，老家也就变成了故乡。因为离开，周家凹的人和事让人无比怀念起来。

中年之后到异乡，适应起来需要过程，但热情淳朴的达仁人民给予我极大的包容与支持。特别感谢田昌盛大哥，给予我工作极大的支持，我也曾到大哥的老家木竹沟做客，那是一个安静而美丽的地方。假如有一天我离开达仁，我想自己一定会想念这个地方，这些热情淳朴的人们，这方灵秀的山水。

书能付梓是对梦想的交代，也是对往事的缅怀。借此感谢故乡那方水土以及亲人们，也感恩一路走来陪伴我的恩师和我的学生们，以及我长期打扰的同学和好友，在这里一并谢过！

2023年9月22日